吴亦农　　著

散文
与
散文写作丛谈

漓江出版社

图书在版编目（CIP）数据

散文与散文写作丛谈 / 吴亦农著 . -- 桂林 : 漓江出版社 , 2024. 7. -- ISBN 978-7-5407-9794-2
Ⅰ . I267
中国国家版本馆 CIP 数据核字第 20245HW035 号

散文与散文写作丛谈
SANWEN YU SANWEN XIEZUO CONGTAN

作　　者　吴亦农

出 版 人　刘迪才
策划编辑　霍　丽
责任编辑　盘小春
责任校对　卢琳桢
媒介主理　张津理
责任监印　杨　东
封面设计　梁颢蓝

出　　版　漓江出版社有限公司
地　　址　广西桂林市南环路 22 号
邮　　编　541002
网　　址　www.lijiangbooks.com
发行电话　010-65699511　0773-2583322
印　　装　三河市嵩川印刷有限公司
开　　本　880 mm × 1230 mm　1/32
印　　张　10.25
字　　数　200 千
版　　次　2025 年 1 月第 1 版
印　　次　2025 年 1 月第 1 次印刷
书　　号　ISBN 978-7-5407-9794-2
定　　价　69.00 元

武汉大学中文系1963届全体同学和校、系领导及老教师合影，前排右起第十二位为校长李达，其右边两位左边三位为“五老”。前排左起第六位为学校党委书记朱劭天

与广东省对外贸易学校西藏二班部分同学的合影（后排右四为作者）

在外婆金钵前徘徊

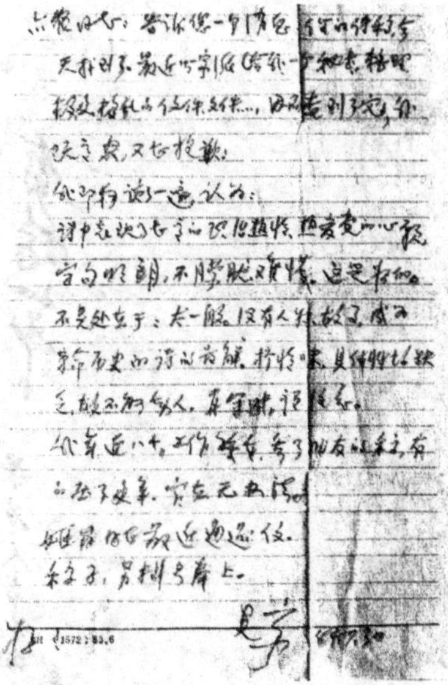

臧克家先生的回信

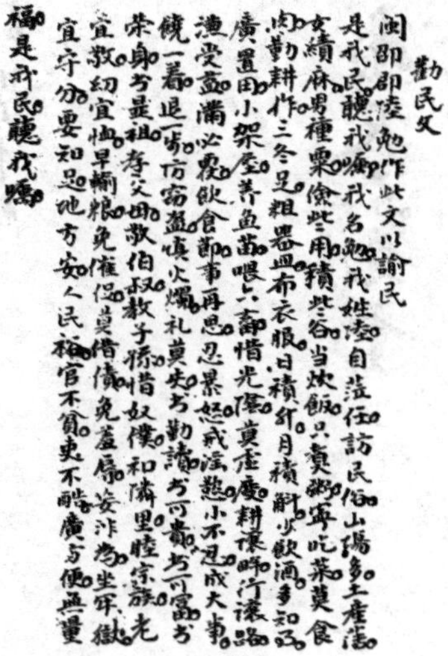

祖父的墨宝

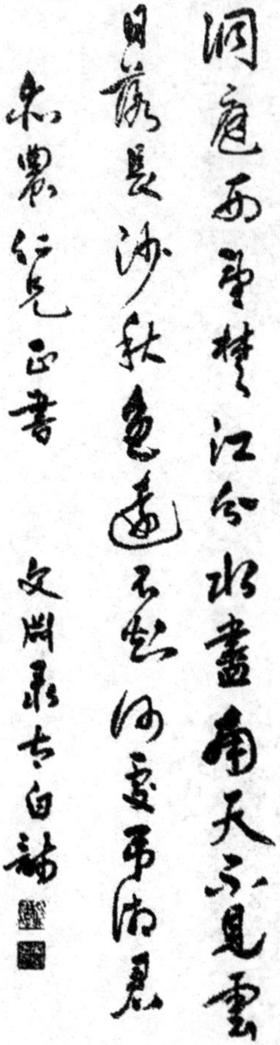

姜书阁先生墨宝

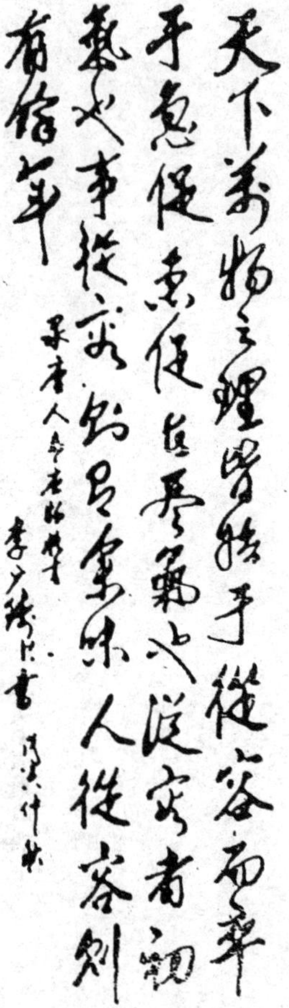

校长李广铸先生墨宝

深切体验和欣慰的感悟（代序）

吴亦农

在祖父那面，我是长孙。老人1960年辞世时，我已25岁。老人手把手教我识文断字的日子很长，这是后辈人的福，也是人类绵延的根苗。

记得，有一次，他晃着手中的烟斗说：“人怕笑，字怕吊；人怕蔫，文章怕念……”他还笑着说：“把你书法吊在墙上，给人评论；将你文章高声朗读给大家听，这些个，你会不会感到难为情……”1949年以前，旧社会，祖父教了一辈子私塾。社会上，人人称他为“先生”，看来，他是经历过波折和考验的。

旧时，每年春节前40天，他都要领我到邻近的兴宁城万盛街，去写春联卖春联，想赚点小钱，过一个“肥年”。他老人家向人吹牛，说我是他曾孙。一些调皮年轻人把我拉到一边，悄悄问我是不是“曾孙”？我笑着点了点头说：“是”。年轻人打起口哨，头也不回地走了。

20世纪50年代末，武汉大学读书时，翻过好些古籍。古人把诗和散文都当作文学的正宗，把字词句和文章立意、谋篇布局当作关键，严肃推敲。其关键有三：

1.用词准确、恰当。

2.行文务求简洁，力避冗赘。

3.状物讲究生动传神。

古代作家主张散文要神气音节并重，现当代作家主张散文要注意“音调的和谐”。现代作家曹靖华还引了外国作家的一段话，作为重要借鉴：

“我们的作品不是写给哑巴的。每句语法上的形式，同时也是音乐上的句子。我们写作，同时我们也想，也听。语调，这就是旋律。旋律不是诗的专有品。旋律，这是散文的基础。每个散文家都应当有自己独特的、不因袭的、音乐的调子。如果一个作家听不见他所写的，那么，读者也就听不见他所写的是什么了。读者只听到单调的、飞快的、打字机的嗒嗒声。”

现代散文怎样写才能好呢？

文学写作问题的交流和辩论，从来就是仁者见仁，智者见智，百花齐放的。我在《文艺报》上，见到了广西民族学院（今广西民族大学）教授黄晓娟的一段论述，觉得其深有见地。“新世纪的散文创作要走出自足自恋的形式，要走向升华，应向富于思辨性的‘形而上’方向靠拢，体现人性品性的深度追问，折射作家对自身存在境遇的深度体验，使读者获得一种思想的震撼、精神的享受和理想的寄寓。多一些诗性的创意和哲性的思考，多一些生命的质感和力量，这是散文写作的

一条理想通途。”（见2005年9月20日《文艺报》）

1936年，日军的隆隆炮声，把人从娘胎里唤醒。我出生了。六七岁时，听大人们说，日本鬼子要从粤东翻过莲花山，到广东梅州，打通京广铁路，贯通整个东南亚。家乡父老在组建游击队，杀猪宰羊，磨刀擦枪。我们一群毛猴小子，在大人屁股后面串来串去，也跟着去喝羊肉汤。没想到竟被大人们笑骂一通。

贫穷的生活，内外战争，使青山变秃，使山谷长风发出哀鸣。

再后来的事，就明摆着了。新旧社会两重天。再后来，祖国的改革开放，民族复兴；国际风云的激荡……体验和感悟，都是极为深刻的了，全都在脑海中不停歇地转动，历时80多年。文学写作活动，常常把我脑子激活，不止一次地想写小说，然而，然而，长期的、繁忙的教学工作，根本不允许。兴之所至，只能写写散文。

更是没有想到，这个散文选集，还能成为我内心深处的一片绿洲。

2023 年 10 月 2 日于广州

目录

上编　文学：深味人生

下编　丛谈：关于散文写作

上编

文学：深味人生

心里时常想起外婆

花甲之年，心里仍时常想起外婆。她老人家生前住在山旮旯。那里，山崖上，沟壑边，大树上，到处爬满了青藤。婆婆娑娑，蓊蓊郁郁，满眼翠绿。我时常想，外婆就很像那顽强地生长着的常青藤。那一条条藤蔓，那层层叠叠垒向高处的叶片，那长长的游丝般、梦幻般伸出的触须，挽着柔情、慈爱和甜甜的微笑，挽着生活里的酸甜苦辣，挽着我童年时代的梦幻，长久地在我心里存留着。我的祖母在我一岁时就去世了，连一张相片或画像都没有留下，脑子里一片空白；外婆却伴着我度过了20个春秋，她给了我双倍的爱，从理念上、情感上自然也就把我整个儿浸染了。

外婆家高高的山，弯弯曲曲的溪涧。山巅是杉树松林，一层一层，贴护着巍峨的山体，山下竹篱茅舍，一丛一丛竹林、香蕉林和别的一些果林，斑斑驳驳地隐现着，相互映印着。山涧有的很深，岸边和涧底满是青藤和茅草，看不见流水，却能听得到哗哗的流水声，深奥莫测。记得小时候，每每走到山涧边，便再也不敢欢蹦乱跳了，掉下去可怎么再爬上来？

小时候，时常纳闷。听说，外婆出身于县城一个大户人家，怎么会把她嫁到这穷山沟里来呢？后来才听母亲细细说起，外婆只是这大户人家养的婢女，乡间叫“妆嫁妹”。因为人长得美丽伶俐，20岁时，主人家要将她收作侍妾。外婆死活不从，哭闹着要到雷公墩去跳河。雷公墩是家乡河水拐弯地方的一个深潭，旧社会苦难的人排解不开时便在这里投河自尽。这是个说起来叫人胆寒的地方。主人家没办法，便以女儿的名分将她嫁到了山里。

外婆外公夫妻恩爱，情感深笃。他们俩在一起谈生计、论家常，从来都是细声细气，没有红过脸。他们生育过13个子女，有的生下来就卖给人家了，有的夭折了，身边留下的只有6个。境况的艰难和生离死别的苦痛，早已消失在茫茫的时空里，或稀稀落落地深埋在子孙后代的心里，成为“纪念”了。在闭塞的深山沟里，男耕女织，日出而作，日入而息。不仅经营种养业，连纺纱织布、酿酒、榨油、制酱醋、烧砖瓦盖房子，全都靠自己忙碌，近乎自给自足的自然经济。山村里，邻里之间往来密切，爷孙叔侄、妯娌伯仲相处和睦。一家有难，八方支援。乡俗纯朴，有如醇醪。有时也想，这是幸福呢还是不幸？

外婆爱山，尤其喜欢林木。小时候，跟着她去攀登山峦，查看有无失窃之事。只见她，走一路，赞叹一路；笑着，招呼着，高声喊着；唱几句客家山歌。旧社会里对妇女的许多禁忌，到了这种时候，便全被她抛到脑后去了。我后来常想，这大概就是哲人所言“天人合一”“物我合一”的一种境界吧。那么，这深奥的哲理，可就是村妇都能体会到，而不光是读书人的专利了呵！而在这个时候，外婆总要说一些关于人情世态方面的话：“衙门钱一阵烟（冤），耕田钱万万年。”外婆何以说这话，因何所触及，便不得而知了。不过，这话，大概是从哪个长辈那里得来的吧。

我们家孩子多，日子过得艰难。母亲十天半月地要到外婆家挑柴禾、挑红薯。柴禾和红薯堆里，常埋藏有十斤八斤大米，这便是外婆瞒着家人偷偷地塞给母亲的。外婆也常来看我们，挑挑担担的，多是大米和山里的时鲜物品，而且必定有孩子们喜欢的东西。一到家便只顾同母亲说话，有时边劳作边拉话：怎么酿酒，酒才不会发酸；制醋，要酸，味道要清醇；腌咸菜，菜坛子口子要用黄泥巴蒙得紧紧的，不能走风漏气。夏天，怎么看护孩子才能不长痱子、不拉肚子。孩子睡觉时吱吱地咬牙，是肚子里蛔虫多了……有时，她老人家回村往家走，走出去已经一二里地，还折返回来，说是忘了什么要紧话了。有几次，母亲被感动得抱着外婆直哭。

外婆有时也同孩子们讲野猪、老虎、狼、狐狸、猫头鹰。外婆嘴里讲出来的这些野物，都是去掉了许多“野性”，多少带着点儿“温情”的，甚至通“人性”的东西。讲得眉飞色舞。“你们舅舅，有一回真的碰上老虎了。舅舅说：‘虎哥，虎哥，你走你的路，我走我的路。’老虎看了舅舅一眼，擦身走过去了。你们舅舅赶忙跑开，人家说老虎是一时糊涂，会返身回头来伤人的。”外婆还讲到一件事：有一回，才10岁的小舅提着一笼子鸡到离家较远的打谷场放养，碰到一只狼。小舅急中生智，将鸡笼子口朝上，右手抱着，左手随即抽出鸡笼盖子，舞将起来，狼跳人也跳，狼嚎人也嚎。后来，大人上来把狼赶走了。外婆说完抚摸着我的头说：“小舅长大之后，村里几个姑娘争着要嫁给他呢！”

外婆的话逗得孩子们一个个哈哈大笑。

唉，年近花甲，常想起外婆。自己老了，外婆倒永远是年轻的。

作于1997年12月

原载《文艺报》副刊1997年12月18日

人，生命的延续

短文《心里时常想起外婆》在《文艺报》副刊刊出后，得到了几位友人的赞许。然而，那篇短文，作文之初，我心里边郁积着的是另外的一些事，只是因为那些事会触及诸多敏感问题，甚至会引起亲戚误会，因而踌躇再三终究不敢下笔，那短文也便就成了那种样子。现在决心将郁积于心的那些事写出来，以求得心的宁静。

外婆逝世38年了，儿孙们一直没有给她修坟墓。置放外婆骨骸的金钵（殡葬专用品，像大酒坛子似的口子很大的粗瓷制品，乡俗称“金钵”），仍塞在坡坎底下的茅草丛里，与那些很有气派的、体面的新坟旧坟比较，就显得略有寒酸。这事与逝者无所干涉，生者看着心里不安。丧葬之事，与其说是为了逝者，倒还不如说是为了活人。

梅州客家风俗：人死之后，殓入棺木，浅埋土中；四年之后掘墓开棺将骨骸按一定规矩放进金钵，然后，选择一方“风水宝地”建一永久性坟墓，客家叫“地坟”，算是最后的移葬。如果后辈中出了大人物，衣锦还乡之时，则要上坟隆重祭祀，说就是因为有了这“风水”。然而，这么多年了，外婆仍在金钵中蜷伏着，没有被最后移葬。大概是外婆没有嫡传儿孙的缘故吧。封建传统说法叫“血脉断根”。这是我一直不敢想，更不敢说的一段心事，长久郁积于心。

外婆曾有两个亲生儿子。一个夭折了，另一个虽活到50多岁，却没有生育过子女。现在85岁的舅舅，是外公侄子过继来的。客家称为“过房儿子”。乡俗有云：“有假子没有假孙。”意思是说，过继来的或买来的儿子，由其生育的孙子便是“真”孙子。这是伦理学和心理学相结合的高论。大概是外婆深深懂得山乡需要强劳动力的道理吧，大概外婆也认为孙子不会“假”，所以，她不辞辛劳，年老时还先后收养了三个当时还在吃奶的婴儿。对孩子，老人关怀备至，视如己出。亲子之情，感人肺腑。灾荒年月，宁可自己忍饥挨饿、受累受冻，孩子定要吃饱穿暖。孩子生病，她熬日熬夜抱着，哼着儿歌，用自己的额头去给孩子试体温，操碎了心。弄得女儿、媳妇埋怨：“捡来的，稀罕什么！”

外婆如此胸怀，究其实是爱惜人。人呵，人是生命的延续，事业的延续，向着无限的时空。

外婆的外孙、外孙女共15个，有的现在已经儿孙绕膝，自己都当爷爷奶奶了。从血缘上说，都是外婆的嫡传子孙，都曾经沐浴过像阳光雨露般深沉的慈爱，所谓“外”，只不过是伦理学中对人际关系进行分类的一种符号罢了。外婆的五个女儿，成年后出嫁到四乡八邻。平日里，她访了东家访西家。身着黑色的麻织的粗布衣衫，头戴旧时村妇中较流行的“凉帽”，脚穿草鞋，挑一担小箩筐。家乡条条山路，都有她的脚印，都留有她的痛苦与欢乐，都印着她十分切近的希望和寄托在儿孙身上的遥远的梦幻。家乡蛛丝般的路，是联络人的情感的网。外婆同我们的交往，总是她给我们的多，我们给她的少，无论物质的或情感的。那担小箩筐，常常来时很重，回去时很轻。年年月月，不论晴天，还是阴雨天，只要心里想着外婆，外婆就会真的出现在你面前，给你一种莫名的高兴。我后来时常想，外婆对于人，一定有特殊的认识和感受。只有这样，才会对人倾注如此浓烈的情感，才会在所谓“血脉断根”的情况下保持平静的心态。

人人都有外公外婆，人人都是“别人”的外孙外孙女——客家叫“园背竹笋”。人人都是父辈系统的“内”，母辈系统的“外”。内就是外，外就是内。这是多么深奥、多么惊人的哲学呵！然而，落后的观念，又都促使人们去拼命生育儿子，强调发展“内”。将来有一天，弄到内外失调，或极而言之，弄到没有了“外”，“内”也就消失了。这又是多么深奥、多么惊人的哲学呵！

思想的、文化的、习俗的因袭重负，在阻碍我们民族前进。这的确是不争的事实。“内”“外”分得太清楚，且又与封建意识相联系，一切就都变得缠夹不清了。有的年轻人已生了五个女孩，一定还要妻子再生出个男孩来，押宝似的一次又一次让妻子怀孕，而经济生活却陷入了极端的贫困之中，甚至弄得一些家人精神失常，造成悲剧。人是生命的延续，事业的延续，不是哪个人或哪个家庭的私人财产，也不是传宗接代的工具。延续延伸，向着无限的时空，这正是人生的意义和价值。一个人一生的贡献远远超出其个人的和家庭的需求，其超出部分，正是他对社会“生命延续”的贡献，对民族兴旺的贡献。外婆常说：“一个人，活着的时候能吃多少？死了时躺下能占多大地方？都是行善为了人。”老人生前经常带领家人修桥筑路，经常资助旧时的私塾先生，给学校添砖加瓦，热心于社会公益事业，这就是给生命延续创造了更加美好的大环境。她尽管思想上带着点迷信色彩、禅宗味道，即所谓“讲功德”，但她毕竟以阔大的胸怀这样地实践了。

今年春节，我去外婆的金钵前默念致哀，想了很多很多。给外婆迁葬修筑大坟墓，虽然已不符合社会提倡的丧葬改革精神，也与外婆生前行止相违，但我要给我长久思念的外婆树一块墓碑，在我心间，在这多色多元人世间，在松涛澎湃的高山密林间——

白云贴着蓝天飘呀，飘呀。天那么湛蓝，云那么白。一切都分明，一切都朴素，一切都那么自然。松涛从山坡奔涌到山脊，一浪一浪地铺排、跳跃、轻轻蜷起。山那么高，林木那么绿。一切都轻松，一切都活泼，一切都那么自如。山中老太太的墓碑就立在这里，风云雷电便是她伟大的灵魂。生命长在，宇宙永存。

作于 1998 年 4 月

在岳母墓前

冬末，回南国探亲，来到岳母墓前，鼻子一酸，眼泪像断线的珠子滚落在墓前的枯草丛里。女儿和儿子，更是无法控制，大概是忆起了老外婆生前对自己的溺爱，竟忘情地、大声地哭喊了起来。妻子眼眶里满含泪水，绕着墓堆轻轻抚摸，颤抖着手去拔除那上面的杂草。忽然，妻子扑倒在坟头上，呜呜地痛哭起来，许久都劝不住拉不开。

岳母是一年前去世的。那时，我们在千里之外，我同妻子手捧着报丧的电报急得团团转。千里迢迢，回去尽孝是赶不赢的，只好剪了几条黑纱，哭着佩戴在臂上，朝着南天深深鞠躬，权当是孝心吧！

后来，听在场尽孝的小姨说：老人临终时，瘦得像干柴，先是大口大口地吐血，吐到后来，她大概猛然意识到了，怕身旁侍候的子孙不安和恐惧，便强忍着把血吞进肚子里去。这是怎样的恶症候呵！在痛苦发生的间歇里，老人干瘦苍白的双手在胸前作缠绕状，像是在绕一个线团。问她是不是需要什么，又不言语。有人说，这是在绕人间的柔情和愁思。小姨还说，咽气时，老人念念不忘地几次问起我们，深陷着的眼窝里转着泪水，轻轻叹息。

老人得的是肠癌，病起时，我们全家回去探望过。那时，她身子骨还很硬实，完全不像是年逾古稀的人。老人留给我们的印象是慈和、安详、高大硬实的。直至现在，梦中见到她老人家，也还是这副模样。现在想起来，当时看到的竟是假象，以致造成了我们的疏忽，也使医生迟迟不敢确诊。总以为不是绝症，只是痔疮恶性发作。

我们真是糊涂啊!

岳母生前，处处蛮着力气干，辛苦劳顿，可谓历尽艰辛和苦难。年轻时，身在黑暗社会，五个孩子拖累，全家七张大嘴，要吃要喝，七个身子，要铺要盖；等到孩子们都要上学时，像台阶一样，年级一个比一个高，纸笔墨砚，各种学杂费用，不堪其力。虽说中华人民共和国成立初期设置有助学金，但那毕竟只是些小数目，大部分还得靠田土，靠饲养家畜家禽，甚至于靠扁担贩挑。不知是听谁说起过，老人为了多干活，常常强忍着，憋屎憋尿。挑的担子，死沉死沉的，幻想着一肩挑一座金山回来！不知从生育哪个孩子起，得了子宫脱垂病，她隐瞒着家里人，从没有认真治疗和静养过，自己暗中慢慢地熬着忍受。

唉！现在好了，入土为安了。冬末春初，坟堆上的枯草有的开始泛绿了，一切都归于永恒!

像牛一样地劳作，老人自己的生活需求却很简朴。春夏秋冬，她都是穿着一双草鞋。虽有一双布鞋，但那是去做客时才穿的。寒冬腊月，常穿着木屐。岭南虽没有冰冻，但那夹着霜块的水却也是寒彻骨髓的。经常接触霜水，脚板、脚跟便裂开一条条小口子，稍微在哪里磕碰一下便滴血。记得那是前几年吧，我们给岳父买了双北方手工做的黑绒面布棉鞋，她见了很喜欢，拿在手上摩挲了很久，又伸出脚去试着穿。穿一穿，跺跺，用手在鞋尖上摸摸捏捏，拍拍打打，嘴里喃喃地说：“哎，我也合适，我穿也合适呢！”我们一伙蠢人，只晓得在一旁咧着嘴看，却没有细细揣摩老人的心。老人是想要这鞋呀！她活到老了都还没有穿过这种棉鞋呢！后来，病重了，她同小姨讲起走后要穿什么衣服，穿什么鞋，就提出要穿父亲的这双布棉鞋。小姨在信中告诉了我们，我们才恍然大悟。当时正是七月，能买到这种拗时令的商品吗？我满城里跑，皇天保佑，终于在一个偏僻小铺里买到了一双，那上面还蒙着灰尘。售货员说，这是仅有的一双了，并问我为啥三伏天买这鞋。我这个历来自认为心肠铁硬的男子汉，边缝着包裹边流泪。常言道：父母想子长江水。然而，儿女想过父母没有呢？

我陷入了深深的自责之中！

棉鞋寄到家中，老人自然异常欢喜，但她没有舍得穿，包得好好的，挂在蚊帐背后的墙壁上，准备离开尘世时最后穿用。然而，事有意外，待到真的穿寿衣入殓时，由于大家陷入了极度的悲痛与忙乱之中，疏忽大意，偏偏又漏掉了这双布棉鞋，老人还是穿着一般的布鞋上路升仙的！这真要使我们遗憾一辈子了！其实，细细地思忖起来，又何止双布棉鞋呢？自我们这些儿孙辈一个个自立以来，虽不能说没有孝心，凭着自己微薄的薪金，点点滴滴，也曾经给老人买过一些东西，然而，有一点却不得不承认：平素我们总认为南国少霜冻，老人一辈子都过来了，对付些，不要紧，皮厚墩墩的老榕树还怕霜吗？却不知老人气血归弱，是怕冷的啊！我们甚至还这么想过，老人还有些时日，让我们自己弄好点之后再慢慢来孝敬吧！然而……

然而，这眼前的坟堆已经没有了一丝新土，有几处已经巴了黑黑的苔藓，几个蝼蛄在坟上的小洞里钻进钻出，稚气的小儿子想去抓，被大人扯住了；一队小蚂蚁穿坟而过，搬运着黄白黄白的不知是什么构成的小颗粒儿……

我无心再去赞叹中国老年妇女对艰苦生活的忍耐性，也无意于再去评论中国老年妇女对繁重生活担子的承受力。我总觉得，我们已经到了理解她们的时候了。当我们读书得了奖状的时候，当我们完成了学业提着衣箱回家探望父母并准备奔赴工作岗位的时候，当我们在工作上取得了成就的时候，我看见过他们的笑，是那样的甜美。他们满心里希望我们胜过他们，比他们有能耐，比他们幸福。正如鲁迅说的，“他们肩住了黑暗的闸门”，放子孙们到了光明的世界里。

我由此还想到了我们的民族。我们的民族本分、厚道，有忍耐性，有超常的承受力，我们对内对外夸耀这一点本无可非议，但是，有识之士却历来是不仅止于此的。我们不能因为人民能忍耐、能负重就自我陶醉，怠惰偷懒，得过且过。

面对岳母的坟茔，我还能说什么呢？

这墓地是岳母她老人家生前自己选定的：这是一块土坡地，背靠高高低低，零零整整，然而苍翠欲滴的松林，山风吹来，能听见松涛声；左边是一片竹林，翠绿翡青，生机勃发；右边是邻居们一丛一丛的香蕉林，挂着青黄的果实。朝山坡下一望，一马平川，近处白屋在林间掩映，星星点点，星罗棋布；远处的琴江河，有的河段，能看到对岸闪着亮光的河水和灰白的沙滩，那沙滩上的一个个黑点，是筛沙子、运沙子盖高楼大厦的人。

山坡下不远处，那挨挨挤挤新旧杂陈的屋宇便是老人生前的居处。现在，子孙们的一切活动，都在她老人家的眼底。

寒冬腊月的，妈妈，您老没有穿棉鞋，很冷吧？不过，报春花却开了，开得很好呐，妈妈！

作于 1987 年 6 月

原载《家庭》1988年第七期。本文在《家庭》母亲节海内外征文中获第一名，多家杂志转载。

古稀之年忆父母

父亲1913年生，母亲比他小两岁。两位老人都活到了88岁，无大疾病，辞世时都很平静，尽其天年。父亲粗通文墨，为人做事有股韧劲儿，和善、开朗、幽默。天下大势，人生哲理，耕读经典，乡村遗闻轶事，父亲都能说道说道。在村里，人缘很好。母亲则只认耕织，抚育子女，谋划油盐酱醋，忙于锅头灶尾。妯娌伯叔能和睦，内外无闲言。两位老人都走了，相隔成今古。艰辛，甘苦，哀怨，一切悲欢，全都融入苍茫的时空里，无可寻觅。所幸的是，他们的精神和品格，已经汇入民族文化传统的河流中了，这是可以看到，触摸得到的。很长时间了，心里总有个结：父母是普通人群里的佳者，应该写点文字，永久纪念。

我是长子，母亲20岁上生的我。父母后60年沧桑，许多往事，铭诸肺腑。早年，遭逢乱世，家人守着饥饿日子煎熬；后半生，日子过得富有色彩，只是经济上仍然困顿。老百姓历史包袱太沉重。

父亲年轻时，曾经到广州打工，艰难竭蹶。20世纪二三十年代，广州就不平静。从革命发祥地的轰轰烈烈，突变到革命低潮时期的血雨腥风，许多人彷徨迷惘。打工时，父亲他们住在城郊。夜里常常能听到枪声、爆破声，断断续续的。这些恐怖声音，在漆黑山谷里拖着长长的回音，更增加了人们的心事。人们说，不知道谁又在制造枪炮，随时还会有战事。各种传闻夹杂着谣言，在大街小巷人流中传播，有时人们从四面八方涌来，伸着脖子围在一起，交头接耳，比比画画。仿佛间，还能听到一些呼喊。父亲还记得坊间说书人的话："天地六合多灾难，日荒月老出英雄。"打仗了，有灾难。父亲年轻，涉世未深，没有多少文化，没有手艺，难以找到可资生存的缝隙。在广州苦熬了两年，感到缺乏安全，便又回到梅州山沟沟里。山乡引人迷恋，清澈的小河欢快地流过小小盆地。堤岸，杨柳轻姿，翠竹临风；一丛丛芦苇，挽着流水，吻着沙洲；翠绿原野，散发出股股清香，这是庄稼人的醇酒；竹篱茅舍，白屋围龙，田间蹊径，辨识足音。山村里有动人故事，有久远历史、淳朴乡情，父亲熟悉和眷恋，或许是乱世中可以暂时歇息的绿洲。依靠祖上留下的几亩薄田、两间土屋，父亲终于在家乡安下心来了。农忙时节，田地里滚爬，农闲便去集镇上摆地摊，经营瓷器和文具，捎带卖点农副产品。父亲常常念叨：家有黄金万两，不如朝进一文。十多岁时，我帮父亲摆过地摊，肩挑手提，早出晚归。小市民里，争摊位，抢占地头，哄抬价格，暗中使绊子斗狠，什么事情都有。同行之间常常蒙上一层层阴影，使人尴尬。遇上雨天、霜冻天，污水横流，满街泥泞，更是苦不堪言。小生意，如针头削铁，想赚两个钱，真难。当时的人，好像时刻窝着怨气，揣着压力，人活得很累。我也常常见到父亲生气，看着他无可奈何地摊开双手与人争辩。耳目所及，我心里常不免生出痛楚，早早地就啃啮着人生况味。

冬日农闲，南方天凉雨少，又值年末经济活跃，父亲便去搞长途肩挑贩运。从兴宁城弄些景德镇瓷器、客家文具，挑到揭阳、普宁、汕尾一带，再从这些滨海城镇运海产品北行。途中要翻越莲花山脉，崇山峻岭，道路崎岖。有的路段从山沟谷底伸向高高山腰，抬头仰望，云雾缭绕。七畲径、葵头嶂最为险峻，林木萋萋，山高谷深。有一条路线，从海丰开始，经由隆江、鲤湖、河婆、横岗、七畲径、黄竹坑、安流、横陂、兴宁、平远，直至江西寻乌、赣州，大小几十个城镇。人们说，从汕头、汕尾海边某地出发，经揭阳、五华、兴宁、平远至赣南，比较大的途路就有八条之多。父亲说，谁也不知道自己脚下走了多少路，只记得扁担颤悠颤悠苦苦走了几天。走出了大山，就见到长长溪涧。水声潺潺，鸟雀低回，草木萋萋，落叶满地。踏着水声迎着寒风走啊走啊，路越走越柔韧。父亲说，渡头落日，旅店凄清，听见农家寻小孩吃晚饭，触及此情此景，便禁不住落泪。倘若撞见土匪，轻则遭劫，倒霉时难保性命。人被扔进山塘水潭的悲剧时有所闻。父亲继而又苦笑着说："那会儿，穷人多，常可结伴而行。大家一起说说话，唱唱山歌，能忘掉忧愁。早晚也有个照应，可以壮壮胆子。"小学毕业后，我跟着父亲跑过半年长途，备尝辛酸。父亲说："挑担子走远路，不要老想着路，就不会觉得累了。"父亲人瘦削，身高不到1.6米，原不是挑担子的身板，可为了子女，也得去拼搏。靠的是智慧、毅力和熟悉行情。每次跑长途回来，都一瘸一拐，人们说，像一只歪了舵把的木船，在寻找歇息的堤岸。我想，纤夫、挑夫，怕是天下第一苦主。

粤东南面临海，北接赣南，丘陵地带。旧时，除了小河木船运输，货物流通，多半靠肩挑。河川流域，则水路、陆路结合。百姓铁肩铁脚板硬是撑起了一个庞大的物流市场。常常能听到老乡吹嘘自己扁担好，并用刀尖在扁担上挑出名字。这是造化给穷人留下的另一条活路。操根扁担出门，是一种本事，是好汉。

父亲还织过土布，乡间叫"九六布"；做过干面条，百姓叫"咸面"；沿着河沟放养过鸭群；合伙在庙会上设过带点娱乐性的赌摊点。七七八八地动过不少脑筋，失败的时候多。我听他发过牢骚，他双手使劲捋着脸，说："搞什么都难！根根毛发臭汗酸！"他怕我难过，又说："不急，路，总是能找到的。"我望着他，眨巴着满含泪水的眼睛，心里很痛。

母亲领着孩子，在家里操持。我是小管家，照看稻田。弟妹们也各有所忙。穷人家孩子，自小就能吃苦，逼的。梅州客家，男人外面闯天下，女人在家顶梁柱。母亲无论在稻田还是红薯地，中耕除草，施肥浇灌，收获贮藏，都是以她为主。菜园子里也是行家，时鲜果蔬，卖得起价钱的，经心种植；瓜瓜豆豆，红黄蓝绿，适时登场。她的菜园子，像百宝园，房前屋后，田头地尾，见缝插苗，满眼翠绿。荒时暴月，遇上断粮，她便到园子里转一转，总能弄上一点绿色东西回来，把一家人肚子撑个半饱。她种的芋头长得很大，远近闻名，农历八月开园抵得上两个月口粮。旧时，农历四月，早稻不熟；农历八月，晚稻还是青苗。青黄不接，梅州客家常闹粮荒，愁死，累死。

白天干大事，晚上补遗漏。月光下能做的杂活，都留到晚上。砻谷、舂米、剁猪草、搓洗衣衫、针头线脑，心到手定，闭上眼睛都能做好。因操劳过度，母亲两个肩膀，右肩低些，挑担子压的，走起路来，右半身往前倾，看着催人心酸。一天夜里，我劝母亲晚上少干点活儿，她淡淡地说："习惯了。活计，同人的寿命一般长，没有办法躲开的。"

一天深夜，父亲坐房里，暗自垂泪。白天里，算命先生给他看相，并卜了一卦，说他眉梢短秃。"眉毛不过目，活不过三十六。"一连几个晚上，父亲都没有想明白，跳不过这个沟坎。母亲流着泪劝慰了几次。父亲伤心地说："夫妻父子，家人情怀，天大的缘分。我不能把你们推给别人，去受罪。我要是殁了，你们难哪！我在，多一双眼睛，多一副肩膀，不同啊！"母亲悲愤地大声说道："算命先生瞎诌的！"父亲硬是被母亲唤醒了。母亲信佛，胸襟里容纳了很多东西。传统文化、宗教信仰、民间风俗，她把其中许多道理编织、融汇在一起，凝练成她所能理解的一切，深藏心底。待人处事，常常隐含深意。

1949年春夏，解放战争打到南方，国民党军队辙乱旗靡，退到湖南、广东。岭南地面，立时兵荒马乱。商贾惊恐，物价一天三涨。国民党政府钱币很快失去信誉，市场交易，逐渐转为以稻谷计价，高声唱升唱斗。穷人陷入借贷无门走投无路的绝境，眼看着就要掉进深不见底的悬崖，父亲当机立断，与我二舅几个亲戚步行几百里再乘船到香港打工。离别时，一家人伤心落泪，缠缠绵绵：香港有多远？那里就有活路吗？往后日子有多深、有多浅？当时家里五个孩子，第六个孩子也快要降生。一粒粮食没有，央告无门，只有外婆有时候捎三两斤大米、一小篮红薯。

就是这个苦难深重的农历四月，六妹来到了人世间。一天清早，太阳刚刚出山，母亲从地里急急走回来。只见她从碗柜取了钵子，打了两个鸡蛋，用我刚刚烧开的米汤冲开，边吹边喝下肚去，闪进里屋，蹲在墙根下，两手攀住梯子，大声吩咐我：“儿啊，快叫曾叔婆，我要生了！”曾叔婆是乡里闻名的土法接生婆，两家相隔百余步。大概是攀住梯子好用力，孩子很快就落下来了，落在冷冷的、硬硬的泥地上，呱呱地哭；母亲也在不停地抽泣，说不出成串的话，只听得断断续续片言只语。曾叔婆悉心关照，母亲吃喝了一点，粗粗糙糙的，接下来便是长长的静谧和沉寂，母婴都累了睡着了。

这是我亲见的平凡而凄美的降生！那年，我十二岁，下面五个弟妹，父亲远在香港，我着着实实受了一次惊吓。母亲倒还平静，三天之后（客家风俗称“洗三朝”），便与常人一般，又开始操持家务了。非常不幸，六妹一岁半时，偏又染上麻疹，离开了我们，父母哭得很伤心，喃喃自责，嗟悔无及。

解放了，如旱苗盼来甘雨。人们欢天喜地。小伙子们把锣鼓搬了出来，不时地能听到激越的锣鼓声。从老解放区流传过来的新歌、活报剧、秧歌舞，更是新鲜明丽，于心熨帖。百姓们说，阳光也变得比以往鲜嫩；连池塘里老虾子发光，也去探究原因，说那是在庆祝国家新生。有人问父亲是不是，父亲一脸疑惑，说不上来。他只听说过盛世出麒麟，不知道眼下老虾子发光是什么名堂。原本能说会道的父亲竟变得木讷，引得人们发笑。

自打解放，父亲便是政府相信和依靠的人，后来便一直是不拿工资而又忙忙碌碌责任不轻的社队干部。人们说：有泥土、有草木的地方就有这样忠心耿耿的干部。母亲跟乡亲们一起，大事之外，还参加了新农村许许多多激动人心的活动。识字扫盲、禁娼禁赌禁鸦片、不准买卖婚姻、铲除封建迷信、宣传新婚姻法，一切轰轰烈烈。新村新规，每天都有新鲜事儿。父母亲接受了很多新生事物，严酷的社会革新实践，促使他们赢得了自身思想人格上的新生。父亲后半生，心力全扑在农村事业上。农田基本建设，是吃饭的事；矿业、绿化、水土保持，则关系到生态环境。还有突发的天灾人祸，更是叫人揪心。上级许多工作，最终都要落实到农村这个层面，社队干部叫苦："上边千条线，下面一针穿。"有时，父亲还要挺身而出，去顶住上边的压力。有一个时期，上面强令水稻要搞"小株密植"，一尺宽的小红薯垅要种两行薯苗，叫"双龙出水"。这是不利于农耕的伪科学，父亲带领社员硬是顶住。说："人误地一时，地误人一年！种田人还能向政府要粮食吗？"呛得上面很没有颜面。

中华人民共和国成立初期，百废待兴，国家还很困难。许多家庭，日子仍然艰辛。粮食不足，瓜菜代。农忙多吃，农闲少吃，一天三顿稀饭。政府统购统销粮食，全民共济时艰。我们家里，从小学到中学，五个孩子读书，谁都不想放弃读书机会。父母也不忍心将哪个孩子拉下来。懿德周圆，这正是父母人格高大之处。父亲是新农村带头人，不能再去摆地摊或挑长途担子了。家务事，也只能拿大主意、指大方向。养鸡鸭，找行家，防瘟病。养母猪，掐准产仔时间，把握好出栏时机，可以交学费。寒暑假，大孩子参加田间劳动，帮忙挣工分；小的孩子干点杂活，聚沙成塔。一个人有一个人的“禄”，什么都是有定数的。父亲说，心专石穿，办法总有。那时政府提倡教育向工农开门，收费很少，还按月发放助学金。中华人民共和国成立初期，贫苦农民子弟读书成才的，一批又一批，国家顺利地解决了人才衔接、事业承继的关键问题。

父亲一生俭朴，烟酒不沾，茶叶都很少买。那些年，父母衣着简朴，平时换洗的衣衫也不多，缝缝补补凑合着。为了孩子们都能读书，只能扛住。但是，人前人后，我们却总能看见他们诚恳、耿直、坦然。在家里，从不打骂子女，总是洋溢着浓郁的亲情。父母对我们很有耐心，尽可能做到顺从其意愿，尊重其选择，爱护其自尊心。他们知道：让身处清贫中的子女有一块自由天地，这是自己唯一能够从容地做到的。父母常说：“聪明人，用不着让人多说；灵神，用不着多烧香。”父母的意思，我们都能领会。父母对人、对子女，是提倡自觉、自爱、自强、自重。我们五兄妹读书都很刻苦，学业很好，都得到了助学金。其中四位都受到过较高教育，成为专家学者、社会中坚。小时候五妹读书获奖最多，但却在十三岁时患肝病去世。安葬时，父母痛彻肝肠，在棺木里面放了一本书和一支钢笔。又一个爱女痛失，竟成终天之恨。

父母对子女的爱很深沉，是烙印到骨子里面的。20世纪60年代初，我大学毕业，支边去了内蒙古呼和浩特。广东，内蒙古，大南大北。父亲约略知道，那是昭君出塞的地方。老人挂心，硬是从广东梅州亲自来到塞北探看。正巧，时值夏天，城南土默川平原，八百里平川，青纱帐起来了。阴山山脉南麓，塞上江南，物产丰富，人情风物淳朴。我在郊区做过两年农村工作，结交了一些农民朋友。我介绍父亲同他们聊天，一起钻进青纱帐抚弄庄稼，一起登上昭君墓顶。喔！极目周边天际，白云贴着蓝天，绿浪随风起伏，舒展自如，气象万千。父子俩在高处转来转去，不时地伸手指着远方，仿佛在翻阅塞北风光画册。父亲高兴极了，说了许多话，赞叹国家疆土辽阔，要我努力工作，说边疆也需要人。我同妻子在塞北工作15年，生育了一子一女，两个孩子出生后都是母亲从梅州跑来照看的，一住就是几年。广东老太，吃住都不习惯，吃杂粮，睡炕头。吃饭时，常拿着窝窝头说笑："读五年大学，跑这里来吃这个。"大冬天，母亲更不敢出屋门，怕飞沙走石。下雪天，在白茫茫雪地里行走，看雪景，母亲说好像是在天上。母亲最担心我们吃不惯粗粮，冬天缺少新鲜蔬菜，每次离开内蒙古回梅州，她都要叮嘱我们："不管粗粮细粮，都要多吃点，吃饱，把身体搞好，在这样的地方受苦，没有好的身子骨不行。到哪山就唱哪山的山歌，人都是那样，不脱几层皮成不了事。”

唉！古稀之年，夜深人静时，想起往事，常生幻觉。似乎父母就在身边，闻得见喘息声。父母一生，知道自己能够做什么，也晓得怎样去做好，充满爱心、责任心，风风雨雨一辈子，活得真是硬朗。在我们心里，两位老人，恰如山野里两棵苍老的松树，根能够扎多深就扎多深，枝叶舒坦地伸展，得天地之惠，自在自然。

作于 2011 年 10 月

原载广东省作家协会《粤海散文》2012 年第 5、第 6 期合刊。

祖父印象

祖父84岁辞世，晚景不甚好。那年冬天，很冷。老人在床前烤火，不慎于睡梦中烧着了身上的棉衣，当儿孙们闻声赶到床前时，本来就行动不便的老人已被烧成重伤，从此便一病不起。当时我在外省读书，远离家乡。听家里人说，老人临终时，总喊着我父亲的名字，声音凄厉，催人泪下。当把我父亲找到跟前时，老人却又哑然。

老人当了一辈子私塾先生，写得一笔好字。是否当过秀才，没见他说起过，也没有见旁人提及，大概不是的吧。常在我面前夸口的是他的书法，“爷爷全靠手中一支笔养活全家”。停了一会，又意味深长地说：“字乃圣人之面目。”记得，春联、婚丧红白对联、店铺招牌、神坛社庙的对联和牌匾，都常有人求他写，而且笔资较为丰厚。那苍劲有力自成一格的毛笔字，令人赞叹不已。此外，他还常替人写些年庚帖子、契约祭文之类，并兼做司仪或主祭。

铭感于心的，是祖父晚年。每逢年关，他常领着我到邻县兴宁城万盛街，设摊写春联。辛苦且收入微薄。闲时尝言：“赌博好不好，问过兴宁吴三宝；自造万盛街，亲手卖到‘了’。”

意指赌博是陷阱，输赢无定，聚散无常。这首歌谣在梅州客家地区流传颇广，印象中，在家乡梅州，务农读书经商走正道的多，赌博吸毒者少。当兵打仗当将军的很有一些。乡情乎，民风乎。

家底薄，老人一向衣着简朴。他常捡些别人的烂鞋底钉在自己鞋上，参差不齐，层层叠叠，极不雅观。常有人笑他一副穷酸相。腹中虽然有点文墨，能赢得人们些微尊敬，然而旧社会那样的年代，毕竟常被人轻贱。可是，他从不把这些鄙薄放在心上，安贫乐道，潇洒倜傥。

中华人民共和国成立初期，老人年逾七旬，赋闲在家。那时，我已进入中学。假日回家，常听他吟诵诗文、古训，于世事不甚关涉。老人两手拧着嘴角两边高高翘起的长须，口中念念有词："物格而后知至，知至而后意诚，意诚而后心正，心正而后身修，身修而后家齐，家齐而后国治，国治而后天下平。"有时也念一些劝世之词："万恶淫为首……逸则淫，淫则忘善，忘善则恶心生……"规劝世人不要近色。那时，对这些古董，我是半懂不懂的，也不去问他。新时代的青年，我自有我的事情。然而，后来才知道，彼时老人心中的悬鹄，就是专门对我吟诵，为我补修"四书五经"的。

倒是有一回听他说，在梅州一个县城曾帮助红军写过标语，并且见过周恩来。还说有人劝他跟着部队去打天下。我极感兴趣地问老人，当时为什么不跟着出去？老人支支吾吾没有作答，显得异常窘迫。

老人有个书架，是用几块木板钉在高高的墙角落里，那是禁区，任谁都不能去翻弄，且常有老鼠蟑螂出没，怪吓人的。里面究竟有什么宝物？家人不得而知，始终藏有几分神秘。直至他去世后，我从武汉大学回来，满怀希望地去书架上寻找古籍，希望能得到一些珍本、孤本，然而，翻拣出来的一大摞，全是手抄本，多是断简残篇。我大失所望。原来，老人的禁区，藏的并不是什么宝物，而是在摆门面，藏拙。祖父没有留给我什么遗产，只是临终时说过一句话："我身后，这间屋给长孙。"

听乡里先辈说，祖父只读圣贤之书，替圣贤立言，一生严守古人"述而不作"的训示。故而书架空空，腹中空空。要不是写得一笔好字，我想，那命运不会比鲁迅小说中的孔乙己好。难怪人们慨叹：孔子之后便没有出过圣人。

鲁迅先生说，圣人，圣之时者也。祖父一生没有弄懂这个道理，这实在是一种不幸。

然而，说祖父一点创造性都没有，却也不实。他一生勤劳俭朴盖了几间房屋，起楼名叫"星彩楼"，并且根据家乡秀丽山川所汇成的屋场"风水"，编了两副对联。大门对联："星光紫府，彩色更新。"楹联："凹岭屏屏鸣晓景，平林漠漠卧苍龙。”我家大门面向一个山坳，山坳像个屏风，又像个窗口。从这个山坳直望出去，那边是风光千种，意象朦胧，高深莫测。我就佩服这“鸣”字和“卧”字，道尽了山村的一动一静，意趣盎然。

我家的春联，年年照旧，不许变动一个字。每逢春节，且是风和日丽之时，总有几位稍通文墨的邻居来评点对联和屋场“风水”，说我们家“风水”好，有“书种”，那证据便是“星彩楼”代代出文人。就现今而言，老人门下，小学教师、学校校长、中学教员、大学教授总共就有十二位，可谓“教师世家”。

记得小时候，中华人民共和国刚成立的时候，爷孙俩“吵架”了。我当时是少年先锋队队员。我说：“爷爷，大家都喊毛主席，你怎么喊‘毛泽东先生’？”祖父没有说什么，只是扭过头朝我笑笑。唉！爷孙俩这些小不愉快，幸好没有形成“代沟”。

作于1997年5月

烛光下的情思

最近，从旁人嘴里知道，叔父得了高血压。虽经治疗，仍手脚发颤，动作迟缓。叔父家境是一向都不甚好，现在六十多岁了，还要为几个年幼的子女操心。

人呵，就怕晚景不佳。

深夜，在烛光下，想起了关于叔父的许多事，而每一件事又都似乎浸透了生活的液汁，分量很重很重。

叔父早年教过私塾，稍后，又在国民党的军队里当过兵。战争、失业、饥饿、瘟疫、欺诈，他都经受过，尝尽人间冷暖。我记得很真切，他的新生是在1949年之后。他随部队起义参加中国人民解放军，又从军队复员到了地方，从此便一直扎在粤东的山沟沟里，从事山区的教育事业。

中华人民共和国成立初期，百废待兴。各种专业人才奇缺。教育是当务之急。叔父正是在这节骨眼儿里投身搞教育的。从那时开始至今，小学校长当了近四十年之久。那时，除了正规的学校教育，成人教育也很受重视。识字班、专业培训班，各种夜校，如雨后春笋，布满了山区各乡镇。深夜下课，松明火把如流星，把各个山乡照得个通明透亮。青年小伙子和山里妹子，此呼彼应，倩影双双。有的三五成群，擎着火把，高声议论着自己将来的打算。

50年代初期抓教育的劲头耐人回味呵！

那时，学校不仅抓教学，也要完成政治宣传中的各种任务。农村中心工作一来，高年级学生和教师一齐出动。大小标语、黑板报、大字报，遍布穷乡陋巷；口头广播，一般是在夜里，一盏煤油灯村头路边一摆，手持纸糊的喇叭筒，朝着村寨居民点直喊。抗美援朝、土地改革、“三反”、“五反”等重大政治新闻，最初也都是通过这种媒介，流传到山乡各处的；充满政治色彩、简洁明快热烈的文艺演出会，也由小学教师组织。校长、教师、学生同台表演，情趣横生。戏台子搭在山坡上或屋场中间，松明火把高照，人头攒动，嘈杂声四起。真是坡上坡下火照火，里层外层人看人。

“那时的生活有种特殊的滋味。”叔父时常这样说。

我记得真切，那种时候，叔父是最忙的。白天要上课，要开会研究教学；晚间要分派宣传任务，要具体指导宣传方法，要检查宣传效果。他写得一手好字，大小标语，纸上的、墙壁上的，一手包揽。他的书法，远近闻名。口头宣传也离不开他。有一次，在村头用喇叭筒演说，风吹灭了煤油灯，他竟踩上了一条毒蛇，虽及时用了药，脚板子和小腿仍旧肿得吓人，患处还褪了一层皮。他演讲时，就是在漆黑的夜里，也打着手势，神情很专注，好像眼前有许多听众似的。对一些观点，他也敢发表自己的看法，语言生动。乡亲们都爱听他演讲，听着舒心、过瘾。

“那时节，人心还比较古朴。”叔父有时也发些感慨。

烛光融融，情思绵绵……

叔父的工作，经常被调动。从这间小学调到那间小学，出了这条山沟，又进那条山沟。鸟鸣、蛙唱、稻香、果熟，泉水叮咚，小溪哗哗，便是他的心曲。叔父常常自得其乐。他有许多熟人和朋友，赶集或进县城，同熟人和朋友招呼，头像货郎鼓。村里的红白喜事，头一个请柬是送给学校的；荔枝、龙眼等时鲜佳果下来，头一篓是送给学校的；新米出来，第一袋是给学校的。山民需要文化，百姓尊敬教师。山越高的地方，对教师的礼仪越重。叔父呢，常头顶斗笠，百家千家地走串。春种秋收，谁的忙，他都关心、都帮。力气不多，心是热乎乎的。有人不止一次地夸奖过，叔父的学校，农忙假放得最及时。春节前写春联，他把整个村子的都包下来，自己备笔备墨，从腊月二十一直忙到大年三十。谁家出了麻烦事，有难题，都想找他排解。哪怕是几句安慰的话，也好像只有出自他的口才贴心，才踏实。

山村学校简陋的教室里，桌椅不配套，学生年龄和个头参差不齐，衣着很杂，汗味、土腥味时而可闻。山村学校的一切，叔父都习惯。他熟悉孩子们的眼神、言语、动作。他不仅主持校政，还能讲授语文、政治、历史、地理，只要是文科类，哪门课缺教师，他都能顶。他通晓小学所有课程的教学大纲，教育理论方面颇有见地。他常常深入课堂听课，笔记极详，也常细言细语地同教师砥砺切磋。叔父对教师的要求是极严格的。他认为，一个教师不仅要能教书本，懂教材，国内国外大事也要随时明了。要看各种报纸，掌握各种信息，并用它为自己的教学服务。

“乡村教师应该是山村理智的火种。”这是叔父的格言，他自己是身体力行的。

烛光融融，情思绵绵……

叔父对教育事业、对别人想得很多，对自己和家庭却想得很少。记得，我父母就曾经埋怨过他，说他在好些方面“不近情理”。然而，我却理解他。一个人的心里怎能包容得下一切呢，“顾此失彼”是古人的话，今人也难免捉襟见肘陷入窘境。例如，曾经有一个时期，在老干部、老工人中流行提前离退休，以便让子女中的一个来顶自己的班。叔父没有这样做。他儿子虽也谅解，旁人却有了话，说他是“死脑筋”。然而，他内心深处的矛盾又有谁人知道呢？家里盖房，墙需推出去一尺，邻居不给这一尺土地，他便将房屋缩小，使房子显得很难看，致使有的人见了房子就议论，说他太老实巴交。我不知道这些是非该怎么个理论，也许大千世界就是这么样的吧，然而，叔父的形象在我心目中却是愈来愈高大了，这是实实在在的事。

烛光融融，情思绵绵……

人，感情的动物。共和国时历四十余载，如今改革开放，沧桑多变，当一个人将走到尽头的时候，垂垂老矣，会怎么想呢？在山村当校长整整四十年，培育过多少人？他对于山区的意义在哪里？像叔父这样的人，在全国乡村到底有多少？大山呵，你能回答吗？

蜡烛散着烛花，毕毕剥剥地响；烛光摇曳着，摇曳着……

作于1990年11月

原载华南师范大学《语文月刊》。

堂叔的旧裹腿

到阳台上的竹筐里找麻绳，偶然发现了接在麻绳上的两条旧裹腿。见物思人，脑海里便不停地翻腾起来。晚饭没有吃好，备课也不能专心。思想感情这东西有时也古怪，细算起来，我走南闯北也有33年了，这裹腿怎么还在？过去一直不珍惜，视而不见，今天心血来潮，思索起来竟又没完。

我一个人在书房里踱来踱去，无法整理自己的思绪……

这两条裹腿，是四十年前堂叔送给我的。粗糙、卷缩得皱巴巴的两节布带，上面的血迹已经变成黑红色的锈斑，其中的一条，还烂了几个洞。此刻，我总觉得这物件似乎留存有许多无声的语言。

国家和民族多灾多难的那些年月，堂叔就同广东东江游击队有些关系。有人说，他是地下党员，又有人说，他是党的外围组织成员。那会儿我年纪尚小，不晓得问他。裹腿的确是他那时送我的。20世纪50年代初，他在乡里当过村长。清匪反霸的时候，他腰里时常别着手枪。德国造的手枪只有巴掌大小，乌黑发亮。为了这支枪，我一天就得往堂叔办公室跑几趟。记得，这枪也发生过一场惨剧。一天晚上，一群青年民兵在办公室里聊天。一个好事者拉开堂叔办公桌的抽屉，无意中发现了这支手枪。出于好奇，便拿出来摆弄，突然，“叭”的一声枪响，把桌子中间放着的一个大瓦茶壶打烂了。惊魂未定的小伙子们，都在暗自庆幸，以为枪没有伤着人。然而，枪其实已经伤着人了——就在扭秧歌时，村秘书倒下了。子弹头留在胃里，血也流到胃里。枪响时，村秘书竟不曾感觉到。据说，那弹头有一时的麻醉作用。后来，村秘书死在了医院里，堂叔也因此受了处分。至于那枪，在乡亲们的嘴里，便越传越玄乎了。

堂叔后来到了乡政府，公社化时，“政社合一”，又被委任为公社党委副书记。那时，我已在县一中读高中，去过他宿舍几回。那是一个12平方米的陋室，两条长凳上铺着块木板便是床，凳腿上斜伸出来的木条各绑着两根竹竿，支着旧得发灰的蚊帐，床上只有一条旧军毯；藤织的旧衣箱、碗筷和洗漱用具全摆在青砖垒起的土台子上；只有办公桌和两把椅子还算有模有样。堂叔经常下乡，毛巾、牙刷，几套换洗衣服，往小挎包里一塞，便是他的行装。那些年，他带领着四乡八邻的乡亲们搞过互助组、农业合作社、人民公社。农民插秧他插秧，农民打禾他打禾，只要他在场，田地里便有说有笑，煞是热闹。一些大伯说，做苦力活时，有个文化人在场说说话，觉得天地都变得宽了，心里也快活。堂叔为人清正，常听人说，喜欢吃吃喝喝的干部，都很怕他，特殊一点的宴请，都躲避着他。家乡父老背地里都议论，说他太认真、太老实过头，到头来反而“孤立”了自己，使自己的肚皮吃亏。

…………

夜深了，我踱步到了阳台上，四周楼宇，有许多窗户还透出来亮光，显出高深莫测的样子。远远近近、高高低低的楼宇，隐隐约约，全都笼罩在灰蒙蒙的云里。静，寂静呀！……堂叔打着裹腿走过多少路？走了多少时间？后来进城了，走路就不打裹腿了吧？我抚弄着这两条旧裹腿，觉得有些潦倒。

堂叔在1958年“大跃进”时染了病，三天两头地咯血。罹此沉疴，只几年工夫，便肌体支离。高颧骨，瘦黄脸，身架如干柴，看到他这副模样我便产生揪心的痛楚。然而，他还是照旧下乡，没日没夜地操劳，一直坚持到“文化大革命”初期。了解他日常工作生活的，都说他是累垮的；只有婶娘固执地坚持乡间的说法，认为是平时爱吃煎煎炒炒的东西，引起“热火攻心”。婶娘定下许多饮食禁忌：不许吃炒花生、油煎豆腐泡、火焙鲫鱼等。不许叔父吃，她自己也不吃。我父亲曾经劝过堂叔，要他去小学当个校长，求个清静，疗养一下，日后再图进取。然而，这些话都未能打动他。临终时，咳嗽越来越急促，先是咯出鲜红的血，随之身子骨往上猛一抽动，吐出来一大堆暗红色的血块。婶娘说，血块出来后，人平静了，以为会有转机，哪里晓得就这样咽了气，连句话都没有留下。婶娘流着泪说："身子骨往上猛一抽动，就这么一下……就这么一次！"

那时正值"文化大革命"初期，人们在搞大串联，成立各种派别。今天你在台上，明天他在台上。面对匆匆过客，百姓莫名其妙。堂叔因病未受冲击，但他对政治向来极为关注，他是带着困惑和疑虑离开人世的。对他来说，这不能不说是一大憾事。

在那黑漆漆的年代里，把头颅掖在裤腰带上，出生入死；中华人民共和国成立了，又忙于组织发展生产改善人民生活，进而巩固政权。堂叔——像堂叔这样的许多早逝者——没有过一天平静的日子，没有享受一天现代化的生活。我们还能去苛求他们、责备他们吗？在千难万险的革命征途中，死去的人千千万，有的连名字都未留下；活过来的，各有际遇，有的后来成了省长、部长、将军、学者、教授，这是时代和人民的赐予，毕竟生活总是要向前。然而，我们后人的心境念及此是不应该平静的。

堂叔身后留下两间旧屋和两个女儿。前些年，婶娘也搬到二妹家闲住去了，人老了。大概是前年吧，我春节回家探亲，大年三十那天，突然见到堂叔家炊烟袅袅，我信步走过去，只见头发斑白的婶娘在做菜。她悲戚地说："过大年了，给你叔叔做顿饭！”回到家母亲对我说：“自打你婶娘搬出去住之后，每年春节都回来住几天的，给亡故的人烧香吧！”

这大概就是不要断了香火的所谓“香火”吧！

我的心不禁紧缩了起来！

我把堂叔的旧裹腿从麻绳的一端解了下来，在灯下的写字台上熨平。蓦然，在裹腿的一端发现了用黑线挑出的叔父的名字：质雄。霎时间，我的心激烈地跳荡了。我想，在当今国际时局多变的环境里，忆旧、念旧，或许还有些意义，即如这裹腿，谁能说没有再用它的时候呢？

异域低吟行路难，

吾邦号角起长亭。

作于 1993 年 3 月

难以忘怀的师生情谊

——深切怀念李锡伦先生

李锡伦先生，在足球之乡梅县地区，许多人都晓得他。在我们老家，无论大人小孩，人们总是亲切地叫他“伦爹”。三十多年没通音讯，他大概八十多岁了。记得，50年代，他就是国家级足球裁判。每当县里有什么足球大赛，他便是当然的主裁判。只要是他出场主裁，便必定会出现逗乐的场景：肥肥胖胖的，大腹便便，腋下夹着个足球，左右陪着瘦瘦的巡边员，一律拿手拿脚地踏着步子。这个由过肥过瘦构成的幽默的裁判组一出场，看台上便爆发出欢笑声，有的球迷还指指点点，高声地喊：“伦爹！”

很有些年头了，想写写自己尊敬的这位老师。然而一直在迟疑。总以为自己平平庸庸的一支秃笔，哪能描摹老师之万一呢？初中、高中，先生担任过我们六年体育老师啊！

往事如烟，丝丝缕缕……

中华人民共和国成立初期，我在县一中读书，李先生就教我们体育。记得，那时百业待举。学校自然也步履艰难。体育运动场地不足，体育器材极少，足球场、篮球场、排球场是热点，常常挤满了人，不时闹些矛盾。为了解决这个难题，学校体育教研组便设法开辟场地，在教学楼和宿舍楼周围，因地制宜地开展体育运动。那时节，李先生是最卖力的一个。校园里，几乎到处有他的足迹，哪里都能听到他的声音。同我们一起平躺在柔软的草坪上做仰卧起坐，脸贴地做俯卧撑，翻大跟斗，到教室后面爬山；我们拿柚子当足球在白白的沙滩上角逐，他也咧着嘴笑，甚至脱了草鞋也来凑几脚。“争取为祖国健康地工作五十年”这话，我最初是听他说的。

在体育课上，先生有详尽的教案。每项运动，他都要讲清楚原理、动作要领和做示范。近80公斤的体重，飞身跃过跳箱或跳马，汗水涔涔的，大腿和上臂过多的脂肪颤悠悠的，人喘着粗气，那幽默劲儿直逗得人发笑。做过示范动作之后，他便站在一旁保护着、指点着、纠正着、鼓励着，学生们则围着器械和老师龙腾虎跃。

学校办公楼前面有一长溜黑板，上面五颜六色，布满了各种专栏，其中有一块是专门安排各班学生体育活动项目的。每天晚饭前后，先生便在这里绞尽脑汁地编排填写一千六百多人第二天的活动项目，像三军统帅般运筹帷幄。在他脑海里，铅球、教练手榴弹、标枪、跳绳和各种球类，都是力的源泉，产生高尚情操的温床，培养意志和毅力的摇篮。

往事如烟。不知不觉之中，自己也当了二十多年的教师。我以为，我的教育思想的树立，大半是获益于当年的体育课。

一般人认为的蹦蹦跳跳随便就可以应付的体育课，我的老师为什么这般严肃认真呢？我不止一次地寻找着答案，从中受到了鞭策。

先生擅长踢足球，有极高的技艺。传闻他与中国球王李惠堂结伴踢过足球，不知属实否。然而，大概是20世纪50年代中期，他同当时的校长李广铸一起率领广东省教工“钟声”足球队征战全国各地却是事实。那时，他已年近四十，然而宝刀未老，只是身子过于肥胖，体力和速度与年轻时候相比，稍微逊色一些罢了。在球类方面，他常常在课余混杂在学生中一起玩。穿着用牛皮做的草鞋式样的鞋子，短裤套着短袖衫，既指点自己一方，也激励对方。无论哪方的谁攻进了球，他都点头称赞，简要地加以评点，古铜色的脸膛挂着甜甜的笑。在足球方面，他培养了不少人才。20世纪五六十年代在国家队踢前锋的好手张均浪，便是他的高足。曾经在省市一级球队里效过力的就更多了，像余陆胜、戴汉权、戴佛保，都是同学们所熟悉的。

那时，我们的足球场原是旧县政府的操场。北面一个砖砌的有瓦面的台子，叫“同乐台”。在这里，我们在先生的悉心指导下，无数次地练习足球的基本功，例如，各种控球方法、头部顶球、铲球、带球过人和射门等基本功。练习临门一脚的技术时，球穿过球门（那时正式比赛才挂门网），撞在同乐台的墙上，“通通通”地震响，震得同乐台都颤动起来，直到很晚很晚，禽鸟都不敢在同乐台上面歇宿。

说也奇怪，同乐台左侧的大路边，孤孤独独地生长着一株芒果树，趁着天黑，我们还去偷吃过几回芒果呢！

往事如烟，一缕一缕的。回想起来，李先生对学子们赤诚的爱，尤使人难忘。课外体育活动时间，一千多名学生在校园里像脱缰野马一样，什么意想不到的事情都有可能发生。每当这个时候，李先生和他的同事们是走一处，指点一处，提醒一处。各种体育器材，他常常检查，什么都自己试过之后，才放手让学生们玩。他会包扎伤口，似乎还会正筋骨。谁腿脚扭伤了，让他摸摸捏捏，拉拉拍拍，就轻松多了。大问题也有过一回，至今想起来还使人心碎。一次体育课，一位老师组织学生们到河里游泳。50多个男女青年，都下到河里，像满河浮游着的野鸭子，雀跃欢腾。站在河岸上，满眼是浪花，满耳是喊声，叫人头晕目眩。突然，有人喊：“淹死人了！”紧接着七手八脚抬上来一个结实的小伙子，小伙子脸白得像张纸，肚子微微鼓起。这时，先生从远处跑过来，立即手脚着地趴下，背部拱起，叫人们把那学生俯伏着放到他背上，让那个学生脸朝下先吐水，旋即由他做人工呼吸，并打发人跑步去叫医生……一个小时过去了，两个小时过去了，三个小时过去了，在场的人屏住呼吸睁大着眼睛，幻想着能出现奇迹，然而，那身子却越来越僵硬……河水呜咽着，河岸的修竹，头低垂着，西边天际泛起了暗红的晚霞。

当时，我是学生会干部，始终不离先生左右，等着听吩咐，跑腿。我第一次看见先生痛苦的情状，那景况无异于乡间的老年丧子。

往事如烟，丝丝缕缕……

平素，我总在想，广东的体育事业能够腾飞，并一直保持它的势头，恐怕与前辈师长的辛勤劳动是分不开的。20世纪50年代，他们确实培养了一批体育能人。一个县属中学，球类、田径、体操，各个门类都配备有素质极高的专业的教师，一板一眼，一招一式，都有定规。这对我们从中学走过来的现在50岁左右的人来说，是一辈子也忘不了的。老师们把自己踏实、苦干、与科学精神相结合的教学态度和方法无私地传授给下一代，现在正是这“下一代”发扬光大的时候，那许许多多体育教练，以及在各类学校默默地工作着的体育老师，不就是现在的“伦爹”吗？就像南国春夏秋冬四时都有鲜花一样，广东的体育之花也是常开不败的。

往事如烟，丝丝缕缕……

记得，是大前年的春节吧，我去拜访母校，寻旧迹，一心想见见当年的老师，然而，一个也没有会着，只见校园四处，旧迹依稀。寻访之间，顿生沧桑之感。在校园的一角，意外地发现那原先的老竹丛旁边生长着茂密的新竹，新竹旁边又冒出了不少笋子，竹林变大了，培的新土也比周围的地面高。竹林右侧，新楼加了几座。楼间树木高高低低，亭亭如盖，此处已是别一番景致了。

作于 1989 年 11 月

客家山村学堂往昔

家乡广东梅州五华转水镇青塘村，是一个客家山村。往昔，村民吴姓居多，还有高、孔、钟三姓。乡民虽姓氏不同，仍能长期和睦相处。山青青，水甜甜。这点，极为难得。现在乡民新居斑驳，关系更亲密了。旧时，异姓同学朋友多多，大都能相亲相爱，勤读苦练，很少惹是非。五华河流经村东，拐个弯再往东，与琴江河汇合后，注入韩江，于汕头出海。河水转弯，故称“转水”。百姓更直接，称其为“转水角”。旧时，设立圩镇，为小地方政治经济的一个点，约定农历每月逢二、逢五、逢八为赶集日。丘陵地带，水美土肥，林木茂盛，六畜兴旺。文化政治经济积淀颇深，人情风物敦厚。

清末民初，村里只有几间私塾。读国学，习书法，修身齐家治国平天下。子曰诗云，诸子百家。我祖父在邻县或本县，荒屋祠堂之间，教了一辈子私塾，留下一些美名和一串串故事。“星波先生眼眈眈，屁股挂个猪油盦。”歌谣讽其严厉和穷酸，但祖父平生并不介意这些。

民国初年，开始创办洋式学堂。乡贤吴钦昌、吴枢祥、吴学华、吴肇锦等先辈，几经周折，筹款选址，在马河坝建设了新校舍，正式取名惠民学校。粤军高级将领余汉谋先生题写了校名，勒石高挂大门之上。校旁还建造了一座两米宽、两百米长的大木桥，方便乡民上学和赴圩镇赶集。

这是村子近现代大变化的开始，深得民意，须大笔书写。

学生和村民都喜欢体育运动，喜欢足球、篮球。在转水镇，运动场所是一流的。出色的足球、篮球运动员和教练员很有几位。足球渊源还可追溯得更远。早年，世界足球王李惠堂便是五华县人。县城公园里矗立着铜像。近年，在其家乡，建立了“五华横陂足球小镇”，招收了很多学生，远近驰名。县里建立了体育中心，各种运动项目齐全。足球场观众席可容纳三万至五万人，蔚为大观。

惠民学校，离河岸仅百米。早年，河畔常见木船和木排。河对岸，沿着群山，窄窄的土质公路，通往省城。近处百姓聚散隐蔽，格外容易、方便。这是那时打游击的好地方。有的河段，河水深处有八九米，孩子们严禁去那里耍水。发大水时，则放几天假。孩子们喜欢这种不期而至的“放假”，可以四处去捞鱼虾。学校坐南朝北，发大水时，能见滔滔江水扑面而来，令人神思。“勤读苦练如逆水行舟”，这是师生常挂在嘴边的话。离学校北面约3000米的一座高山，亦在水边，形同“笔架”，人们称之为“笔架山”。苦读如逆水行舟，巨笔架于高山之巅，日后必出贤人……这便是先辈选校址的神来之笔。百姓，无论长幼，一直是这么传扬的。似乎，这就是乡民思想上的根。

可喜的是，一代一代，学校果然培养出了许多人才。中华人民共和国成立七十多年，特别是改革开放以来，乡民思想面貌改变颇多。军官、学者、教授、作家、校长、企业家，出了多位。特别是企业家，捐资助学，校区规模多次发展变化，村人十分感激。

回忆往昔，山村里，先辈们曾留下些公田，叫“公尝田”，其产值作为村中修桥、筑路、办学之用。旧社会，教师薪水便出自其中。不足之数，便由学生交纳一些大米，旧时，叫“学书米”：一、二年级每学期6升；三、四年级8升；五、六年级一斗，即20斤。一日三餐的蔬菜，亦由学生家长轮流提供。学校厕所肥料都承包出去。旧时山村学校确实艰难。

五四运动之后，学校也逐步推行白话文教学。一年级语文教师领着学生用客家方言大声朗读课文：“日历日历天天撕去一页”“小猫追小球，小球滚，小猫追，滚滚滚，追追追。小球滚得快，小猫追得快”“咕噜噜，咕噜噜，半夜起来磨豆腐。磨豆腐，真辛苦……”当然，教师讲授内容是灵活的，出自肺腑的，比民国初年的《启蒙国文》活泼多了。村子和学校，有很长时期是共产党的地下交通站，前后有10多位老师，都是村中叔祖辈，全是地下党员。他们日聚夜散，中规中矩，从事教学工作和完成自己的特殊任务。前继后续，火种不灭。国民党特务虽疑心不断，却毫无办法。抗日战争胜利后，内战再起，地下交通站曾被破坏过一次，抓过几个人，但不久后又恢复如初。像河畔香蕉林、竹林，仍在水边涌动，仍在风里呢喃、呼啸，满含生机。据老年人说，党史上有名位的古大存同志，是五华县人，他也曾经来过学校交通站。

老师吴汪洋，是我的堂叔。他是我祖父教私塾时的学生，我又是他的学生，很富戏剧性。特务们抓人时，还挥动手枪赶我们走，嘴里嚷着：还上什么课！后来才知道，堂叔到东江纵队，再到粤赣湘边纵队，再到淮海战役战场，南征北战……他任中国人民解放军师级干部时，已改名为吴天。堂叔30多年前退休时，把十几万元积蓄捐赠给了惠民学校。乡亲们赞叹不已。这些往事，全都载入《吴氏族谱》，深种于族人心中。

教育事业是没有止境的。人们说，教育事业是一架天梯，需要永远攀登。要把话讲到孩子们心坎里，把他们引上科学技术发展的新路，是不容易的。关键在于情感和责任心、事业心。旧时代的乡村教师与学生及其父兄是双层关系上的朋友，休戚与共，真心、真情、真话、真事。我自己有件切身的事：1949年荒时暴月、兵荒马乱，由于我家交不出“学书米”，我辍学了。每天去挖野菜、拾粪。有一天，吴汉鸿、吴汉升两位老师亲自到我家，把我拉回学校，并免了我一年的“学书米”。我从武汉大学毕业，去拜访过吴汉升老师。其时，先生在省教育厅当领导。彼此相见，感慨万千。

作于 2021 年 5 月

珞珈山求学记

回忆，似空谷足音，似天上闲云野鹤。然而，记忆里那些特别深刻的物事，却又总是在肚肠里兜兜转转，放不下，推不开。人生心态就是那么难以平衡。

1958年秋天，我考取了武汉大学中文系，1963年7月毕业。整整五年。记忆长河，已流淌56个年头。记得当时我从广州乘上火车，在广东境内，就看见许多热烈的劳动场面。进入湖南境内，从车窗望去，青山绿水，莽莽苍苍，古旧村落，盘山结坳，山头连着水尾，林树映照着田畴。随处都能看到忙碌的人群，有的在搞农田基本建设，有的在弄小高炉炼铁。彩旗、红旗飘扬。列车擦着村边时，还能隐约地听到有人在唱："浏阳河，弯过了几道弯，几十里水路到湘江……"

短短旅途，万千气象。我童年际遇很苦，遇事心细，途中见闻，让我很激动和兴奋。我看见了国家民族坚强的脊梁，感受到了人民大众新的精神面貌。只是内心里过早地留存了沧桑之感，有些忐忑。到了珞珈山，行李刚刚放妥，我便加入劳动大军。当时武昌南湖要建大学生钢铁城。我们的任务是建筑钢铁之路，每天挖山挑土铺路。刚入校的大学生，干起活来强劲威猛，火星四溅。听说，高年级部分同学在运输铁矿石，精选燃煤和焦炭，忙着在学校四区大操场建造小高炉。校园内外一片繁忙。

9月12日，正值群情振奋之时，毛主席视察了武汉大学。当天晚间，在行政大楼门前大操场，他同时接见了武昌五所大学的师生。毛主席到大学来了，青年们心里说不出来有多高兴，个个脸上挂着彩云。

入冬，劳动任务更重了。中文系小部分人继续冶炼钢铁，大部分人马开赴汉口丹水池工地，建筑京广复线。南北大动脉，修建复线，群情振奋，富有血性的青年，更是摩拳擦掌。大冬天晚上，几百人睡在仓库水泥地面上。食宿地与工地，相距八九公里，早出晚归，两头见黑。激战四十多天，中间没有歇息。工程线路若遇到池塘或沼泽地，则先把水抽干，挖掉稀泥，然后填上干土，夯实。接触泥水，会染上血吸虫病。突击队队员用白酒反复擦拭下身和两腿，不避艰危，跳入泥水之中。建筑路基，土方数量很大，而且必须到距离路基两百米远的地方取土，全是肩膀挑。清一色男士，挑着满满土筐，在田间小路上，摆开一条条长蛇阵，像电影片中的古代沙场战阵。青年学子都炼就了一副铁肩铁脚板，经历了一次严峻考验。

工地归来，校园已是落叶满地，寒风凛冽。唯绿篱、长青乔木仍然矜持，在等待白雪姑娘。第一次在大学教室上课，教师和学生都十分珍惜时间——劳动间歇中挤出来的时间。在教室里，能感受到大家的疲劳感和对于知识的饥渴。全年级91人，分三个小班，不设班主任。每个班设党小组、班委会、团支部。当时，武汉大学十多个系科，三千多名学子，工农子弟占了一半多。学杂费用很少，几近免费，贫苦学生还能领到助学金。大家相处，十分惬意。校园对老年教师不直呼“教授”，而是恭恭敬敬小声地称“先生”，不说职称。偌大的学校，人人有敬畏之心，有羞耻感，道德力量格外凸显。

1959年春天，我们年级下放农村。当时学校规定，文科各系师生，都必须深入工厂、农村，了解和体验人民生活。这是一门必修课。有些课程也带下去。3月2日，我们到了湖北天门县（今天门市）小庙公社灯塔大队。上级要求，要像八路军、新四军那样，遵守三大纪律八项注意。住农民家，集体自办伙食。每天清早，替房东挑水扫院，帮公社修桥补路。早饭后，便同公社社员一起去忙农事。时值早春，天还有点儿凉。扒粪，送肥，整地，棉花选种，麦田、油菜、蚕豆的田间管理，农活很多。“活”从紧处来，哪样急先干哪样。眼看着小麦、油菜就快登场，天清日朗之时，便整修打谷场。农村水利工地，也巴望着我们去支援。当年的大学生，有工农速成中学毕业的，有调干生，年龄都较大。上机床，生龙活虎；摸犁耙，行家里手。老乡从心眼儿里喜欢，说我们“好用”，常吩咐大妈大娘给我们食堂送鱼送豆腐，怕亏待了我们。

我每天去犁田、整地，为种植棉花做准备。公社棉花地，很长很宽，气势恢弘。我摇着犁把手，吆喝着大水牛，一个上午，只能有四个来回。摇着摇着，牛儿迈着方步，梦幻一般，物我之间，仿佛是两只蚂蚁，渺小精灵。地头休息时，牛吃青草，我啃萝卜。上年收获时漏下的萝卜，冬日埋在土里，春天发了新芽，拳头般大小，皮红肉白，脆甜中带点儿辛辣，人说可以防治脑膜炎病。当地人最害怕血吸虫病和脑膜炎病。

大水牛很温顺，时而吃草，时而抬起头瞪大眼珠子看着我，叫两声儿，通人性似的。我拍着它的肩背喊："你好，乖！"

江汉平原，望不到边的庄稼。村寨，远远近近，星罗棋布。居民点，老祖宗留下来的大树林子，算是有点儿灵气，是人们聚散之地。河堤和池塘边上，杨柳特盛。池中浮萍点点，偶尔传出蛙鸣。小麻雀、蜜蜂、蜻蜓、螳螂各种昆虫鸟类，同在枝条草丛中热闹，嗡嗡营营。动物世界也有七辞八让。老乡饮用池塘里的水，我们也一样，同饮一泓水。水质不好，百姓千百年都这么过。

农闲，地头休息，或挤在一起选棉花籽种时，与老乡聊家常，谈苦乐，常涉及村里的卫生环境、疾病、小孩上学之事。当时农民生活还比较苦。农村人心事很重，有不少想望，大小心结都乐意说说。学生里，许多原是农村人，对农民疾苦感同身受。看见血吸虫病病人，肚子那么大，自己用锥子去挑绷紧发亮的肚皮放水，大家都为之落泪。

在村子里，与老乡心贴着心，朝同暮随，整整三个月。离开时，农村饥荒已经开始。不能再共渡难关，大家都流下了辛酸泪水。那情状酷似当年老八路在村口同乡亲们道别。我们内心深处都感到对不起老乡，时间这么短，没有给他们留下什么东西。带下去的课程也没有怎么上，没那心思。50多年了，还记得房东熊柏枝哥、熊祥耳小弟，他们住在天门县岳口镇一个叫小堤口的村子里。

体力劳动过于多了。学生有些忧虑，专家学者也开始摇头。彼时教室空着，图书馆、阅览室人少影稀。社会上传言，说外文系本科毕业生，在外交部竟不能适应工作。偏偏这个时候，又出现了这样一件事：苏中友协副主席、苏联著名诗人吉洪诺夫，由戈宝权等陪同，与中文、外文两系师生见面。客人朗诵了自己的诗作《中国人》，诗中引用了毛主席的词，其中“数风流人物，还看今朝”两句，翻译竟译成“要知道今天的英雄，请到现实生活中去找”。毛主席这首词当时还未公开发表，译者和听众都未发觉问题，后经俄语专家戈宝权说明，才引发了善意的笑声。

校长李达是一位哲学家、教育家、革命家，曾经是党的一大代表，在师生中享有崇高威信。学校领导研究了现状之后，整顿了教学秩序，暂定每学年劳动时间不得超过一个月；体力劳动教育必须与德育、智育相结合，不能把学生当作简单劳动力使用。

教学是根本，科学研究也是重要之举。同时，必须照顾年轻人特点，生动活泼地开展文化娱乐活动。小操场露天电影，大胆地放映欧美、印度、日本等外国影片和中国港澳地区的片子，让学生们自己鉴定和评论。周末，体育馆舞会照常举办。国家级和省一级艺术院团，也常来校演出。能见到乐团指挥家李德伦、歌唱家黄虹、电影演员杨丽坤、汉剧艺术家陈伯华，大家非常高兴。中文系学生大胆尝试，把大型话剧《红旗谱》搬上舞台，并到武汉钢铁厂、武汉锅炉厂演出，敢上大场面，受到了工人群众的赞扬。

校园里，日子依照自己的逻辑在行进，时序进入1959年下半年，学习生活极度紧张，饥荒带来的各种困难缠夹其中，考验着各种各样的人。那时报纸开始出现大块文章，教育向工农开门、教育为无产阶级政治服务、教育与生产劳动相结合，这些观点，几乎成了媒体一度的报道中心。到1960年初，大学里产生教育革命，也就是十分自然的事了。教育，培养人，事关社会未来发展，涉及人理、学理、文理、事理诸多方面。教育事业如何构建，关系到民族盛衰、国家兴废。教育革命，在总体探索方面，不能因循守旧，但也不能超出无产阶级政治的范畴，是非常费周折的，像走钢丝。虽有苏联经验借鉴，也不无遗憾。当时，教育部部属十三所重点大学，改为五年制，已开始重视精英培养。通才教育与专才教育，怎么协调？通才怕空疏，成为“万金油”；专才怕狭隘，成为书呆子。措施出来，知易行难。学生要走“又红又专”道路。红，指政治思想和道德方面的觉悟，是人的灵魂；专，指的是学问和技能。两者是辩证统一、互相促进的关系。学校里，不能没有政治思想工作，关键是怎么才能做到实处。当时，红专气氛很浓，就像校园里角角落落充满了阳光一样。学生出了校门，在一定环境里，继续磨炼，通才可以变成专才或大师级人物。万千专家学者，正是这样锻打和铸造出来的。巍峨中华，接班人不是少数人，而是亿万大众。这些人，有信仰，有学问，有坚强意志，爱国爱民，敢于担当，勇于牺牲。

教育，没有终点，像一架天梯，需要永远攀登。

五年中，其中四年还算是认真地读过书的。当时，教学秩序比较稳定，扎实地完成了四十多门必修课程。老年学者，人人奋力，开出不少选修课，引发民智；中年骨干教师把关基础学科，辛勤耕耘，堪称典范；助教培养纳入正轨，严格考核。金字塔结构的教师队伍，配合默契。古籍研究、古典文学，是中文系强项，曾被称为“厚古薄今”。

学生如饥似渴地读书。文学专业，光摸几本教科书可不行，必须广泛阅读，开拓视野，深入挖掘，领悟文学真谛。中国古代文学、现当代文学，卷帙浩繁；世界文学，更是汪洋大海。我与几个学友，每年都要一起研究读书计划。我们把中国古代文学史、现代文学史、古代汉语、现代汉语作为主轴，把以古希腊为发端的哲学思想史、欧美文学（主要是欧洲文艺复兴时期文学、19世纪俄罗斯文学）、世界发展史作为副线来组织阅读，注意知识点之间的脉理联系。目的在于比较、旁及、印证、深化和方便记忆。杂书、三教九流之书，都得关注。那时，阅读任务实在太大了。不登山不知山之高，不涉海不识水之深。有时，只能采取精读、粗读、浏览相结合的方法，只记人物和情节，只读序言和跋，内文则选择性地翻翻。读书，“读进去”不容易，“读出来”更难。知进，还须知止。这里边有很深的哲学道理。有时候，我也死板。暑假50多天，只读了列夫·托尔斯泰的《战争与和平》、罗曼·罗兰的《约翰·克利斯朵夫》，共三千多页，不堪其苦。阅读方面，着实走过一些弯路。当时，学生们一有时间便背着皱巴巴的布袋子，里面放着书籍、饭盒，拎个小板凳，钻树林子，走到哪里读到哪里。许多时候，晚上在大图书馆读书。室外，珞珈山山头，武汉三镇万家灯火就在脚下。置身于茫茫灯海上面，感慨良多。珞珈山东湖，万木葱茏，万顷波涛，万家灯火，大自然与多姿多彩的人文相互交织融汇，“道法自然”，确是学人圣地。

珞珈山中文系学术辩论会，生动活泼，引人入胜。它能启发思考，激发人们的读书热情。一般而言，时事政治，谨言慎行；学术之争，百家兴言。辩论往往集中在文学作品的社会意义和人物形象方面，有时也涉及作者本人世界观和创作方法问题。文学现象是异常复杂的。欧美文学，时间和地域离我们远些，人们比较敢于放言，讨论起来比较轻松。国内文学则要求坚守马列文论和文学的党性原则，要求作品的思想性和艺术性要完美结合。这样，实践起来就比较困难。文学是照亮人类心灵的灯，文学工作者，永远是修身、养心、勤笔、济世的远行者。纯理论地评判文学现象总有欠缺。当时，校外有人说，杨沫的长篇小说《青春之歌》美化了小资产阶级情调，应该批判，但未引起反应。此论亦波及了珞珈山。后来，茅盾先生说了话，才拨正了方向。文坛不平静，是好事，重在把握方向。珞珈山中文系一向是稳重的，是一座富有特点的文学殿堂。文学艺术自身发展规律与形形色色的功利性，始终是一对矛盾，文坛自然需要谨慎。

在珞珈山，我同青年教师交往多些。老先生、大师级先生那里，较少登门，怕打搅老人家，也怕自己学养不够，出丑。拜访老先生，老人要在专设的簿子上记上你名字，来日绵绵好相聚。告辞时，一定直送至楼下门口，深深一鞠躬，弄得后生们深感惶恐。中文系“五老八中”，声名远播。学生里，关于他们的传闻不少。

刘博平先生，学生习惯地称他博老，曾经师从国学大师章太炎、黄侃，学术上，与“上探语源，下明流变”的恩师渊源很深，国家为其专著出版影印本，荣誉极高。课堂上，语及恩师时，先要起身正衣冠，虔诚至此。人品方面，诸多传扬。20世纪50年代，长江大桥建成，请其书写“武汉长江大桥”六个大字，有关方面送来600元润笔，他分文不收。那时期，600元是助教一年的工资。学生被打成右派，他召到家中，给予安慰鼓励，不畏人言，不怕牵累。博老有一支老鼠胡子做笔尖的笔，叫鼠须笔，学生对这支“神笔”津津乐道。

刘永济先生，刘弘老，国学大师。他对《文心雕龙》体察殊深。他说此书匡正文心，进而匡正人心，应为“救世之书”。他的专著《〈文心雕龙〉校释》在学界影响很大。20世纪60年代初，郭沫若到武汉讲学，邀其与会，刘弘老婉拒。

程千帆先生，被划为右派，后期安排在系资料室。每天上班，头顶小草帽，衣着光鲜，心性照样乐观豁达。他认为，治学之要，既要宏观思辨，又要微观实证。眼光要远大，心胸务开阔。他的著述，尽显这种精神。学生传说，他授课，只需三分钟，准能将学生吸引过来，好像教室里有彩虹高挂。

胡国瑞先生讲授唐代文学，讲课精雕细刻，著述旁征博引。有一次，在课堂上，他说头天晚上做了个梦，梦见李商隐把油饼放到他书上，把书页弄油污了，把他气得……学生窃笑并低声说：先生饥饿故有此梦。

唉！珞珈山，遗闻逸事不少，像山顶彩云，五光十色。

大师们都住在山腰小别墅里，深居简出。红砖庭院，绿荫婆娑；焚香煮茶，虫唧鸟鸣；检读终日，著译穷年。文史哲皆通，儒佛道兼容。珞珈山麓，竹影扶疏。修竹象征吾师，未出土时先有节，及凌云处尚谦恭。大师们以自己的学问道德培育莘莘学子，有鉴于日月。高风亮节，润物无声；恩师风骨，薪火相传。中文系“五老八中”的精神已经融入珞珈山的学风里。

饥荒，是珞珈山经受过的一次大考验，至今记忆犹新。五年，其中三年是国家经济极端困难时期。粮食不足，副食品又少，时间一长，病号增加。为缓解危情，校方四出求援，去找高蛋白食物。给普通病号发些黄豆团子，给重病号另办食堂。紧要关头，省长张体学也拨冗前来作过报告。有些话，从省长口中出来，很逗：“你们珞珈山人，饿不死你们！你们每天一斤三两，还要多少？农民每天才半斤，再要，农民就起义了！……嗯，要克服困难，还要刻苦读好书。……对困难，要有信心，就看明年八月十五月亮圆不圆？”（笑声）张省长，老八路出身，湖北老百姓很熟悉自己的省长，真人讲真话，会场上一阵阵掌声和笑声。过了不久，街面上小食店里的馒头油条就开始大起来了。

1963年3月5日，毛主席题词：“向雷锋同志学习。”毕业前夕，人生道路的关键点上，雷锋是一个极其鲜明的标杆。祖国的需要，就是我们的意愿。中文系五八级毕业生70人中有20人支援边疆，一同奔赴内蒙古自治区。呼伦贝尔草原、包头黄河边上、牙克石大兴安岭，都有我们的身影。自治区首府呼和浩特，我在那里教了十五年的书，真可谓历尽艰辛。气候条件、饮食习惯，都与老家广东梅州殊异。回家探亲，路上来回得要十天。年迈的父母拉着我手说：“要回来看看，不要怕花路费。”记得，珞珈山五载，也忙也寂寞，学友里许多人年纪很大了，还不知道爱情姓什么。珞珈山东湖，山光水色，处处美景，没有留下执子之手的浪漫，也没有带走情侣间怅然分手的烦恼。花前月下，卿卿我我，那是小说电影里才有的，我们只有随人喜，随人悲。当时，团委意见：谈恋爱，不提倡，不反对。我们胆小，加上囊中羞涩，只得把感情世界封锁起来。没有想到，在边疆，婚姻也是难题。

珞珈山，林木茂密，藤蔓爬坡，千姿百态，各显其趣。20世纪50年代，溪涧土路，山花清香，树叶苦涩甘甜，令人陶醉。因却闲情，我常在林中低回踯躅，捡拾顽石。我喜欢绿篱，它陪伴我的时间最长，大概是看得久了，顺眼了。绿篱树种很多，小叶黄杨，娇小可人，耐旱。叶片细圆，厚薄如铜钱。年初年末，嫩绿变深绿、深蓝。教学楼、宿舍楼、校道两边，都围着绿篱，是绿色长城。初冬，披上新雪，润润嘟嘟，像白色盘龙，我在它身边；春天，挂着残雪，斑斑驳驳，似苍龙一般，凄清中隐含着柔情，我在它旁边。初雪，残雪，年年都能看到、都能触摸到，脚步轻轻，岁月匆匆。我也深爱梧桐，树干高大伟岸，枝丫粗壮强实，夏天展现丰腴，冬日亮出筋肉。20世纪50年代末，大小操场周边，老体育馆大门对面，尽是梧桐。炎炎夏日，微风过处，巴掌大小的叶片，轻轻摇曳，轻轻地，喁喁情浓。

五年，不敢轻易撩拨的岁月，关涉的事情太多太黏肠。搁在心灵深处吧，顺其自然的好。

作于 2010 年 8 月

原载珞珈山水BBS，后载入武汉大学《文华书潮》2015年第1期。广东省作家协会主办《粤海散文》杂志转载，被收入“粤海散文原创文库2”《粤海听涛》。

心香一瓣祭恩师

——深切怀念刘绶松先生

年近八旬，仍常常想起老师。

几十年风雨，数度坎坷，一路走来，未敢忘师。老师名字，许多仍能轻轻念出。旧时清洁的教室、简陋的操场，也常常浮现老师身影。老师的美德和形象，与许多美好事物联结着，存乎心中。小时的事，就像是远远看见的舞台布景，简单而凝练。还记得一首歌谣："月清云淡，夜沉沉；红霞轻雾，薄纱朦胧；堤岸芦花飞絮，水边弱柳临风；见到先生，施礼鞠躬；小河弯弯，童年匆匆。"

家乡，广东梅州客家地区，河川历历，风光如画。祖上，黎民百姓，族居美水沃土，世代勤耕苦读，书礼传家。尊师重教，风俗淳厚。近代以来，出过许多人才。英豪俊杰，工商巨富，代有其人。仅是大学校长、副校长职位上任过职的就不下二百人。乡间，"十户之村，不废诵读"，教坛故事很多，有的曲折动人，情趣横生。

记得，长大上高中读大学，已是中华人民共和国成立之后。对老师的认识，自然也就更趋于理性，更深刻了。心里多了一层敬畏，多了一个向往。社会上，百工之师，尊为恩师。

高中、大学，是安身立命之学，其师自然也是恩师。不过，我倒喜欢“先生”一词，大方而且情深义重。

大学时在武汉大学，师生情谊，一代一代，层层叠叠；求学记忆，斑驳陆离。人们说，这是人文智慧宝塔。近些时，又想起许多老师，心里踌躇盘桓较多的是刘绶松先生。大概是先生的学问和人格、先生夫妇“文化大革命”初期的悲惨遭遇，深深地铭刻在心里边了，有时竟念之思绪如潮，眼眶湿润。

20世纪50年代末，我听过先生一年多的课。先生主讲的是中国新文学史。风云激荡的年代，文学和文化也是波翻浪急，惊涛拍岸。记得，在先生悉心关照下，阅读了中国现代、当代许多文学作品，获益丰厚。先生很强调功底和学养素养，开列了许多必读书目，不喜欢卖弄，耍巧图快。先生讲课，史料翔实，阐释入微，感时思世，胸怀炽热。课堂上，先生常常是一袭浅色衣衫，背影轻盈。师生心心相印，常常是四座动容。先生古文根底深厚，其《〈文心雕龙〉初探》，学术界颇有好评。我也读过他的古籍著作，心里仰慕。就中国新文学史层面，纵向横向，都有深度，不乏至诚之论。先生讲义《中国新文学史初稿》提前发给我们，是1956年作家出版社出版的修订本，大32开型，很大气，我们随时都在翻阅的。

中国新文学史，作为学科性质，先生突出了“文学特质”，并注重了文学史作为“史”的发展情况，进行科学梳理。我读过先生的《中国新文学史初稿》（以下简称《初稿》）1956年版、1979年版、2013年版三个版本。从教四十年，先生的面授及著作，与我的工作密切相关。其书是我案头必备之书。一部近六十万字的教材，先生身前身后，都由高教部推荐作为大学文科教材，而且1979年版，根据1987年的统计，曾被九次重印，经过了时间的验证。一些研究生、博士生至今仍把它作为重要课题，认真地进行学术探索，都认为先生在中国新文学史学科建设方面有特殊贡献。珞珈山，山川秀丽，必有人文之灵。《初稿》列入“武汉大学百年名典”，重新出版，永留山巅，亦属自然。对于先生，亦是一种安慰吧。

先生文本，特点鲜明。

体大虑周，哲理深沉

《初稿》分为五编。每编里再列章节，条分缕析。点线面，大体均衡。体大虑周，并不复杂冗繁。文本哲理方面，更显功力。先生是在辩证唯物主义、历史唯物主义的统摄下进行学术创作的。海阔水深，龙吟四域。苍松翠柏，凤起梧桐。文本从“绪论”开始，通篇哲理绵密，且存在互相交汇、交融、交相辉映的情状。一个庞大复杂的学术领域，没有极高的哲学水准，那是很难驾驭的。阅读先生文本，在文学和哲学园子里观赏探寻，是人生一大乐趣。

品文阅人，深通心曲

先生评述的作家、艺术家，有三百多位（包括重复出现者），其工作量和意义所及之边际，难以估计。他与作家艺术家架起的心曲桥梁超越了一定的时空。先生评论作家作品，准确公允，文笔典雅，文采斐然，文体感强烈且鲜活，时时予人美感。先生是敢于直面人生，敢于正视作品实际、实事求是的文学评论家。先生品格，值得今之学者学习、研究。可以说，《初稿》给中学语文教师、大学文科青年教师口语训练、文锋磨炼、思想品格升华等诸方面，提供了一个极好的范本。对普通读者的道德文章，也会产生极大的启迪和影响，催生奇花异果。文中概括、分析、评论、评价、指出作品的精彩处或瑕疵，与原作者沟通商榷，等等，行文方面的这几种功力，像围棋下棋子似的，充满自信与镇定，而且深含文学性、艺术性，阅读如数珠玉，如观万象。先生具有多学科的渊博知识和素质、素养，这些都鲜明地熔铸到著作中了。这是先生的心曲。

文学艺术，民魂国魂

《初稿》把社会主义现实主义作为主线，分为五个时期，贯穿始终。先生认为，这是无产阶级必须遵循的文学理论和美学原则的核心。他还充满激情地说，社会主义文学，“是那样光芒万丈地辉耀了现代中国的文学史册”，并希望社会主义文学朝着“更新更高”的阶段发展。先生认为，社会主义文学艺术，凸显人格、国格，酿造民魂、国魂，是题中应有之义。一个国家，一个民族，应该有它独特的声音。文学史家、文学评论家必须努力发掘作品中这些宝贵而闪光的东西。鲁迅、郭沫若、茅盾、巴金、老舍、闻一多、臧克家、艾青、田汉、夏衍、聂耳、冼星海等一大批人，是中国新文学史中坚强的脊梁。《初稿》，给了他们崇高的评价。

今天，与先生当年相比，应该说，有了更为宽广的天地，更富于包容性。中华民族是一个勤劳勇敢、充满智慧的民族，其文学应该充分挖掘自己五千年历史的底蕴，与我们现实的光芒一起，展现于世界面前。我们波澜壮阔、五光十色，而又隐含着艰难险阻的社会现实生活，岂能离开文学艺术的视野？我们今天的文学艺术，应该深入人心，让人们受到感染、熏陶、鼓舞。这是一条以人民为中心的伟大战线，一条新路。社会主义核心价值观，其所包含的广阔画面、思想意义、哲学内涵，是无比宽阔的。大力弘扬我们的价值观，拼力实践，仍是一个艰巨的使命。唯愿先生的文学思想，伴我们一起继续前行。

回忆里，有悲悯，可也总是闪耀着光泽。记得，对文学创作感兴趣的，都喜欢同先生一起研究和探讨，哪怕是课间休息时的一言半语。先生经历广，故事多，哲理深刻，有时还比较幽默。学生问：大学中文系能不能培养出作家？先生说："一般而论，目前应注重思想道德修养，埋头多读点书，适当练练口才和笔杆子，注意提高综合素质。至于能否成为作家，各人不同。中文系不是工厂，无法批量生产作家。”先生一席话，引得大家都笑了。继续讲课时，先生有时也恰到好处地引到“当作家”的问题上来。他说，作家深入生活，不是装装样子，更不是投机取巧，而是要与人民大众贴心，同甘苦、共命运。说到底，还是人的世界观问题。“‘敢于正视现实，善于思辨’，鲁迅做得到。请问诸君，你们有这个勇气吗？”教室里寂静，仿佛是一个阔大的思维空间。

师傅引进门，修业在自己。记得，先生说过，作品主题好找，细节难寻。人民群众中的故事、情节、语言、细节，是不容易获得的，得自己去观察体验，谁都不能偷懒。先生又说：“其实，主题是从社会生活土壤中冒出来的，不是找出来的。”我开始关心各种生活现象，记在本子上，作为自己的“生活仓库”；注意搜集各类知识和资料，坚持做笔记和制作卡片，建立自己的“材料仓库”。就这样，踉踉跄跄地在文学途路中摸索。开始，我的脑子，像一个杂草丛生的跑马场，满是横七竖八的马蹄印。什么“世俗现实主义”“达达主义”“意识流文学”，等等。我的两个“仓库”里，杂乱无章，取舍困难。后来，我去翻阅课堂笔记和先生的讲义，才镇定下来，觉得深入社会生活和学习小说语言，是最难的。先生还说：“文学教条主义，也是一种客观存在。关键在自己，要有一点警惕性，不能离开自己生于斯长于斯的土地。要善于比较和取舍。”先生的话，鞭辟入里，至今仍在耳边。曾经有两次，我受到过先生严厉的批评。平心而论，我那两个“仓库”，皮毛而已。毕业后，工作一忙，仓库变成“荒库”，人亦走上了便捷谋食之路，教书糊口去了。虽然写了点散文和短篇小说，但那是短制、小道，而且也是经过许多修改，千呼万唤始出来的。文学这玩意儿，我是越写越怕了。玩文学的弄潮儿，似乎也不见得玩出了什么名堂。文学硬是需要真精神，需要专心，鞠躬尽瘁，死而后已。古今中外，概莫能外。

先生一生，行事谨慎，只重教书和著述。曾经师从闻一多、朱自清等多位名师，1938年毕业于西南联大，曾在大江南北几所大学任过副教授、教授。当时，日本侵略军铁蹄正踏入祖国腹心地区，成拉锯状，先生满心家国情怀。1949年先生进入武汉大学中文系，任过讲师、副教授，1956年升任教授，并加入了中国共产党。先生曾两次赴京商讨中国新文学史的编写工作。曾兼任中国作家协会武汉分会副主席，在湖北省文联、湖北省社科联、武汉大学社科学会，都担任过重要职务，工作极其繁忙，责任重大。在文坛上，先生辛勤劳作，广结人缘。小心翼翼，护花育苗。小事大事，生怕有错。在学界，从不武断。有些评论，背景过于复杂，难免存在局限，也常常见出先生的尴尬。有些问题，是需要借助于时间和历史才能澄清的。

当年社会上，对一些作家，甚至是著名作家，也产生过一些议论。平心而论，原本也属正常现象。先生却能把握分寸，恪守文学批评原则，严肃学术精神。先生在全国都有名望，自己知道，倘若失言，关系到的就不仅仅是自己了。先生对沙汀、艾芜十分关心，对他们不同时期的作品，能仔细分析，给予鼓励，对作品缺点，能从主客观两方面去作判断，给予谅解。一次，我们去成都开会，两位慈祥的川中大叔请与会者品尝著名的成都小食，席间还问起刘绶松先生。两位老人，质朴憨厚，对先生际遇，深感哀伤。至于同中央领导同志的工作交往，同周扬、冯雪峰相熟稔，老辈人的事，那也是秀才人情纸半张，极自然的事情，怎么能生拉硬扯，上纲上线，搞人身攻击呢！“文化大革命”后，我在湖南省作协主办的一个讲座上，听周扬同志讲过一次话。老人头发花白，端庄慈祥，话语随和。所论入情入理，实实在在是性情中人。大家相见，仍似有沧桑之感。我当时傻乎乎地想，先生当年要是能再忍受一下，也是能活下来的。像周扬一样，度过寒冬，继续为人民做事。记得，老乡说过：对摊上了痛苦的人，一句话可以使人绝望，一句话也可以使人活。我想，为什么没有人去给先生递个话，宽慰宽慰呢？

关于先生夫妻离开人世的噩耗，我是后来才听说的。当时，我们在内蒙古边疆工作，遥望南天，哀痛唏嘘。关于事因，亦有几种传说，每一种都字字哀伤。那些离奇虚妄的不实之词，怎么能搬到台面上来呢？先生在自己的著作中，在神圣的大学讲坛上，狠批错误文学思潮、错误文学观点，态度是非常坚决的；对五四新文学和延安文艺座谈会之后出现的文学新局面，是充满激情的。这些，都有他的著作在，有莘莘学子可以证明的啊！

然而，先生竟然那样的就离去了。

先生品文阅人无数，死生也已参透，原可躲过这一劫的。然而，不幸还是发生了。先生或是另有缘故，我们晚辈未能及时察觉。先生留给了我们太多的悲伤和不解。先生57岁时离我们而去，至今已46年了，《初稿》终究没有变成“定稿”。先生原打算再撰写中华人民共和国成立后的文学概况的，但因教学工作忙，未能如愿。时间的流逝，也终究未能稍减我们心中的伤痛。

我深深地记得，1960年10月19日，为纪念鲁迅逝世24周年，先生作了题为《纪念鲁迅 学习鲁迅》的报告。先生对鲁迅爱国爱民的赤子之心和不怕牺牲的“韧”的战斗精神，作了极为精辟的阐述；对鲁迅一辈子坚守文学真谛的精神，作了高度的评价。先生是鲁迅研究专家，他的新文学史《初稿》第一、第二、第三编，都列出“专章”论述，总共是五万字。鲁迅先生认为，作家须先做“革命人”，然后才能有“革命文学”。文学要严肃，不能被轻慢、被亵渎，更不能用它去换取金钱，攫取名利。“从喷泉里出来的都是水，从血管里出来的都是血。”（鲁迅《而已集·革命文学》）先生说到鲁迅这句话时，声情并茂，激情洋溢。这是先生最动人的一场演讲。先生常常能从新的角度、新的视野论述鲁迅，启人以智。大家都感到，身边有这样的师长，是一种幸福。“文化大革命”初起，先生就离世了。老师和师母是心里打着“结”，痛苦地离世的。那些年，学友相聚，大家总是说：“要是先生还活着……”

对于先生的人生际遇，我们心里，始终深深地藏着一种感慨：人生多艰！然而，我们也想，人生多艰，不正是人生的意义吗？近来，喜欢听听歌，尤喜男高音、女高音。歌者，或俯仰以随，如怨如诉地唱；或百结愁肠，豪迈悲凉地高亢地唱、喊、吼，情感激昂。似乎流露着一种别样的意韵。我在边疆工作多年，经历过许多波折，合上眼皮，便能够进入层层境界。伴着歌声，脑中常幻化出高原雪山、边疆草原、山川湖海、荒凉、艰难、疾苦、人生艰危、沧海桑田。跟着便想到先生，人生何处得安宁。

智者梳理人脉，德者凝聚人心。先生懿德周圆，诚如芬芳美酒，愈久愈醇浓。阅读和研究过先生《初稿》的学生和学者很多，见书思人，忆德念旧，许多人怀念先生。前些时候，朋友说我：“为什么不写写自己老师，武大名师不少啊！”谈话间，朋友很重感情地提到刘绶松先生，使我心灵深处再一次激起了波澜。我想到了关于先生的许多事情，许多艰辛和磨难。然而，掺杂了感情的文字，还有其他方面的关涉，我的心和笔就变得越来越凝重了。我于是艰难地一点一点地写了这些文字，算是老迈之时，再来先生灵前，燃一瓣心香，鞠一个躬吧。

沉吟中，想起了哲人的两句话：

逝世，为人有限的尘世生命落了幕，同时也拉开了另一个幕，使逝者光芒耀眼的一面永留人间。

命运之路就像天上的银河，银河是无数星星汇聚起来的，然而，看上去并非星星点点，而是一条神奇的光带。

深深地怀念先生。

作于 2011 年 8 月

原载武汉大学《文华书潮》2015 年第四期。

武汉大学的小操场

人们都夸耀自己家乡好，学子也常常赞叹母校美。熟悉孕育美，情感滋润着爱，脱不开的缘分。史上，描述、赞美家乡或母校的文字，不胜枚举，编成歌词、戏曲演唱的也有，这是一笔重要的文化遗产。这些资料，有的堪称珍品，生动地揭示了环境与人才成长的奥秘，给了世人极大启迪。熟语说人杰地灵。

珞珈山，一砖一瓦，一草一木，阳光、空气和水，都浸染了饱满的哲学社会科学、自然科学液汁。钟灵毓秀，鸾翔凤集。珞珈蕉风有意，东湖泛波情浓。一切皆为自然。人们一进入这个环境，无论是谁，便都会产生一种感悟、兴起一腔情怀、萌发一缕缕长长思绪。这大概就是大学的神秘所在。学校师生员工，喜欢自称“珞珈山人”，自忖肩上负有一种培养造就人才的责任。孙中山说，“学者，国之本也”。梁启超说，大学“曰研究高深之学理，发挥本国之文明，于贡献于世界之文明是焉”。大学不是一般的谋取个人之食的地方，而是为国家民族培养栋梁之材的神圣殿堂。

我于1958年进入武汉大学。记得，大师兄江传荣到武昌车站接的我。江师兄为人豁达，举止幽默，读书刻苦。我们同住一个楼里。那时，大跃进刚刚开始，食堂里的大米饭随便吃。食堂门外立着《参考消息》报栏，我们边吃饭，边浏览国际新闻。小操场露天电影更迷人，写满人间冷暖大喜大悲。这几样，我们都特别喜欢。有饭吃，有名师指点读书，有电影熏陶，神仙过的日子。虽然体力劳动多了些，比较累。

这是一个值得回味的时代和地方。

说到小操场。它地处校园中央，是一个汇聚了精气神的谷底，有人说，是风水宝地。它对人，不分亲疏，不拒远近。人讲人格，物有物格。早年，只是一块不起眼的土场子，两个篮球场大小。紧靠着北面大操场，东西两侧的小山坡上，长满小乔木，绿榛榛的。坐西朝东一个舞台，沐雨栉风。小小园林小扇面，玉兰小小香盈袖，也算有点儿灵气。“文化大革命”前十七年，小操场起到过很大作用。那时，没有电视、电脑、智能手机，人们的文化生活比较单调，只有小操场是个去处。放映电影、演戏、体育演练、文艺节目的排练、做演讲、做政治报告，许多活动都得借重这个“福地”。特别是周末电影，这是校园文化的高端，是历史、文化、艺术和思想的家园，犹如仙山晨钟暮鼓，时时令人警醒。久而久之，这个弹丸之地的内涵，在人们心目中，也就提高了。名人、名地方，都是有时间段的，有特殊说道的。

中华人民共和国成立初期，经济刚刚开始复苏，学校没有大礼堂和电影院。那时，就说1958年吧，学生三千多人，加上教职工及其家属共有五千多人。因长期踩踏，地面显得坚硬光亮的小土场子，放电影时，正好满座。小操场的周末电影，不避寒暑，风雨无阻，是珞珈山人独特生活的一部分。戴着斗笠撑开雨伞看电影，是学校的一个奇观。电影分纪录片、故事片两类。纪录片必定有的，是政治思想阵地，而且安排在故事片前面。时政新闻、自然风光、动物世界、科技发明、健康养生、四海美食，多姿多彩，林林总总，是声光电绘成的大百科全书。故事片更是迷人，它像座座光怪陆离的矿山。人们怀着热切的无尽的希望，忘我地在那“矿山里”掘进、探寻、鉴别，希冀着把“人”的深刻思想和神奇未来挖掘出来。登堂入室，寻寻觅觅，上下求索，追本穷源。

人们喜欢欧洲文艺复兴时期文学，也喜欢19世纪欧美批判现实主义文学。学子们对历史和异域文化有了强烈的兴趣。欧洲中世纪，仿佛有个巨人，给当时世界拉开了一个大幕。当时的思潮是人文主义，反对中世纪的禁欲主义和宗教观，力求摆脱教会对于人们的思想束缚，还力图消除作为神学和经院哲学基础的一切权威和传统教条，反对封建主义和神权。塞万提斯、莎士比亚便是当时人文主义代表作家。到了十八九世纪，俄罗斯和欧洲各国文学艺术，便极为壮观，灿若繁星了。

绘画、雕塑、音乐、建筑艺术，也有了全新面貌。文艺复兴时期，自然科学也有极大发展。哥白尼创立了“日心说”。哥伦布和麦哲伦地理方面的发现，证明了“地圆说”。伽利略数学物理学方面的发明，帮助了人们把目光引向宇宙。文艺复兴是一场思想、文化、科学、技术的解放运动。社会政权的更替，社会意识形态的兴继，两者是不可能同步的。社会意识往往能渗透和融入人类思想文化体系中，有的科学家说，甚至能融入民族的血液和基因中。人们能长久想起文艺复兴时期，是有深层次的原因的。

电影发明于19世纪末期，从开始的无声电影到有声电影，再到彩色和立体电影，科技的进步日新月异，并且借助于当时许多著名小说拍摄成思想性、艺术性极高，堪称奇葩的电影艺术精品，影响了整个欧洲大陆。这是电影艺术界的大事。

小操场电影场，经常有欧美大片上映。《堂吉诃德》《哈姆雷特》《巴黎圣母院》《悲惨世界》《约翰·克利斯朵夫》《战争与和平》，等等。每当此时，人们便奔走相告，欢度节日似的。饭也吃得饱些，皮鞋擦得铮亮。小操场，是学习西方电影艺术的一个窗口，周围单位很多人都是常客。据说，影片拷贝抵达武汉，都是先从武汉大学开始巡映。苏联时期、中国革命和建设时期的大片，有高尔基《母亲》、肖洛霍夫《静静的顿河》、奥斯特洛夫斯基《钢铁是怎样炼成的》，有鲁迅

《祝福》、巴金《家》、茅盾《子夜》、欧阳山《三家巷》、杨沫《青春之歌》，等等。这些大片，都是深刻反映无产阶级革命斗争生活的。它们的共同特点是，都是从著名小说改编拍摄的。其原著早已面世，有的光芒四射，影响过一代又一代的人，而后经过改编，二次创作，其思想性、艺术性，自然更臻于完美。事，是变化着的大事；人，是大写的“人”。更重要的是，这些大片与人们政治信仰人生道路密切相关，自然更是心心相印。

“文化大革命”前十七年和“文化大革命”后拨乱反正改革开放时期，出现过许许多多优秀影片。人们都还熟悉，不用繁琐举例。就那些时候，小操场电影，就像母亲时不时端出的美味佳肴，使人终生难忘，叫人惊喜。在我，还常常忆起祖父敲起的警钟。好的电影，就是警世之钟。电影艺术的大众化，是人们思想文化进步、灵魂铸造的一条通道，是人们鉴往知来的法宝。就基本群众而言，电影比书籍还重要。

苏联电影明星，称“功勋演员”，有22位。中国著名影星，称“新中国人民演员”，亦是22位。这是1961年评选出来的。白杨、陈强、崔嵬、金迪、李亚林、庞学勤、秦怡、上官云珠、孙道临、田华、王丹凤、王晓棠、王心刚、谢芳、谢添、于蓝、于洋、张平、张瑞芳、张圆、赵丹、祝希娟，人民群众从心里面喜欢他们，各地影院都悬挂他们的肖像，风清气正。曾经与民同甘苦，德艺双馨孺子牛。时下的导演、演员是否可以从同行前辈那里学习点什么呢?

记得，从1957年起，全国有13所大学实行五年制，为部属重点，培养精英。中文系学生手册注明：培养文学研究院所研究人员、文学杂志编辑、大学师资。课程设置、课时安排，都有区别。文科，尤其是中文系学生，看电影，不仅仅是一种娱乐。文学艺术是社会生活的反映。社会人生、百业情境、历史音韵、哲学趣味，是电影的精髓。看电影是不用记忆的记忆，是熏陶，是潜移默化，能铸造人的灵魂。小操场和各类专业课堂相结合，可使科学知识系统化、健康化、活化。哲学是母亲，历史是长河，社会学、人类学是颠扑不破的船，人们可以从电影中学到许多东西。不读书，不读小说，不看电影，成不了精英。

大学生活五年，可以看到200多部故事片、几百部纪录片。长期浸泡，恰似周游世界，超越文化科学时空。有眼光的教育家当然会重视这笔特殊的教育资源。银幕世界，可以培养人们的形象思维、批判性思维、革新思维，强健精神。人们好像在海边拾捡贝壳，每一步都可能踩到宝物，领悟到历史感、现实感和拥有广袤的地域视野，乃至整个星球。这正是精英所不可缺少的。中学、大学教师，作家、艺术家，文艺理论家，都不会忘记小操场的电影。有时候，是先阅读小说原著，再看电影；有时候，是先看了电影，不满足，再拿起原著阅读揣摩。细火慢蒸，满室生香。全心钻研，反复对比厘正，尽情享受做学问的乐趣。我们还进一步研读了斯坦尼斯拉夫斯基和希区柯克的电影理论著作，阅读了清代李渔的戏剧理论。多方面、多角度比较，这个经验，殊为珍贵。

银幕下的笑声或愠怒，隐含了人们许多情感和思想。人的思想、意识、情感、学识是复杂的，多层次的，极其敏感的，各人有各人的角度。银幕上爱情各种各样，激情奔放；银幕下爱情遮遮掩掩，嘀嘀乞乞。电影对于人的意义，是很难说清楚的，也难于用数字估量。时下拿“票房价值”说事，是欠科学的。以生活品文学，以文学品生活，深刻研究哲学与逻辑在文学创作中的影响和作用，应该说是一条正确的道路。“品”，严肃、认真。鲁迅说，作家是“不能乌烟瘴气乱写”的。

小板凳，小操场，大课堂，有点儿像延安抗大、鲁艺、陕北公学。我们常常将自己的生活与延安精神挂连起来。20世纪50年代，延安，还很有新鲜感、亲近感，就像昨天的事。全校性的大会，主席台下，黑压压一片，全是小板凳族。挤不下的，便十个八个，散落周围树下，屁股下都是小板凳。离主席台远的，亦不敢大声喧哗，纪律很严。会场内外，高音喇叭，异常宏亮，似乎洋溢着一种精神，能把人镇住。有时，报告人的声音和激情，从高高树叶上滑落下来，能使人感到格外清新。

老校长李达，1953年2月到任，在武汉大学做了十三年半的校长，直到“文化大革命”初逝世。小操场开学典礼，多数时候，老校长都要发表讲话。老人是从国家民族灾难深处走过来的，共产党创始人之一，而且是哲学领域的大学者。老校长面对着刚进校的学生，满含着希望，经常说，“没有哲学头脑的人，别的学问也做不好”。老人总是叮嘱学生，心里要有国家民族，要有信仰，要有精神，要有科学。老人讲话，简洁精湛，意在点拨。那时候，国家大政方针、省的政务、学校方略，大都通过发布文件、小操场报告、校园广播，下达到基层。这点亦像延安作风，雷厉风行。

武汉大学求学那年头，茫茫九派，风云激荡，意气风发。珞珈山东湖，山道迂回，林木萋萋，霞光掩映，云放云收。省里领导，如张体学省长，梅白同志，都来小操场做过报告。学校党委书记刘真，稍后接任的书记刘仰峤，都经常在小操场做报告，叫“一竿子插到底”。刘真深知，教育是一种最为精细的精神活动，要同雕琢璞玉那样塑造人，事关千秋功业。刘仰峤对“教育革命”心存忧虑，报告做到“一论”“二论”“三论”，力求精细周密。一般的系科、班级党团活动，组织工作，层层落实，同校园里的阳光、空气和水，编织在一起，凝聚在一起，形成一个个躁动，一个个成功。平心而论，政治思想工作，哪个国家都有，只是组织形式和说法不尽相同，理论认识高度和国情方面存在差异。我们应该自信。

小操场属于青年，自然也就属于学校政治思想工作的阵地。

小操场往往又是信息传播中心，称“第二新闻”。消息的真实性程度颇高。当年，我脑中讯息，许多来自小操场。知识界，最忌相轻相贱，鸡犬之声相闻，老死不相往来。有了小操场的频频聚会、联络、沟通、情感融融，人们心胸也开阔了。生活是宽广的，富有诗意的。从这个大角度考虑，小操场的作用和意义，也是无可替代的。

消息一：一对情侣吵架。女士说，主动拥抱一个男士，是社交礼仪，不是爱情。男士说，拥抱就会激动，激动就是爱情。如是搂抱者三，必有“勾当”。于是两人分手。消息二：一个青年，从书中拾捡了一句话，“人饿至极点时，眼睛发红，看到街上所有的人，都是敌人”。小伙子信了，也去实验，未几，饿昏了，送去医院抢救。电影放映之前或散场之后，人头涌动，嗡嗡营营，电波纵横，消息频发。正是，读三年书，不如听一朝“闻”。

严肃的消息更多，20世纪60年代初，就是我读书那会儿，教育革命，有的老师谦逊为怀，乐于自省，检查自己的教学工作，全校师生极为感动。在小操场，生物系老教授讲了一个小故事：喂养从美国引进的种鸡，老不长毛，找不出原因。学生们看到光着身子扑腾着翅膀的一群鸡们，打趣地说：听说美国人喜欢跳裸体舞，鸡们大概是从它们那里的人学来的，生活方式不同。这一幽默，教授紧张起来了，要是学生的话引出外交问题，可就麻烦了。另一位中年教师，讲授穿山甲吃蚂蚁。说穿山甲将全身铁甲张开，让蚂蚁爬进去，铁甲一夹一抖，蚁群落地，便可享受一顿美餐。学生质疑：这种吃法，穿山甲会饿死，不符合“物竞天择”学说。

某个系政治课开卷考试，老师只出了一道题，五个字：国家与革命。没有副标题。有的学生，从上午八点考至下午两点，呜呼哀哉！调皮学生说：“老师此题高超，既考知识，又考智力。子曰，诗三百，一言以蔽之曰：思无邪。‘国家与革命’千字足矣。下午两点交卷者，傻瓜！”俏皮话，引得众人哄笑。其时，小操场正在放映电影《决裂》，经典台词“马尾巴的功能”，是讽喻大学教授的。故事很幽默，很挖苦，简直是“火上浇油”。教育革命时，也有人提出要改一改中文系“厚古薄今”的现象。然而，老教师都持慎重态度，认为，“古”并没有“厚”，“今”也是可以加强的，两者可以互相配合，并不是对立的。当时校外有人想对杨沫小说《青春之歌》发起批判，武大没有人去凑这个热闹，显得蛮有个性的，是珞珈风度……这些新闻，源头广阔，意韵清新。身边事，切近，贴心，且兼有知识界特点，就像树上摇落下来的叶片，多色多元。学问，不都全在教室里。世事洞明，人情练达，自然不能只囿于书本。大学就是要有大环境。

老校长李达主持校政时，整个学风是比较稳健的。老人家团结了一批批学者，众星闪耀，尽洒芳华，人才辈出，学海无涯。这种实事求是的学风，已经被万千学子带到了海内外，遍布荆楚湖湘，而且不断地开新花、结新果，瓜瓞绵绵。老校长平时十分注意保护教师的积极性，比如，“他对当时‘教育革命’中的‘拔白旗’、批教师、师生‘打擂台’等错误做法坚决抵制，向省委和高教部负责同志提出尖锐意见，向毛主席当面陈述自己的看法”（陶德麟《缅怀我们的李达老校长》，陶曾任武大校长）。那时，人们只觉得环境宽松了些，读书和写作的时间多了些。学生编教材的事，停了下来。学生每人每天写50首诗的口号不提了。学校高层的事不很了解，老校长不计个人得失受委屈了。不过，有一点是确定的：一个学校，有个好的校长，校园光彩，学生有福，国家有幸，人类有光。

小操场，何时所建，缘何历久没有搬迁，一直未见确切说法。2013年母校120周年庆，我同校友一起徘徊校园，感慨万端。小操场满眼钢筋水泥构件，面积比原来大了上10倍，十分壮观。看那架势，更难搬迁了。与老图书馆、老斋舍、樱花大道凝结成一块，五彩缤纷，流光溢彩，其在人们心里，那种独特的内涵，是会长久存在的。

闲暇时，也想：小操场，它不是一个凹凸不平的地块，它应该是一个立体的高高空间，高可及天。人们的灵感，可直通云霄。它能包容人们思想的各面，允许人们想象的奇特，并激励人们去打开通往宇宙的大门。思想的原质，就是独立和自由的延伸和延展，其终端和边际，将留给哲学和逻辑去继续寻找。

耄耋之年，梦多，古今小说人物，常钻出来扰人清梦。一天晚上，林涛喃喃入梦来。梦见闰土在小操场栽种了许多西瓜，黑压压一大片。闰土一家正在收获搬运。不远处河湾，七斤摇着小船，正准备装运。头上顶着个草帽，屁股端别着长长的竹烟管……瓜大小不一，色泽殊异，有的露出凶相，怪吓人的。梦，隐隐乎乎，似乎闰土、七斤已经有了新生。其实，内心深处，我倒真的希望，有朝一日，小操场能够成为通向宇宙空间的一个科学技术通道。国家正在多方进行深空探测，开展登月活动，珞珈山应该担此重任。

珍珠虽小无价，地方狭小有缘。从武大出来的人，谁都与小操场脱不了关系。其实各个大学都有这样的场所，北大未名湖，清华朱亭闻亭，中山大学的怀士堂和孙中山铜像中心区，等等。场圃大者可容操演；莞尔小苑，小花小草小树丛；亭台楼阁，佳木掩映；溪水潺潺，名人踪迹。这些福地，不似高楼深院，没那么道貌岸然，至大至尊。然而，它们却是不能缺少的，里面也许藏有动人的故事，是人们心中永远的美。清风化雨，润物细无声。它们实际上，是一个学校的精神构件和思想高塔。校园寓深意，自在本自然。

一天，几个学友在小操场散步。一个学姐突然对我说：“小吴，你不能谈恋爱！”我一愣，忙问：“为什么？”师姐说：“你没有力气。恋爱是需要力气的！看人家葛利高里和阿克西妮娅，那才叫情爱！多过瘾！要死要活！”我低下头，心里在想：“呵！这可是个大麻烦！可父母没有给我多少力气呵！怎么能怪罪于我呢？上帝呀……”远处小树丛里，一对情侣互相搂着，在亲热。看样子，似乎也没有用多少力气，只是柔情脉脉。师姐看爱情片太过入迷了。古希腊柏拉图有多少力气，他创造的爱情经典，不也是超越时空的吗？广播里在唱：爱情的甜蜜在田野里，原野一片金黄；爱情的苦涩在山崖上，雄鹰在云里翱翔……师姐乱弹琴，差点坏我大事。

我常在小操场旁边的树丛里看书。这里安全，不怕有蛇；离宿舍和教室又都不远，便于进退。一天，见一工人模样的人，拿着一个水壶，在主席台周边绕来绕去，好像是在找水。我举起水壶向他示意。他笑着走过来，说：“早些天还见右边有个水龙头。”他从我水壶里匀了点儿水，问我哪个系的，又笑着说：“那么巧，我也是中文系的，吴开斌。”我望着他的背影，心里想：呵，右派，这小操场可是他的伤心地呀。听上几届师兄说，小操场也是反右时期辩论场所之一。小操场一些事也是可以通天的。“文化大革命”后，吴君在广州市育才中学执教，为孩子读书的事，我去找过他。他竟然还记得小操场找水见面的事，握着手，大家都笑了起来，发自内心地。其余的事，没有多谈，一切尽在不言中。只见他心境还不错，算是老有所安吧。

我与小操场的事，渐行渐远，且日显模糊。有一次，差点出了大错。大概是个初秋吧，电影散场后，我与一个师兄在操场中央铺开几张旧报纸，彼此都躺下了。师兄叹道：“天那么高，那么蓝！星斗满天！先生说，天籁是可以听到的。谁听到了，谁就能晓得‘天命’……”我望着深邃湛蓝的星空，慢慢地闭上眼睛，好像真的听到了什么。又过了一会儿，头脑里似乎伸出一根游丝般钢丝，越伸越长，直刺天际，嘶……啦……吱……嗖……好像真的听到了“天音”……天快亮时，两位巡夜校工，将我们拍醒，大声地说：“狼狗没找你们……嗯！……玩笑是这么开的吗？……嗯！咱可玩不起呵！嗯！……”

我们爬起来，眯着惺忪睡眼，歉疚地跑开了，踉踉跄跄地。

作于 2016 年 10 月

原载武汉大学《文华书潮》2017年第1期。

校长·恩师

1952年至1963年，初中三年，校长李抟；高中三年，校长李广铸；武汉大学五年，校长李达。时历11年。这是中国教育事业新的春秋、艰难的岁月。扫盲、普及小学教育；初中、中专、高中提高教学质量；大学培养各方面精英和高级专业人才，硕士、博士……这是一条极为困难的路。漫长的求学时期，三位恩师同姓，真可谓一脉相承。

三位恩师都是学富五车、博学睿智、人格高尚、办学有方的名师，而且皆是人生坎坷者，新社会还受过冤屈。遭遇不公。这种巧合，也确乎难于想象，有点小说情节构思味道，也有点像一首耐人寻味的诗。然而，近现代，国家民族，沧桑多变，日光月影，斑驳陆离，人生坎坷，世事纷纭，一切也就难于说得清楚了。我也还常常想到，事情都有个头绪，归结到一点上，还是要以心换心，回到实事求是的原点为好。特别是为政者，毕竟是新社会了嘛。倘能如此，恩师们对国家民族贡献也会大点，人生道路也会好一些。

三位恩师，他们留在人世间的美德，是会一代一代流传下去的，不论其以什么形式。金杯受击，价值仍存。恩师们的心灵，比海洋和天空还要宽阔，自然会永远流传的。教书育人是天职，自然天长地久。

李抟先生，早年留学日本。抗日战争时期，归国回乡，兴学育人。先是在中山大学当教授，后来，于梅州五华县河口二中任校长，成绩卓著。且在校内掩护过共产党的组织和干部，为国为民，为革命事业，伸张过正义。李广铸先生，便是在李抟名下初中毕业，并于1938年在这里加入中国共产党的，是李抟的得意门生。李抟先生见过大世面，视野广阔，办学思路独特。抗战时期，在河口二中，他成立了“抗日前卫队”，并自任队长。以防日军从汕头市扑过来翻越莲花山，践踏客家地区。这是支“准军事组织”，常在外面练兵、野营，在百姓中宣讲抗日形势、演唱抗日救亡歌曲。有点像革命根据地。国民党县党部说：“二中赤化了，糟糕了。”

中华人民共和国成立初期，李抟先生调任一中校长，也就是五华中学，县重点。其时，地方上的中学皆以地名贯名，不再排序。先生也成了我辈初中的恩师。记得，先生还大力配合县征兵办公室，输送学生到空军、海军部门服役。我叔父进了海军，我差一点进了空军。大概是1956年之后，先生以办学成绩突出而升任五华县副县长。先生的侄子李载厚和我是初中同学，他告诉过我许多事情。先生晚年，受了委屈，去了职，又教书去了。很巧，他还曾经是我妻子班上的生物课教师，真可谓人生处处有艰辛。据说，先生讲课仍很风趣，学问渊博。风吹不动泰山，雨打不弯青松。李广铸2007年仍写诗纪念李抟：“才高学博秉忠贞，刚正廉明两袖清，作育英豪遍四海，峰峦肃立默含情。”

1952年至1955年，我初中时，李抟校长广延人才，团结了许多名师，认真刻苦地执行了政府的教育方针，要求学生德智体全面发展。他还带领学生去支农，消灭病虫害，争取农业丰收。向科学进军，向博士进军，为祖国学习，口号异常响亮，加上先生又是学者，因而在学生中影响极为深远。学生各学科总平均成绩达到85分以上，就会有很重奖励，而且以校长名义请吃饭，这在当时教育界闻所未闻。整个学校，纲纪准确，细节详备，校园内外，生动活泼，朝气蓬勃。梅州地区，足球之乡，学校出了十多个足球名将；篮球出了多个神投手；跳箱、木马、单双杠，所谓体操，也有名将；音乐艺术也很出彩。体育教研室主任陈祥光，名师李锡伦、张怀仁，声名一个比一个响亮，至今都还记得。

学校在县城北面一个小山包上，叫紫金山，约150米高。山顶到山脚的南面，有一块阔大的山坡。风水宝地。校园建筑高高低低、错落有致地铺排在这个阔大扁圆的斜坡上。东边有一段百米长的古城墙，其上十几个小房间，还住着人。后来，连古城墙一起，便都拆了。沧海桑田。彼时没有广播，没有电话，老校长李抟，每天就在这高低不平的楼宇间，步来步去，想着、说着、吩咐着。

每天早餐，学生排队进食堂。校长总要利用这个机会，讲十多分钟的话。这种短时间的沟通交流，成为“日课”。主题鲜明，意味深长，酷似今天电视上的“每日新闻”或广播站的广播。不摆架子，不拘一格，有赞有弹，实话实说，学生十分喜欢。因为校长讲话有很强的针对性、启发性，是他每日每时校园所见，至诚的心血，是一种责任心，而且非常及时，对学生而言，恰似阵阵催人警醒的晨钟。

还记得，学校行政办公楼是一栋二层小楼，地处校园中央。一楼辟为校医室、阅览室。当时没有电铃，上课、下课敲鼓。鼓，置于二楼阳台角落上。一面很大的鼓，八里之外的狮雄山都能听到鼓声。周围百姓都知道“闻鼓而起”。我经常在阅览室看小人书，翻翻杂志，中午都不歇息，受过校长几次批评。其时，我是班上团支部书记，十分喜欢文学，乐意泡在阅览室。书真多。当时，首都北京出了个文学神童刘绍棠，年少有大志，令人羡慕。一天，校长又看见了我，说中午休息一会儿，下午才有精神。校长问我：将来打算做什么？我竟傻乎乎地说：我也想当作家。校长看了我一会，笑着说：好呀！不过，那是很难的哟。

高中读书时，校长是李广铸先生。

1954年春，五华县政府迁至水寨，县教育重点也从华城转移到水寨。水寨中学变成了重点中学。也就在这一年秋天，李广铸先生担任了水寨中学校长兼党支部书记。先生在这块热土上，兢兢业业，而且富有创造性地一直工作了五年。我是1955年秋天进入高中部，1958年夏天高中毕业的。整整三年，聆听先生亲切教诲，一直难以忘怀。那三年，我担任着团委宣传委员，还兼任过学生会副主席、主席。平时与先生及魏萌老师接触较多，的确是获益良多。先生教育世家出身，毕业于中山大学中文系。年轻那会儿，于极端艰危之时，加入了中国共产党。抗战胜利后，蒋介石重新挑起内战，先生勇敢地投入了反内战、反迫害、反饥饿的复杂斗争，曾经率众到南京教育部请愿。中华人民共和国成立后先生是五华县政府首任文教科长，曾顶住压力大力为水寨中学争得20亩地作为操场，很有眼光，很有担当精神。先生主持校政之后，党的教育方针得到了全面的贯彻执行。教育方针，内含哲学、社会学、人类学等因子，看起来是几句话，实际上是知易行难。先生对此，有深刻理解。广东省教育厅召开中学、师范教育经验交流会时，请先生去交流经验，并通过报刊推广。1956年暑假，省教育厅委派先生率领省教工足球队奔赴上海参加全国“钟声”足球协会主办的足球比赛，23个省市足球队参赛，广东获第六名，领回一座奖杯。这对广东中学体育教育工作是个很大的推动。稍后，省教育厅又委派他到中央教育行政学院（现国家教育行政学院）深造一年。先生常说：一个学校，校长是伯乐，教师是千里马。史料记载，北京大学校长蔡元培就是一个伯乐。1957年整风运动时期，广铸先生避开极“左”思潮影响，使许多名师免受冲击，稳住了学校教学秩序，有胆有识，很富有个性，十分可贵。1959年，学校高考成绩全省排名第五。人们都高兴地说，“梅州山沟里飞出了金凤凰”。水寨中学也因此跨入省重点的行列。

先生晚年还费了大力，将五华师范学校从深山沟里迁回县城原址，其办学思路和顽强个性，深受百姓赞颂。先生已九十八岁，仍硬实。仁者寿。人们说：广铸先生踏石显印有李抟先生的遗风。

水寨中学，琴江河东岸，我时时怀念的地方。其时，四周布满农田、小水渠、小山包，处处红绿蓝紫。竹林、柚子树、香蕉林、荔枝林，般般都有。风景美好，风光宜人。学校与山村只隔几层竹篱笆，鸡鸣狗跳，牛欢羊叫。老人小孩，少男少女，风情种种，其乐融融。一幅幅活动着的风景。有趣的是，时长日久，反而觉得富有亲切感。接近老百姓，大家都喜欢。遇大旱时节，全校一千多人，全体出动，帮助农民筑拦河坝，将琴江河的一段变成临时的湖泊，引水灌溉两岸几万亩良田。惊人之举。每当这时，校长便是总指挥，生怕出什么漏洞，操尽了心。

学校办公楼门坪高台上，黄昏时分，常有师生自由组合的乐队在潇洒地演奏。二胡、京胡、扬琴、笛子、三弦、吉他，还有鼓钹，管柔弦韧，声乐悠扬，丝丝入扣，婉约迷人，声声入耳，陶冶性灵。老人小孩，越聚越多，更有踏足摆手呜呜而歌者。晚霞愈染愈红，月色愈积愈沉。大小操场，各种球类和体育器材，年轻人，龙腾虎跃。校园里始终洋溢着轻松活泼气氛，是铸魂育人的又一课堂。

回顾以往，甘苦自知。六十多年，我走南闯北，在祖国北疆内蒙古工作十五年，在湖南工作十二年，晚年调到广州。工作期间，大部分是在外省。走过五个新建学校，被戏称为“开荒牛”。每当遇到困难，碰到排解不开的事情，我便会想到校长李广铸先生的话：“遇到事情后，不要太过于计较个人。”记得，别离期间，还往返过几封信。先生惠我之言，贵如黄金。

先生，全心全意办学，扎扎实实地处事。中华人民共和国成立初期的前几年，水寨中学业绩，人所共知。毛泽东同志说，办学校，一定要有个好的校长，十几个优秀的教师。著名教育家陶行知说，当校长，不能只是当“二分之一的校长”，或“三分之一的校长”，要全心当“整个的校长”。这是办学办教育之至言。水寨中学当年，比较注意政治思想教育工作，比较重视发展名师和优秀学生入党，这是十分有政治眼光的。一个学生，政治上早成熟一些，十分重要。政治上成熟的名师，其身教言教，社会影响，也是人所熟知的。李广铸先生十分重视这些关键点，一生笃行不辍，感人至深。近日再读先生与魏萌老师的《铸玉楼诗文选》，想见其高洁为人，铁骨铮铮形象，感慨万千。书中被实名赞颂的名师就有七位，还有许多称颂园丁集体形象的，表彰学生品行的，涉及社会人生和政治的，还有论述梅州足球事业的。先生夫妇的书是一部实实在在的书，可谓光彩照人，定能彪炳春秋。它并非一般“彰显”之书。

就读武汉大学期间，校长为李达先生。先生1953年至1966年任武汉大学校长，是人们熟知的哲学家、教育家、革命家，长期从事哲学研究，著作等身。1961年受毛主席之托，李达先生修改《社会学大纲》，兢兢业业，呕心沥血。此书后定名为《马克思主义哲学大纲》。先生在许多事情上亲力亲为，极为感人。初到武汉大学时，创建马列主义教研室，竟自兼主任。为全校教职员工创办马克思列宁主义夜大学，重要课程亲自参与讲授。平时工作中，先生尊重专家教授，经常登门拜访，促膝谈心，征求办学意见；学术上，坚持“双百”方针。对哲学系学生，他提出“脑口手德体”五字要求，“脑要清楚灵活，口要能讲，手要能写，德要好，体要健”。先生要求哲学系、经济系学生能够看外文书，要求中文系学生深入社会生活，轮流下放工厂农村。先生深知教育就是训练潜能，挖掘特长，造福人民，复兴民族。当时，中文系的培养目标写在学生手册上，共有三条：培养各级文学研究所研究员，培养文学杂志编辑，培养高等院校文科教师。

李达先生胸中装满办学之事，仍常常上下寻觅，梦寐以求。早年踏尽坎坷，晚年老而弥坚。其执着精神，令珞珈山人无限钦敬。毛主席武汉视事，两人常有往返，私人情谊颇深。上下左右之间，李达先生敢于直言，风格很高，德高望重。

李达先生的光耀，我在《武汉大学的小操场》一文中，写到过一些，异常感慨。一个学校，有个好的校长，校园光彩，学生有福，国家有幸，人类有光——人类教育，永远是一个使命！

武汉大学五年，无事不敢去打扰老人。每年听几次先生的讲话和报告，阅读先生的著作，毕业时同先生一起照相，亲聆教诲。一切就都有了，满了。先生讲话和著作，很注重哲学中的世界观、人生观。高屋建瓴，启人心智。珞珈山是哲学的山。高山仰止，长河远去，我们与先生的感情很深，很深。

"文化大革命"初期，李达先生被污为"珞珈山三家村"。先生于1966年8月24日逝世。"1973年11月，在毛泽东主席、周恩来总理干预下，李达冤案得以平反……1980年6月26

日，经中共中央书记处批准，为李达彻底平反，恢复党籍，恢复名誉。1996年9月12日，李达的骨灰由武汉市九峰山革命公墓移至北京八宝山革命公墓骨灰堂一室安放。”[《武汉大学校史新编（1893—2013）》]

我常常想，中国特色社会主义新时代，办教育办学校仍很艰难，遴选校长和教师的工作很重要。他们应该是学者、智者、师长，德高望重的人。而且，全社会都要支持和尊敬他们。教育领域、教育领导机关、与教育有关的一切人，都应该有职业上的敬畏之心。几年前，中山大学教师提出，培养学生要具有领袖气质，家国情怀，且能担当大任者。这是很有启发性的。环顾今日世界，目染全球，高等教育似乎就是缺失了一点什么。各个国家各个民族，都在这条道路上苦苦寻找。

作于 2019 年 10 月

原载校园文学杂志《碧草》。

怀念臧克家先生

初冬，广州的夜晚，窗前大叶榕树枝丫微微晃动，似有虫声悉悉。远处星辉月艳，碧空清丽，夜晚也很美。我在窗前静坐了一会儿，便起身，想去街边走走，然而，忽又想起，几个抽屉已塞得满满的了。

一个人，磨磨叨叨，于书房大抽屉前，翻检着一沓沓文档，无意间，又见臧克家先生的信。我像发现了什么似的，心里先是一怔，展开信，拜读再三，不禁想起了许多事情。种种心绪，又似乎打开了一道道的门，有的门洞还很深。唉！年岁大了，想做的事太多，无意间的事，也常有。人怕老，又不服老，胸中藏满疙瘩。信是先生1984年7月3日写的。信中说："我年近八十，工作繁重，丢了朋友的稿，有的压了多年。实在无办法。"这是奋斗了一辈子，仍孜孜不倦的长者的心声呵！信的开头，像老熟人、老朋友似的，洋溢着童心和童趣，愈老愈真。我长久地沉吟着：去哪里找这种情感和关爱呵！

先生的信，放在首饰箱里。当时，大概是把它当作珍藏品了。我的心无法平静。先生去世多年，我已无法写信给他，就留点怀念的文字吧，更多更细微的思念，只好存乎心底了。

八十岁的老诗人，给四十岁的年轻人写信，教写诗，这不就是十分珍贵的“文脉”吗！我看见过先生同青年诗人的合影，先生笑容是那么的灿烂。

窗外，皎洁的月色。广州，冬夜是芬芳的。

“文化大革命”结束后，我写了一部政治抒情长诗，题目叫《历史的回顾》。修改了多次，想以“哲理、人伦、政治”入诗，做个尝试，自然希望能够成功。我大着胆子，不知高低，竟将稿子寄给了先生。这便出现了此文开头述说的情形。后来，反复思考了先生的修改意见，将题目改为《将军的回忆》，下大决心重写，并且做了许多准备工作。

我接触过几位将军，也听过他们的军旅报告，阅读过一些将军传记，有的还交上了朋友，自己觉得有点儿底气。诗稿最终在一个文学杂志上发表了，不敢再寄先生。事情算是有始有终。

长诗刊出后，有点寂寞。喜欢诗，却又写不好诗。其时，我已在湘潭大学中文系任教，接触到先生更多作品，对先生高洁品行亦异常景仰。五四运动时期，先生年方十五，小学生，便跟着大人上街反对日本帝国主义，抵制日货；稍长，参加过北伐；后入读山东大学中文系，师从闻一多先生，有深交；毕业后，教过三年中学。一路走来，报人、诗人、文化战士，历尽坎坷。第二次国共合作时期，先生曾在抗日部队和地方上，做过许多抗日宣传工作。先生曾任中华全国文艺界抗敌协会理事，曾不顾敌机轰炸，三赴台儿庄前线采访，撰写报告文学《津浦北线血战记》。到哪里，先生都不避艰危，奋力向前。1949年7月在党的组织下，先生从香港回到北平，出席中华全国文学艺术工作者第一次代表大会，被选为中华全国文学工作者协会委员。1956年，先生调任中国作家协会书记处书记。1957至1965年，先生任《诗刊》主编，在创刊号上，发表了毛主席的十八首诗词，并与著名学者周振甫合著《毛主席诗词十八首讲解》（后改名为《毛主席诗词讲解》），从此，国人才普遍晓得，我们的领袖原来还是个大诗人！诗歌啊，祖国的诗歌！满身历史征尘！1990年，先生主编出版了《毛泽东诗词鉴赏》，成为毛主席诗词研究权威之一。此书获全国图书“金钥匙”奖，又获第五届中国图书奖一等奖。先生在《诗刊》任职时，尽职尽责，培养了众多青年诗人。很自然地，先生是人们公认的编辑家。老一辈编辑人员，其与作者、读者之关系，堪称模范。编辑，就其大多数来说，是思想文化的引路人，是国家民族的希望。

先生信中对我说：“（你的诗）不足处在于太一般。没有人物、故事，成为革命历史的诗的图解。抒情味、具体性均缺乏，故不能动人。再写时，须注意。”信，几十年了，重读之，脸上仍是热辣辣的。信中指出的缺点，是当年我的诗歌创作中显见的毛病。先生严词以对，当属自然。桥归桥，路是路，界限分明。文学批评，就是要像先生这样高风格。“图解历史”，就我自己而论，是偷懒、取巧，弄巧成拙。也许，是对革命历史情有独钟，写着吟着，忘乎所以，喊起口号来了。艾青先生也这样批评过青年诗人，这么说来，我是在重犯错误。政治历史，神秘、复杂。我想，先生是要我去写自己熟悉、具有独特感受、情感深沉的东西。

先生第一部诗集《烙印》于1933年出版。随后，《罪恶的黑手》《自己的写照》《运河》等诗集相继出版。先生当时年轻，他以自己的诗和朴素严谨的诗风，赢得了当时社会的重视和好评。闻一多先生在《烙印》序文中说：“克家在《生活》里说：‘这可不是混着好玩，这是生活。’这不啻给他的全集下了一道按语，因为克家的诗正是这样——不是‘混着好玩’，而是‘生活’。克家的诗，没有一首不具有一种极顶真的生活的意义。”臧老自己也说过，对农民，“我情愿和他们共有一个命运”（《我的诗生活》）。先生十八岁时，从旧中国胶东农村出来，他的诗，有许多是歌唱乡村和农民的，人们都称他为“农民诗人”。生活是文学艺术赖以生存的厚实的沃土。生活画面，是雕刻文学艺术的璞玉浑金。先生早年的诗歌，写了农民痛苦“悲愤”的生活，就像是架起了一堆一堆干柴，终究会燃烧成通天大火，人民大众便会在烈火中新生。这便是先生早年诗歌的真正意义。后来，先生继续受到现实斗争生活的教育，终于成了一位革命诗人，得到文学前辈郭沫若、闻一多、茅盾、老舍、朱自清等的推许和赞誉。先生是社会生活的有心人，题材宽泛，诗思敏锐，哲理深沉，诗语冷峻、机趣、精妙，处处能见匠心。诗语推敲方面，先生是极为苦心的。他在《臧克家诗选（后记）》中说："下一个字像下一个棋子一样，一个字有一个字的用处，决不能粗心地闭着眼睛随便安置。敲好了它的声音，配好它的颜色，审好了它的意义，给它找一个只有它才适宜的位置。把它安放下，安放好，安放牢，任谁看了只能赞叹，却不能给掉换。"这种近乎于认真刻板的态度，很多人都是做不到的，因为这要有古诗词功夫。新诗的发展，离不开民族文化和古代诗词。先生和许多著名诗人的作品，便是证据，他们的诗都摆在殿堂里，有迹可寻。

先生幼年时，祖父施教甚严，自小熟读诗书，聪颖勤敏，启蒙熏陶有日。青年时期，深羡名师指点导引，好学笃行。踏入社会之始，深陷战争、贫穷、瘟疫、死亡、家国仇恨。经受许多磨难，终遇春阳和暖，大地重光，继而迎来激情燃烧大众欢腾的年代。先生整个人生乃生活哲学砌成，有如泰山之石。先生是拿过枪，并用笔和嘴长期为国家民族呼喊过的战士。

先生对自己的诗作，常常有深刻的自我批评，既显示了其对文学艺术的忠诚，也显示了其高大敦实的人格力量。他认为，自己对农民斗争精神认识不够深刻，没有把处于水深火热斗争中的农村摆到革命斗争的高度来把握，因而，削弱了诗的力量。抗战初期，先生也觉得自己的诗有诸多不足，而且找到了问题症结，直入主题。他说：“我歌颂士兵，而自己却不能真正彻底了解士兵，因为他们卧在战壕里，而我只是在战壕边缘上站了一忽儿；我歌颂斗争，却不是从同样斗争的心情出发，这样，我的歌颂，就悬在了半空……它是虚浮的，刹那的……它是观念的，口号的……一个真正的好诗，却正需要深沉的情感化合了思想，观念，锻以艺术熔炉。”诚实的作家，面对社会生活沃土，会产生深刻的情感，并深层次地形成思想、观念，最终成为一个好的作品。这就是创作。先生所强调的还是如何深入社会生活问题。同时启示人们，文学道路今后将怎么走下去。先生十分诚恳地再次谈到了自己。在《生命的零度》的序文中，先生说：“我相信自己是在变着的，把这个集子里的东西前后一对照，也可以看出这个变的踪迹来。雕琢了十五年，才悟得了朴素的美，从自己的圈套里挣扎出来，很快乐地觉得诗的田园是这么广阔！‘生活得，斗争得，如同一个老百姓，最真挚的憎爱用最平易的字表现出来——表现得深，表现得有力，表现得美！’当然，这只是给自己竖立了一个标杆，我并没有够上它，但，我在努力地自觉地去够！”

我默念着先生的话，深味于山高水深、海阔天空“有容乃大”之奥秘，心里倒觉得开阔多了。成绩卓著如先生者，仍这般敞开胸怀自省，文学之路是何等的严肃和艰辛。茅盾先生也曾经对自己的《子夜》作出过自我批评，说没有写好里面的工人形象，使作品显得“半肢瘫痪”。

先生后期的诗歌和散文，更臻完美，身心文心，更为开阔。先生创作经验，具有永久意义。《有的人——纪念鲁迅有感》熔铸了一颗铁骨铮铮的“为人民”的心。作者把这颗心挂在民族文化中高高的道德牌坊上，有如日月经天，江河行地。甚至，对当今你攻我伐的国际政治情势，产生了重大影响。这是一个铁的事实。

文中引录先生箴言，对我们是一种警示和鞭策，可以说，是刻骨铭心的。文学上的批评和自我批评，甚或是警钟，都是大家的共同财富，具有普遍意义的。

先生信中提到了周姬昌同志，这又引出了学界一段佳话。改革开放初期，科学的春天里，社会各方人士深感人们文字表达和口头表达能力偏低，语文水平低，甚至认为，势必会影响文化建设和经济建设，使精神文明、物质文明受损。面对这种复杂状况，武汉大学中文系讲师周姬昌，在学校和中文系两级领导的支持下，不避寒暑，只身跑了许多高等学校，联络了许多专家、学者、教授，大家一起认真研究筹划，几经周折，历尽艰辛，最终经过国家有关部门审批，武汉大学具体牵头，于

1980年冬天在武汉大学成立了“中国写作研究会”（后改名“中国写作学会”）。学会委托武汉大学创办《写作》杂志，海内外发行，开始时发行量竟达二十六万份之巨。这是写作学界一件大事，也是武汉大学的一件大事。刘道玉校长远见卓识，学会诸人常常怀念他。

中国写作学会筹办之初，人们热切盼望先生担任首届会长。果然获得允诺，学界群情激动。尔后先生任职达二十四个年头，是诗界和学界一面旗帜。先生在全国人大、全国政协、全国文联、全国作家协会都有重要任职。政务繁忙，社会活动频仍。我们都为先生健康担忧。在先生影响下，学会团结了一批批专家、学者、教授和普通教师，大家一起，在文章学、写作学园地里，勤耕苦织，辛苦恣睢。改革开放四十年，刚好也是写作学会的四十年。往事如云，甘苦自知。写作学会的人，是会记住先生和记住这些大事的。

纪念先生，继承先生事业，就是要走好中国特色社会主义新时代的文学艺术之路。文学艺术与社会生活之关系，始终是一种依存关系。就深入生活而言，当前国际国内情势，政治的、经济的、科学文化的，蛛网一般，呈显在一起，许多现象，都显得更难体认，更富于想象。文学艺术的发展，同样遇到了许多新问题，依时俱进，绝不会有退路。文学只有取信于当代，才能留存于后世。文学艺术之路，永远是条崭新的艰难的路。

月亮隐去，星空变得更深、更远。人说，天外有天，那边还有更神奇的天籁。美丽的、轻轻旋转的、神秘的天体，是永远属于后人的。

夜深人静，思虑绵密。先生一辈子，为创新和发展文学事业，心劳力竭。老了，先生还担任中国诗歌学会会长，操心。立言立德，惠人昭昭。谋事成事，千秋功业。2000年，先生获首届“中国诗人奖——终生成就奖”。2002年，先生出版了《臧克家全集》，十二卷，六百三十万言。2003年，先生获由国际诗人笔会颁发的“中国当代诗魂金奖”。2004年，先生与世长辞，活到了九十九岁，农村习惯说法，先生是百岁老人。留文，留声，留影，留友情，留跋涉经验，留下生活中许许多多珍贵，可谓完美。先生将自己生命的意义发挥到了极致，是幸福的。

作于 2018 年 11 月

原载武汉大学《文华书潮》2019年第3期。

一株霜饱萼肥的秋菊

——记湘潭大学中文系教授姜书阁先生

一位面目清癯的老人，神态安详地坐在椅子上，旁边是几盆盛开的叶大萼肥的菊花……

这是湘潭大学中文系教授姜书阁的一帧照片。姜老女儿姜逸波说，这是两年前，老人七十五岁入党时拍摄的一个纪念照。湘潭大学中文系教工党支部讨论和通过老人入党时，正值秋天，家里的几盆菊花正好在竞相开放；老人带的几个研究生平素知道导师喜欢菊花，便在老人高兴的时刻送来了几盆菊花，黄灿灿的、艳丽迷人。就是这样几盆菊花促成了，并且留下了这个闪耀着秋光秋色具有纪念意义的镜头。看着这帧照片，从花从人，那花那人，我们从心底里生出敬佩之情。

姜老的晚年，不就是像秋天里盛开的霜饱萼肥的菊花吗？

姜老已跨进人生的第七十八个春秋。他一直不停顿地从事着著述工作。右手执笔的中指磨起老大的茧子，甚至凸起形成鸡眼。从1979年初调到湘潭大学至1984年，粗略统计，老人发表的著作达二百四十万字之巨。姜书阁，这个学者的名字，已被收入《中国社会科学家辞典》和《中国文学家辞典》。

姜老的著作，在学术界影响颇深。一位著名学者读了他的新作，感慨万千。原以为这长者已不在人世了呢，没成想，仍思绪如潮。这是一个怎样的耕耘者啊！

每天上午八点至十二点，下午一点至五点，是老人铁定的写作时间。我们问他为什么将时间排得这么满。他答道："晚上视力不济，白天就得紧着点。"老伴为此发过脾气，说："人家都搞上天的导弹，搞信息什么的了，你没日没夜地搞这些古董有什么用！"女儿也劝老人调整写作时间，可老人语重心长地对女儿说："我的好友吴恩裕（研究《红楼梦》的专家——笔者注），死在写字台上。就在心脏停止跳动的一刹那，他正画着一个句号，句号没有画完，笔就掉落下去……对于死，我不忌讳了，但我要把计划中的书写完，要画完最末的那个句号。"姜逸波还告诉我们：老人写到紧要处，有时在书房踱步，转来转去，脚步疾快，像个疯子，全不像平素散步时那个悠闲的样子。女儿怕老人摔倒，劝他脚步放慢点，别转得那么急。老人朝心爱的女儿笑笑，点点头，脚步却丝毫没有放慢，地板照样"嚓嚓嚓"地响着，家里人的心都提到了嗓子眼儿上。

我们曾经长久地思索过、探求过：这位老人为什么总是废寝忘食地干呢？原来，这一切与老人的身世有着密切的关系。

姜书阁1907年出生于奉天省凤城县（今属辽宁省东沟县）一个满族农民家庭。九岁丧母。家境的贫寒和后母的歧视，使他从小发愤读书，决心自强自立。他的倔强性格，在幼小时候就开始形成了。

1930年，姜书阁毕业于清华大学政治学系。由于特定的历史环境，他曾经在国民党的几个省级教育机关做过事。九年之后，他进入了国民党中央政府，从秘书做到了财政部政务次长。1949年春夏之交，中国人民解放军百万雄师渡江、南京国民党政府作鸟兽散的时候，姜书阁终于摆脱了与国民党的一切关系。他没有跑到台湾去，而是带着家小，由南京、上海、广州而重庆，最后在重庆“隐居”了下来。

起初，共产党像压在石头底下的一根小草，它何以能够由小到大、由弱到强，最终夺得全国政权呢？这位在大学专攻政治学的学者感到惭愧了。他觉得自己的学识太片面了。然而，他觉得自己留在大陆的这个选择绝没有错。他再也不能盲目地跟着国民党走了。

“会杀头吗？”一次，妻子惶恐地小声地问。“要不，先到香港去，看看风向再回来。”

“到香港去会落入特务手中……”姜书阁抽着烟，像是在沉吟：“我对共产党没有恶感，我是文职……共产党既然有掌握全国的气魄，那他们就不会乱来！”

逻辑推理，对学者来说，有时就像是一道至高无上的命令，不容你不遵从。

1949年11月30日，重庆解放了。

书生出身的姜书阁，从来不会敛财。他在广州脱离国民党政府时，两手空空；全家七口辗转到重庆时，仅有的一点积蓄很快就耗费光了。生活无以为继。姜夫人只得用布做成玩具猴，在大街上出售，以此作为对生活的补贴。姜书阁则每天出入书店或奔走于街头旧书摊，搜集革命理论书籍。不久，他终于找到了《共产党宣言》《国家与革命》《联共（布）党史简明教程》《列宁主义问题》《列宁文选》《新民主主义论》《论人民民主专政》等十几种著作。他冷静地思考了中国近百年来的历史和自己的亲身经历，把国民党和共产党加以对照，把各种各样的“主义”加以比较……终于，他心里豁然开朗了。他更加认定，自己留在大陆，是一条新路，历史必将得出这样的结论。

一次，姜书阁拄着一根树枝，拐着腿回到家里，并且显出很痛苦的样子。妻子惶恐地跑去扶他，着急得额上冒汗，以为他在外面被人打伤了。然而，当妻子扶他坐下时，他却哈哈大笑。妻子发现自己受骗了，便在他背上重重地打了两拳，坐到一边倒真的哭开了。

“莫哭，莫哭，我是想跟你打个比方。我今年四十三岁，读过许多书，但我今天才发现过去是个瘸子……眼下好了，把拐棍拿去当柴烧吧，你不是也缺柴禾吗！”

妻子沉默着，径自到厨房里去了。未来的生活是怎么样的，旧政府的这位官员太太，她心里没有底呵！

不久之后，求贤若渴的共产党终于派人找到了他。这位“隐者”且惊且喜，接受了来访者的聘请，担任了西南军政委员会财政部参事，协助税管局工作，开始了新的一页。

1951年12月，姜书阁又主动报名参加了西南军政委员会第三期土改工作团，并被任命为第一大队队长。他率领一百五十多名队员奔赴贵州省兴义县棒鲊区，去从事土改运动。临行时，妻子悄悄地对他说：“看样子，共产党相信你了？”姜书阁笑了笑，然后小声地回答说：“共产党内部，只有县级干部以上的人，才能担任这个大队长呢！”

“在那样的大山嶂里，要保重！”

“为共产党做事要全心，家就托付给你了，有困难先自己想法子解决，不能马上去找政府……”

姜书阁跳上卡车，朝流着泪的妻子摆了摆手，同大队人马浩浩荡荡地进山去了。

兴义县棒鲊区地处贵州省西南角，与广西、云南交界。以前，这里兵匪官绅横行，人民生活痛苦不堪。十几岁的少女，面有菜色，骨瘦如柴，衣不蔽体。有的妇女，光着身子在山坡上耕种，远远地看见有人靠近，便像受惊的动物一般钻进树林或躲到石崖后边。姜书阁在一个材料里深有感触地写道：“所遇农民，无衣无挎者，到处皆是。”至于一日三餐都离不开的吃食，那就更不堪言状，逢年过节也看不到一点儿油水。姜书阁在房东家里吃饭，房东端出玉米糊糊和没有一点油星的小菜，而自己却闪进灶间去吃煮熟的红薯藤。有几次，姜书阁难过得放下了饭碗，他哪里能咽得下呢？民生凋敝到如此地步，他以前是无法想见的。在这样一个具体的环境里，姜书阁身穿粗布衣服，足系草鞋，每天翻山越岭，往来于各乡各村之间，勘测民情，组织斗争。只半年他便跋涉了五千多里山路，打开了土改工作的局面。在整个土改斗争中，姜书阁始终站稳了立场，没有辜负党组织对他的信任。

1958年，姜书阁自愿报名到青海，支援青海建设。开始时，组织上要他担任青海民族学院（今青海民族大学）的行政工作，但他决意要教书、做学问、搞著述，实现他培育英才的夙愿。党组织尊重了他的意见，把他安排到青海师范学院（今青海师范大学）中文系工作。

在西南工作时，党组织曾经送姜书阁到西南一级机关干部学校脱产学习三年。1964年，党组织又派他到中央社会主义学院进修一年。

在读了马列主义和社会实际生活这两种“大书”，并经过长期的观察和思考之后，姜书阁变了。他终于从心底里认识到了人民的力量和共产党的伟大。他的人生信念和世界观逐步转移到了马克思主义的旗帜之下，转移到了人民的立场上来了——这种转变，远远超出了个人的范畴而具有历史的意义。出幽谷而登乔木，这是姜书阁为自己后半生所选择的路。

了解一个人不容易，理解一个经历复杂、性格独特的学者就更不容易了。在人生艰辛的道路上，姜书阁经历过无数次的颠簸，他那赤诚而坚强的心，穿越过多次历史迷雾至今还在搏动着、搏动着、搏动着……

1972年年底，姜书阁从“牛棚”里走出来了。

六十多岁的姜书阁，凭着他的人生经验，能从乱中看到治，从祸中看到福，从悲中看到喜。他知道，这年月不是哪一个人在受难，这是许多人在同时经受磨难和考验。要说痛苦的话，这是一个特殊年代的痛苦。

姜书阁十分相信逻辑推理，逻辑是其倔强性格形成的基础。他自信而乐观，尤其是小女儿姜逸波的成长，给他那颗寂寞的伤痕累累的心带来了无限的宽慰。

后来，姜书阁被下放到青海循化农场。当他置身于大自然和纯朴的人民群众之中时，他找到了人生的真谛。一个年近七旬的老知识分子，手持木棍，在大西北黄河岸边，夜守麦田。

他显得有力量了，他的胸怀宽广了，他在平凡中找到了永恒。他在诗作《夜守麦田放歌（在循化农场）》中写道：

田头夜卧看星斗，黄河怒涛耳边吼；
四面群山龙蛇走，忽如白云变苍狗。
我生六四亦何有？昨日少年今白首！
为松为柏为杞柳，或为朝菌暮已朽。
何似生来为黍麦，岁岁黄熟供童叟；
偶然酿作庆功酒，藏之百年芳烈久。
呜呼噫嘻庆功酒，馨香芳烈永不朽！

在艰难的日子里，他始终恪守着自己的人生信念和对生活的追求。

他期待可以重新走上讲台，可以继续从事他心爱的学术研究。早在50年代，他就对家里人说过："我这一辈子都不退休，就是倒下，也要倒在讲台上。"然而，事情往往并不以人的意志为转移，变幻无常的政治风云，常常使人作出些意想不到的选择。就在姜书阁获得工作的权利后不久，他又一次被迫离开了讲台，含着眼泪打了一份退休报告。

那是1974年。当时，社会上刮起了一股"评法批儒"的阴风。许多高等院校纷纷以"法家著作"代替古典文学课程。青海师范学院（今青海师范大学）中文系也不例外。姜书阁知道后，生气地说："这样的课，我讲不了，法家著作怎么能代替古典文学！……”姜书阁以极大的勇气，抵制了这股潮流。然而，麻烦跟着也就来了。

系里的领导见姜书阁持这种态度，愠怒地说：“讲不了，那就打报告退休吧！”就这样，姜书阁在气愤之下打了退休报告。不到二十个小时，院部领导便批准了他的退休报告。

这是怎样的情景啊！

1977年2月，青海省政协开会时，姜书阁坚决要求复职，他大声疾呼：“我要工作！”可是，某些“左”倾思想严重的人，一直拖着不给复职。1979年元月，姜书阁收到了湘潭大学寄给他的聘书，他立刻打点行装，启程入湘！

他渴望工作啊！

因困难和波折而造成的生命的浪费，使姜书阁非常痛苦，也使他更热爱工作。这大概就如菊花，吸饱了霜水后开得更盛、更美了！

湘潭大学是文理工综合大学，也是一所重点大学。为了办好这个学校，培养师资、充实教师队伍是关键。当姜书阁得知中文系古典文学教研室缺乏师资的情况时，便主动提出招收研究生，自己动手培养师资。1979年秋，他一次就招收了4名攻读先秦两汉文学的研究生；一年之后，他又要求再招四名攻读魏晋南北朝文学的研究生。这样一来，从先秦两汉到魏晋南北朝，他同时带了8名研究生。这是十分繁重的工作任务。开始，校、系两级领导考虑到他年事已高，顾及他的健康，曾多次劝他不要带这么多研究生，要他搞搞科研、带带中青年教师就行了。可是他说："不能拖了，'人生自古谁无死'，我的时日不多了，再拖，即使寿年许可，只怕头脑和精力已不能及。"领导没办法，只得照他的意见办。

做人处事要务根本，做学问更要如此。这是姜书阁的处世原则。他对研究生，取的是"许身孺子"的赤诚态度。他以自己的亲身体验晓喻他们，为人之道首先要有一个坚定而正确的政治信念，有了这个，就可以"日日新，又日新"；他以自己的切身经验告诫他们，为学之道首在务除侥幸心理，铲除了侥幸心理，才坐得住"冷板凳"，才钻得进去——这两条，是一代学人的丰姿，虽百世而不衰。

姜书阁素以治学严谨而著称，对待教学工作，更是一丝不苟，极为严肃认真。他讲课，如同著述，每有所论，必有所据，而且讲稿写得工工整整。没有讲稿，决不讲课，这是他给自己定下的规矩。研究生的学术论文，他篇篇批改，字斟句酌，连引文没有出处也给添上。

下面的引录，是姜书阁对研究生王以宪的毕业论文《扬雄的辞赋创作和辞赋批评》初稿评语的一部分：

"……引文尽可能用第一手材料，断不能引字典，切切！"

“写研究论文，不宜多引用今人的论文，应拿出自己的见解，表述自己的研究成果。不要写成对人家研究的综合评价。

“自己用力之处要着重地写，使阅者注意到你的工夫所在。所谓‘着重地写’并不是写得特别多、特别长，以致形成畸形怪文，反使人厌。

“征引不怕多，只怕滥。每征引一条总要有自己的见解，使读者感觉你引的东西都是有用的、有目的的，而不是取以充篇幅或炫博的。”

这几条批语，在做人、做学问方面，都指点到了。这种教诲是使人刻骨铭心、永志不忘的。这几条批语，是教师应该如何传道授业的最好注释，也是姜书阁性格的最好说明。王以宪十分珍惜老师对这篇论文的评语，把它和论文初稿一起珍藏着。

1983年夏末，姜书阁的第一届研究生毕业了，四人都以优良的成绩获得了硕士学位。他们有的留在本校任教，有的分配到外地工作，为祖国的现代化做贡献。

姜书阁居室后面的山坡上，修竹萧萧作歌，松涛喃喃鸣响。在山坡上一站，远山近树尽收眼底，周围一片翡青、葱翠，生机勃发，满眼诗情画意。这竹和松，不就是姜书阁的性格和风格的象征吗？

竹子有时会被砍倒，但笋子却一根根冒出！

松树有时因老而枯萎，但松林却永是年青！

世界上有这样两种学者：一种学者可以在寒流到来时，放弃自己多年的学术研究，根据“风向”来确定自己的观点，把学术当作阴谋政治的舆论工具和向上爬的阶梯；另一种学者却能不为外界风气所动，在任何时候任何情况下，都能坚持真理、追求真理，甚至不惜牺牲个人的一切，乃至生命。这后一种学者，才是真正的学者。对此，姜书阁教授曾经十分感慨地说：“搞学术要不耻所同，不惧所异，要坚持所信……一个人要做到实事求是不容易，但总要实事求是嘛！”

前些年[1]，社会上出现了借解放思想之名而否定毛泽东思想、毛泽东历史地位和四项基本原则的错误倾向。姜书阁对此很不以为然，他斩钉截铁地说：“‘凡是毛主席说的都是对的’，这是‘凡是派’；‘凡是毛主席说的就都是不对的’，这是‘新凡是派’。这两种观点都是形而上学的，错误的……我不想标新立异，所谓‘新凡是派’这个名称只是顺手借用而已，诸位不要误会。”敢于在公开场合这样大胆地讲话，确实不能不使人折服！

一个时期流行的朦胧诗，被说成是“新的美学原则的崛起”；对革命文学的历史作不应有的低估，并以此证明：“文艺离政治越远越好”，“作家离政治越远就越伟大”。这些都

[1] 指1980年前后，编者注。

是过了头的。姜书阁常常告诫来访的中青年教师：做学问要老实，不要做弄潮儿，要做登山运动员，像登世界屋脊喜马拉雅山那样……另外，探索亦要有所凭借，要与妄测区别开，这样，才不至于步入歧途。

这是一个怎样的过来人啊！

姜书阁于七十五岁高龄加入中国共产党，这是传奇式的。湘潭大学党委接收姜书阁，亦是一种超凡之举。

我们的人民是富有智慧的人民，我们有历史悠久的民族文化，有逐渐发达的科学技术，在现实斗争中，我们应该让每个人自己开动脑筋去思考，去审时度势、判断是非、辨别真伪。光明驱逐黑暗，正义镇住邪恶，真理战胜谬误，进步取代愚昧，这是人类社会历史发展的必然规律。时间是最公正的证人，个人的功过是非，自有后人评说！我们都来尊重历史和尊重现实吧！

具有倔强个性的姜书阁，他对错误的政治路线，以及这种路线对人的威逼，他对错误的社会思潮，以及这种思潮对学术思想的遏阻是深恶痛绝的。当他自己陷入了这种境遇时，他勇力过人，智力过人，坚持所信，不为所动。然而，他也发现，有一些人为了一时的名利竟为这样的一种势力所裹挟，流落到自己也意测不到的地方去了。这实在是学术界和思想界的一种悲剧！

姜书阁喜欢菊花，也酷爱书法和国画。他常好画松、画竹、画梅、画兰，尤其爱画梅花。苦寒、高洁、严肃，像梅，像菊，像苍松。如果说，这就是姜老性格的一面的话，那么，这也是我们民族文化所铸成的。

作于 1984 年 8 月

马流洲先生其人其画

——著名山水画家访谈录

报载：马流洲1942年出生于广东汕头，现为中国美术家协会会员、广东省人民政府文史研究馆馆员。他人生几十年追求：“好做事，做好事，事做好”，在艺术上坚持“好画画，画画好，好好画，画好画”。

从艺以来，马流洲画了上千幅作品，其中有多件大尺幅画作被挂藏在天安门城楼中厅、人民大会堂、钓鱼台国宾馆、广东省人大常委会大楼、广东省政协大堂。

无论读其画册、观赏其画展或与其共同探讨艺术，都会深深感到马流洲本人就像是一部启人心智分量极重的书。这部书，内涵深湛，意韵悠远，闪现着现代社会生活和民众心态的光耀，洋溢着艺术生命的旺盛活力。

马流洲，1966年毕业于广州美术学院。在漫长的岁月里，他在中国山水画的创作和研究这块艺术园地上，辛勤耕耘，不断创新，业绩卓著，以其独特的气韵和风采显露于当今画坛。在不断探索的艺术道路上，他曾多次在国内外举办个人画展，作品流传到中国的香港、澳门、台湾等地区，以及美国、德国、日本、泰国、马来西亚、新加坡、澳大利亚等国家。

多年来，国内外评论界对马流洲的个人经历、创作特色和艰辛的艺术探索之路，做过许多评介。《人民日报》《南方日报》《广州日报》《羊城晚报》和中央电视台等新闻媒体都曾发过文章或报道，做过评介。就马流洲众多的画作而论，其所蕴含的思想是丰富而深刻的，其艺术构思是十分精湛的。我认为可归为如下五个方面。

一、深沉的哲理意韵

山水画，如果没有巧妙的构思，没有灵气，就是笔墨功夫再到家，画得再逼真，也是没有多少意义的，至多给人造成一种“身临其境”的感觉而已。在访谈中，马流洲深有感触地说：“灵感并非是神秘的、不可言喻的、虚无缥缈的东西。灵感，出自人的事业心以及对社会生活的深切了解、思维过程的触类旁通。生活的积累和作家思想的敏捷深刻，是灵感产生的永久性的源泉。”马流洲的画论，十分重视画的哲理意韵。他的这段话语就含有这种深意。万里河川一江帆。古人不懂得发动机，但懂得借用风力。在找不到路的山崖上建造亭子，是为了发现更多的美。这就是著名画家的“眼力”“思想穿透力”，这就是“哲理意韵”。《百瀑峥嵘》是马流洲的代表作之一。画中排排奔腾的瀑布，势如奔马。喜欢思索的读者，会从画中看到“力”，看到“追求个性的精灵”。瀑布便是画中的“眼睛”，是画中哲理意韵的载体。画作《山随天际大江横日照巅头紫气生》中并无高山松柏大红大紫之笔墨，而尽是平凡的山川，但那星星点点铺满岭头蕴含紫气的红叶，却别有意韵，使人们联想起“江河行地，日月经天”的大自然之精气。《山静似太古》中，灰白的云雾和气流，从群山顶端的岩石层直压下来，山坡似饱经沧桑的老树，混沌未开，一片静寂，然而大地似乎在孕育着什么，将要产生什么，云雾和气流似乎在催促着。这幅画其实蕴含着寂静和热闹。马流洲的许多画，哲理意韵很深，有的在标题上就作了显示，如《穿越壁岩》《宇宙洪荒》。

二、寓意深远，激励前行

《急流》中，犬牙交错的黑岩，三面挡道，然而占了三分之二画面的激流，气势磅礴，似闻涛声。观此画能使人联想到社会革故鼎新的气势，令人倍增心力。《晓春图》中，采用对角线结构，右下雾漫，苍山层峦叠嶂，巅连天际，左上一只苍鹰从茫茫的天际振翅飞来。观画，能使人增添毅力：晓春来临，关山万道君行早。更加感人的是《轻舟已过万重山》，尺幅之中分五个层次，山岩占去三分之二画面，似云似雾的江流如白练环绕山间，白帆点点，似竞相追逐。画面给人一种穿山越岭一力向前的感觉。马流洲的画中，这类画轴不少，有许多独具匠心之处，令人难忘。

三、淡泊、闲适、脱俗的生活情趣

江流、渔村、山村、行舟图，几只飞鸟、几片绿洲、几间茅屋，都可构成浓郁的生活情趣。还有间接表现生活情韵的，林中一挑酒旗，溪岸一排树桩，树上挂的鸟笼，都有无穷的艺术语言。诗中有云：“鸡声茅店月，人迹板桥霜。”这里透出的生活情韵多么耐人咀嚼。这就是中国画的传统表现手法，也是马流洲所娴熟的。

《山居图》呈现的是作者用泼墨泼彩技法画成的笔势豪放凝重的山山水水，读者通过想象，设想置身画中，弃船登岸，拾级而上，便抵达一个世外桃源般的小山村。村中只有飞鸟，不见人影，不见人间苦乐，给了人们一个闲适的、脱俗的、可以任意想象的广阔空间。人们有时候是需要这么一种艺术空间的，在这里可以求得一时的解脱，看作“自己的世界”。马流洲的《雨后山村》《早春帆影》等均属此例。

他的纯粹景物的写意画，静中有动，动中有静，静动有致，以隐喻生活情致的。这种画幅格调高雅，画中留一二契机，以引起读者的思绪或联想，去体味社会生活的热闹与可爱，深味生活乐趣。这就是艺术的潜移默化。马流洲的这类画，大都是自己有所感而又匠心独运的。《空濛烟霭闲》中，静寂的苍山，烟云的浸漫游移，群鸟的嬉戏翱翔，跌宕有致，都能使读者为之心动而回到现实生活和联想到别的境界。如

《石壁晓云》《苍山》《春雨山涧》等，绝不能仅仅以一般的风景画而观之。

四、山川有情，风光无价

发现和描绘大自然之美，是山水画家的天职。花光柳影，鸟语溪声，元气浑成，浩大无涯。大自然的美是圣洁的，大自然本身是一部传授天籁玄机的、深奥的书。古今中外的人乐于游山玩水其根源就在这里。

《北江图》中，群山似舞动的苍龙。远处群山朦胧，近处岸边林木参差，枝杈贴近水面。江流烟云空濛，云水相依，两只白帆紧相跟随，形似飞箭，直要飞出画面。这正是北江江深流急的写照。北江穿越万山迂回南下汇入珠江，画面自然以山体为主；万山夹江流，水流湍急，画面里江面虽窄，但以两只白帆为画眼，在画幅的右下角压轴，就显得均衡自然了。《石壁云烟图》中，画面由苍黄的岩壁、石崖上的古寺、云中的鸟群组成。景致的迷人，出自艺术构思的奇特。画面的视角取远处的仰视。作者用泼墨泼彩玻璃板压拉，用焦墨和彩笔点染，绘成凝重的千仞壁立。烟云在石壁中游移，似断非断，将岩壁隔成层次，使岩壁更显巍峨。壁岩中腰微露古建筑的屋顶，吸引飞鸟云集而来。这古寺和飞鸟是画眼，它们是石壁高的映衬物和读者想象空间的隐喻物。古人云："石有三面，树有四枝。"书画笔法须兼阴阳向背、讲求多样，方能道尽风流。

五、偶有所感，别有洞天

文章家作文，画家作画，都有因偶感而成的作品。有的作成后引起作者自己的神思而冠之以篇名；有的仍叫“偶感”，甚至叫“无题”。这类文章或画，实属电光石火，很有特色。马流洲画集中的这类画幅亦引人入胜和启人心智。

《江海横流》画面是上下结构，下部占三分之二，分四个层次。第一层近景，山崖林木苍苍；第二层中景，山丘朦胧；第三层较远处似山川河沼烟霭沧沧；第四层远处灰蒙蒙的似台地、似海洋，如梦境般。四个层次成带状平行横贯画面。画的上层部分，占整幅的三分之一，全为空蒙天地，蕴含着天地六合的无限延伸。这就是“江海横流”的阔大时空，可供读者任意驰骋自己的想象。《宇宙洪荒》的画面布设和构思方法与《江海横流》极为相似，只是色彩不同，用的是赭色，更富苍凉感和蛮荒感。

马流洲的画有的是出游后追记的，有的是作者饱览山川河流后凭灵感构思的。追记亦含创造与发挥，所以，这类山水画往往更具个性，更有观赏价值。正如蔡元培所说：“中国之画，自肖像而外，多以意构。虽名山水之图，亦多以记忆所得者为之……中国之画与书法为缘，而多含文学之趣味……故中国之画以气韵胜，善画者多工书而能诗。”（《蔡孑民先生言行录：图画》）马流洲山水画是耐人寻味的，这得益于他对艺术理论和艺术方法的精细研究和深刻体验。

马流洲作画十分精心推敲角度和层次。角度确定之后，层次多些，色彩丰富些，画的意韵便一定会深刻些。马流洲作画，就手法而论，散漫、集中挪移、空白、平面展示、立体交叉，纵横交错、明暗过渡等，都能做到调动自如，跌宕有致。一山一水，一木一石，云飞雨渡，阴阴晴晴，只要加以艺术的点染，就都能显示生命的萌发和蠕动、精神的圣洁和充沛。画山水和画梅兰竹木，其手法是有一定区别的。一枝红杏出墙来，可暗喻春的热闹，而山水画过于简约，则可能大异其趣。马流洲的山水画之所以能给人博大精深的感觉，甚至能使人联想到禅宗的神秘、死生祸福之无定，这与他精心研究立画的角度和层次是有关系的。

马流洲自幼家贫，早年丧父，母子相依为命。在旧社会里，他当过童工，也曾四处流浪。在潮州方言里，“流洲仔”就是“流浪儿”的意思。马流洲以此作为笔名，足见其对童年艰难岁月难以忘怀。画家的人生阅历、思想道德修养、社会责任感与其艺术成就是紧密相关的。在访谈中，马流洲说自己画中的构思和所形成的意境，均取积极上扬、激昂慷慨的意韵，目的就是希望给世人留下百折不回、坚毅刚强、永远探索、自强不息的精神。

作于 1997 年 12 月

卢斯飞先生：北疆南疆传薪火

昔人有言：大丈夫立世，论做事，不论一生。

卢斯飞先生，年逾八旬，仍在著书立说，开设讲座，忙许多事情。他在回忆录《人生走笔》里说："70岁时退休，整整教过50年的书，未曾有所懈怠。"先生心路历程，人生与事业的别一种"恋歌"，令人感叹。1963年，学习雷锋热潮初起年代，到了北疆内蒙古；18年之后，改革开放潮头初涌，科学的春天里，又从北疆转到南疆，在广西师范学院（今南宁师范大学）继续守望杏坛。这荆棘丛生的道路，可堪回首的岁月，细细思量，都会平添许多感慨。先生两个阶段，特别是到南疆之后，心如老骥常千里，目光炯炯自奋蹄。

南疆八桂大地，终年百花盛开，风光秀丽，熏风醉人，人称"民族花园"。壮族与许多兄弟民族，有着深厚的文化积淀，是民族文学和民间文学艺术的沃土。许多节庆，文艺汇演，日月生辉。从国际地缘诸多方面看，微观、宏观，亦是一个要冲。千里边防，百姓中有"南疆长城"之说。当年，面临改革开放，处处需要人才。先生南迁，顺其时，亦得其地也。

先生老家在广东梅州。走南闯北，思虑万千，曾经面临地区和职业上的多方选择。心似双丝网，中有千千结。南归之时，他也曾经想过去深圳。那里很多乡亲、同学、朋友，又是客家地区。据称，还是昔日东江纵队打游击的地盘。现在改革开放，人们正在撸起袖子大干。啊！到深圳去吗？人生之路，有时也是难免寻寻觅觅。先生一路寻找求索，终于在广西师范学院老院长、著名教育家袁似瑶先生的真情感召之下，在南疆大地落地生根，找到了实现人生价值的平台和生命归宿。后半辈子，实实在在，成就了一番事业。素志和毅力是事业的双翼。先生熟谙人生斤两，深味生活的尺寸。命运永远走它自己的路。

先生在南疆培养了许多本科学生、研究生，还给留学生授课。曾经赴越南讲学，多次参加国际文化交流。中国现当代文学，尤其幽默文学、港台文学、客家文学等多个方面，均有独特建树。先生还写了回忆录和许多优美散文。各种著述达27种，文论近300篇，林林总总，蔚为大观。中国作家协会会员，广西文史研究馆馆员，《广西文史》副主编，学校图书馆馆长，广西客家海外联谊会顾问，广西政协常委，中国民主促进会广西常委，等等。50多年，千头万绪，人生悲喜，家国情怀。他“教以为耕，文以为获”，辛勤耕耘，硕果累累。

在人们心灵的土地上，赞美是纯洁的，诗性的。名师，人的楷模。莫道桑榆晚，为霞尚满天。在荣誉面前，先生常常心里不安，他始终认为：“自己只是大自然中那些普普通通的草木，其荣其枯莫不与时势息息相关。”学者心态、心境——草木。回归本源，通达哲理。社会的表彰与批评，是为了将人类社会推向更高境界，并非仅仅是个人之事。然而，先生却始终谦逊。

笔者与先生，同是广东梅州籍客家人氏。两家相隔百余里，山水相依，粥饭趋同。而且，我们都是武汉大学中文系毕业的，同门师兄弟。先生因休学误了几年，我们还“同窗”了一年多。而且，我们是一起奔赴内蒙古的。当年，武汉大学中文系派了19名毕业生去北国支边，差不多占了中文系当年毕业生的三分之一。队伍之庞大，历来所没有。工作期间，每逢清明节，我们各自都曾经不止一次地领着学生，去阴山山脉南麓拜谒“大青山革命公墓”，那里安葬着来自全国各民族的革命者。青山处处埋忠骨，哪处险崖不飞花。在边疆，阴山南北，我们克服了气候和饮食方面诸多困难，尽情挥洒汗水，奉献出青春时光。在民族大家庭中，我们生活得很惬意，交了许多朋友，同农牧民子弟结下了深厚情谊。

当年，先生在内蒙古乌兰察布草原一所中学教书。我在呼和浩特市教育局教研室做研究员。两地相隔不远，我们常能晤面。环境，差强人意，心灵却相通。记得，谈文说艺之外，常常涉及母校师尊，中文系“五老八中”是永远的话题。师尊清风朗月、苍松翠竹般品格，博物洽闻、探颐索隐的境界，乐观风趣、珠玑咳唾的言谈，交相辉映，各擅其美。特别是他们一路承继的师魂文脉……常引人回味沉吟。大家都认为，珞珈山精神，应该代代继承，应该在各自岗位上结合实际，使之发展盛大。

“五老八中”，著作及讲义丰厚，且处海内外学术高位。课堂上，自然能够脚踏实地，从容淡定，金枝玉叶，出神入化。出于责任心，老师们还经常给学子们介绍学术研究方法。方法不对，愈骛愈远。刘永济（弘度）先生说：“不自力学而喜出名，厌平正之道而竞新奇，不足取也。”先生的话，哲理深沉，于文于事于人，微观宏观，对学子均有警醒意义。据闻，“文化大革命”期间，弘度先生曾将自己一些著作埋于山中树下，甚为悲怆。弘度先生在武汉大学文学院院长位置上8年，不辞辛劳。先生处人，论人品，论学问根柢，不弄花架子。晚年，76岁高龄还给我们开选修课“唐人绝句研究”。讲义是油印的，纸质泛黄，我还把它带到了内蒙古。珞珈山，还有许多国际、国内学术交流和其他交往。流风余韵，远及域外。

珞珈山东湖，朝霞，红绿粉嫩，弥山漫水，紫气缭绕，云蒸霞蔚；那山，那林海，那隐约林海上的琉璃瓦屋顶……远观如一个难于诠释的人寰至境。此亦是我与先生在塞外时常怀想之所在。

“五老八中”之精神，永远活在学子心里。

可堪告慰的是，后辈们的行止，似乎多少都隐含有恩师遗风，有些方面甚至已经超过恩师。学子们钻研学问，终年潜心著述；课堂演示，情趣横生，教室时有轻松笑语；为师者关心学子的学问与人品；时刻关注和研究国内外学术动态……“五老八中”精神的流传，其传人何止百十。社会各个领域均如此，由于时代不同，情况错综复杂，对前人而言，或比较，或传承，总是辩证的，不断发展的，一代比一代强实，而非亦步亦趋的守业。民族复兴，国家之长治久安，乃复杂而严酷的斗争，这是眼面前，大家都看得很清楚的。论其实，国家民族，始终是先生薪火相传的题中要义。

就珞珈山中文系而言，许多学生，都是“五老八中”盛年时期哺育、培养和锻造出来的。学子们在老师身上，读懂了很多东西，品尝了人生况味与甘苦，有的甚至还经历过一些磨难，是硬朗的一代。就全国范围来说，20世纪60年代初期以前毕业的大学生，整整几茬人，正是他们，勇敢地承受并抗住了时代造成的人才断层局面。那时，四十左右年纪，人生聚光点上，他们确实为改革开放出了大力。

悠然联想起先生给研究生送风衣的事。先生将风衣塞给回乡过春节的学生，说：“大冬天，湖南天气也太冷啊！带上无妨碍！”学生后来感慨地说：“卢先生从学业到日常生活，把学生视为自己孩子一般，令人十分感动。”先生对研究生，常有评论，异常精准：“……某某天资聪颖，独具性灵；某某思维敏捷，妙笔生花；某某功底深厚，颇富创见……”老师发现学生特点，在更高境界，及时地给予导引、指点，形成思想火花，往往能够成为学生长久前进的动力，甚至使之脱颖而出，成为具有人文主义情怀和具有创造性思维的有用人才。科教兴国，是人类社会使命，古今天下之事，大多是靠智慧圆通。

先生和武汉大学校友，把恩师程千帆、胡国瑞、詹伯慧，把师弟李元授、古远清，都请到南宁讲学，进行广泛的学术交流。亲力陪同，师友情深。程、胡两位恩师，是“五老八中”的席上名家。程师，后被著名教育家匡亚明先生礼聘到南京大学。胡师，是易中天成名后执弟子礼读研时的导师，易先生曾在武汉大学以恩师名义设立过奖学金。师生恩义，重于泰山，实属难得。詹先生是著名语言学家，人称“国宝级”。两位学弟亦是著名学者。五位学人，先后南疆讲学，可谓师友拼力南天传薪火。

先生与黄焯老师，交情很深，常有见面和通信。黄老是章黄学派的传人，其治学和人品对先生都有极大影响。黄老1984年逝世，其时，先生正在广西南宁履新，未能亲往致哀，只得异常痛心地发去唁电：

惊闻噩耗，不胜悲伤。先生之爱，泽润四方。先生之学，博大汪洋。先生之文，光焰万丈。先生之风，山高水长。

唁电，即事即人，感时思世，饱含崇敬之情。黄老是带着学子们对他的至意诚心离世的。

先生把自己带的研究生李松，推荐到武汉大学文学院读博，李松现已是学校教授、博导。据李松文章记载，卢先生教学方法，极富特色：聚焦问题，点铁成金；境界气度，熏陶默会。在教学理念、教学原则、教学方法、文论写作等方面，都有自己的感悟和表述，其教研风格可以概括为四个字“广、新、深、活”，深受学子们欢迎。李松说：此是先生真传。朋友们都说：亦有珞珈山风格。

广西师范学院文学院，有四位年高德劭学人，人们尊称他们为“公”。卢先生是“卢公”，四公之一。这是学院师生出自内心的一种称谓，亦是一种幽默。

在学院为卢斯飞教授举行学术思想研讨会暨八十华诞庆典时，武汉大学文学院曾发去贺信，高度评价先生成就：“先生学高身正，为人师范，德艺双馨，令名远播。”像卢先生这样取得成就的珞珈学子，很有一些。他们像山中乔木、松林、修竹、樱花、湖畔杨柳，远远近近，五彩缤纷地点染着珞珈山、东湖。他们之中，也许不能确指哪一位是“恩师”真正意义上的传人，但是，他们都是“恩师”远大事业的继承者、发扬者，而且遍布祖国五湖四海，可谓德厚流光。珞珈山，自始崇德尚文，严施教化，校风学风，阵容端庄。武汉大学校训“自强、弘毅、求是、拓新”，是新武大人前进的旗帜之一。

山藏黄金山含秀，峰有黄金峰发光。

作于 2016 年 10 月

原载武汉大学《文华书潮》2020年第2期。

科学海洋中的巨轮

坐落在湘潭市西郊的湘潭大学，一幢幢高楼拔地而起，矗立在岗峦起伏的山丘上。近日，教学大楼落成，校园里放了鞭炮。仰望着这座巨大的建筑物，人们心里都甜滋滋的。我和几个学生从大楼里出来，七嘴八舌地议论着。几个学生，在大楼门口徘徊，陶醉了。“老师，这楼多像一艘停在码头的巨轮。你看，川流不息的人正在给巨轮装货物呢。”我望着正在朝楼里搬桌椅的长长的人龙，随便应了一声，心里却不以为然。这座教学楼宽敞、明亮、质朴、美观，很实用，这是眼下国家经济力和社会时尚所决定的。至于说到建筑特色，实在是平凡不过，学生的比喻，怕是有些牵强附会吧。

近来，我在辅导学生写作。学生们平时对某事某物的评论，我也每每留意，希冀着从这些地方得到活的教学资料。这是我的老习惯了。我常把学生的事例引入课堂，学生听了格外亲切。回到家里，这“巨轮”便自然浮现在我的脑际。是的，从意象上说，把教学楼比喻成巨轮，未尝不可。几千学生，每天都坐上这艘巨轮，在科学的海洋里遨游。多么富有诗意啊！我曾经向学生讲过文章意境之类的话，说这是诗文中独特的艺术境界，是读者神游的圣境。学生脑子中的巨轮形象，怕是和我的讲课有些关系的吧？这样想着，感情的潮水，滚滚而来，我竟不能自已。

这座宏伟的教学大楼，其外形是有点像一艘巨轮。楼宇一百二十米长，十八米宽，东西横贯。楼的主体部分是四层。楼的东侧约四十来米，楼体比主楼要窄些，也低些，楼顶连着主楼四楼的走廊，成一宽阔的露天平台。课余休息，从四楼走廊出来，便到了这楼东边三楼的楼顶露天平台上。在这里，可以闲聊、眺望，赏心悦目。建筑上的这一变化，恰恰构成了大楼的船形模样。那东侧突出部分的楼顶平台不就是巨轮的前甲板吗？主楼部分，铺着水磨石的光洁的走廊，自西向东从楼心穿过。每一层的走廊两侧，大小教室，门户相向，错落有致；小者能坐四十人，大者能容二百人。据工程设计人员说，楼的使用面积八千多平方米，所设教室能供三千名学生同时上课。站在宽阔的“甲板”上，向四周瞭望，那绿色的田野，便是蔚蓝色的大海，苍翠起伏的山峦，便是奔腾澎湃的海浪。站在这里，人们能依稀地感到巨轮在微微颤动。

更富有朝气的，是主楼南面一座附属建筑。那是一座由两个极大的阶梯教室组成的小楼。楼的中间是一个休息室，休息室东西两面隔墙连着两个教室的大讲坛。楼的东西两端，各有一个露天的高台。两个阶梯教室的后门，便高高地分别开在这两个露天的高台上。在视觉上，整个楼体，两端翘起，像一艘大渡轮。这个附属建筑和庞大的教学大楼并排着，就像一艘巨轮和一艘大渡轮并排靠在港湾。

湘潭大学1958年创办，毛泽东主席题写的校名。20世纪60年代初，三年经济困难时期停办，1974年恢复兴办。风风雨雨，几起几落。湘潭大学的建设者们都熟悉这出悲喜剧。现在，教学大楼建成了，图书馆大楼和综合实验大楼也已相继破土动工。一艘艘巨轮下水了，航向定了，焉能不欢天喜地鸣鞭炮呢。建筑工人激动地说："这大学，对着窗口吹喇叭——鸣（名）声在外。咱们一定要建设好。"

学校一开始恢复，便同时招收了学生。当时，没有宿舍、教室，就搭棚子解决；新调来的教师，租民房安置。一切因陋就简。现在，学生们从草棚子里搬到了漂亮的教学楼里，跨步登上了这艘满载着理想的巨轮，怎能不欢腾雀跃呢？他们中有的人，同时修两门外语，文理工各学科涉猎深广，雄心壮志，真挚感人。他们也到社会上做调查研究，足迹遍及三湘四水。可以预见，在广阔无垠的科学海洋中，他们定会有许多新的发现。

机房升火，马达轰鸣，巨轮已经微微颤动……

辛勤的教师是巨轮上的"水手"。眼下有四百多位教师。他们从全国各地汇集拢来，胸怀智慧和热情，使这座崭新的学府从一开始就放射出耀眼的光辉。广大教师敢于面向现代世界最先进的科学技术，敢于冲破自然界的或人为的种种“禁区”。几年来，他们除了完成繁重的教学任务，还撰写了数百篇学术论文，完成了多项重大科学技术实验，举办了各种类型的学术讨论会和交流会。一支现代科学技术精英队伍已经形成。

改革开放，国家大政方针确定。当此之时，两鬓斑白的教授，又焕发出了青春。年近八十的中文系教授姜书阁，只三两年工夫就整理出版各类著作二百多万字。各个学科领域，都闪耀着这样的堪称全国一流的老人之星，给学校重点大学的定位创造了条件。羊春秋、姜书阁、萧艾、王勤、曹让庭、潘泽宏、尹世杰、沧南、杨向群、陈仲沪、陈传淼、袁龙、彭蔚、蒋建敏等，真可谓众星闪烁。中年教师是教学和科研的骨干队伍。他们在许多关隘上攻坚过关斩将。数学系的陈仲沪、杨向群、陈传淼，他们都有突破性的研究成就，甚至在世界上形成影响。“把‘文化大革命’失去的时间抢回来”，这是中年教师的行动口号。刚刚起步的青年助教，从中老年教师中寻找到了人生和事业发展的真谛，选准了方向，树立了良好的学风，以年轻人价值取向为基础的独特风格，在扎扎实实地前进。这就是从人的年龄、智能、岗位出发而架设的通天梯队。这个梯队同学校领导机制的融合，便熔铸成了每一座巨轮的灵魂。

湘潭大学是科学海洋中新的港湾。白天，港区的每一根神经都在运算、筹划、决策，都在卸货、装运、设计航程、研究海洋规律、测定气候特征、审视国际风云、预测风险危机灾难甚至可能产生的死亡。港区每天都有个性鲜明的巨轮进出。我不止一次地在巨轮的“甲板上”眺望、遐想。湘中地区那深绿的沃野，那上下舞动的青山绿水，常常幻化成惊涛骇浪，是那么的波澜壮阔。夜里，晚风习习，港区的灯火与星空相接，互相辉映，令人神往。夜里的一切孕育和躁动，都是生命的延续，迎来了黎明就是迎接到了新的生命和新的希望。

机房升火，马达轰鸣，巨轮徐徐出港。

科学海洋中一艘新的巨轮，在科学的春天里，从毛泽东主席的故乡——湘潭启航。它将以全新的资质和风采，为世人所瞩目；它将同国内外所有的“巨轮”编队飞奔，在广阔的科学海洋里激起绚丽奇伟的波涛，照映人类社会的全部活动；它将竭尽全力建造人类社会通向自由王国的坦途。

作于 1981 年

塞上白云点点

老年，常想起旧事。回忆，其实呢，能使人生再次升华。同时，回忆也总会有一些忧伤、哀怨、欣慰、激励。生活就是这样，多色多元。人的思绪难有边际。

20世纪60年代初期，我从武汉大学毕业，支边到了内蒙古自治区。不久后，父亲便来呼和浩特看我。而且选了一年中最好的季节，他是从广东梅州跑过来的。老人感慨地说："边疆那么大，是需要人啊！"那是向雷锋同志学习的热潮时期，加上父亲的来访，精神上，给了我很大的鼓舞。

边疆生活的光点，似塞上白云。心里这么揣摩，我的胸怀就开阔了。不知始于何时，望见蓝天白云，就能悟出许多哲理。

当时，呼和浩特教师进修学校的机构不多，责任可不轻。两个主要科室，一个管教师进修，可谓"钢铁回炉深造"；一个管全市中小学教学研究工作，称说"精益求精"。我在教研室，交朋结友小心谨慎半年，随后，便被抽调去搞农村工作，在市郊农村从事社会主义教育运动，时称"四清运动"。整整两年，与公社社员一起在地里劳动，一起搞政治，一起抓经济，一块儿寻找农村发展道路。这是全国规模的中心工作，党政部门各级干部都极其重视，事事经心，寻根究底。后来，我回到市区，或中学或师范类学校，来回兜转，教了十三年的书，中间适逢“文化大革命”，可谓筚路蓝缕。

塞上农村，许多的人和事，对南方人来说，都是见所未见，闻所未闻。我曾在市郊太平庄公社主编《社教简报》，公社各个大队都有热心的朋友。我全心全力活在高原农民里面，同吃同住同劳动；活在农村新闻媒体工作之中，眼到心到责任到，腿要勤，嘴也不能闲着。当时，工作上，奖惩严明。“四清”，即清政治、清思想、清经济、清组织。总的说来，就是检测农村走的是不是社会主义道路。公社社员说，“护路有责”。党政各级干部必须作风民主，廉洁奉公，踏踏实实地走群众路线。政治性、政策方略，铁铸一般，不能走样。

五十多年前的事了，现今一些西方政客是不会明白的。

那时，农村有农区、半农半牧区、牧区三类。各有专属，各显神通。村子不大，人口亦不是很多。村子里姓氏较杂，姓啥的都有，大都是二十世纪初至二三十年代，从河北、山西等地迁居过来的。最早的，还可追溯到明清时代。人们把原籍文化艺术、人情风俗、方言土语和吃苦耐劳精神全都带过来了，当时人称“走西口”，甚至还将观音菩萨、关帝爷塑像摆到堂屋里。涉世认真刻苦，煞是可敬。像书上说的，人的性格，像泥土和石头般真实。人们相处得非常好，很少有争斗，有困难、有灾祸都互相帮助和解救，重情重义。各个民族之间，田畴相连，情感相依，关系极为融洽。记得，当时在乌素图果园的庙里，见到过一个老和尚，其室内墙上有一副对联：“古木有魂身不朽，灵石无语话沧桑。”他同我讲了许多古时候和近现代的事情，令我大悟平生、大开眼界。老和尚说，平川自打开始还好，后来，长期战乱，兵匪横行，百姓遭殃，许多美好物事，全给毁了，那是噩梦般年代。“今后，靠你们年轻人了。好好弄吧。”老和尚言毕合十颔首而去。

村里，大多是土房子。盖房，用黏土、土坯、麦秸、树枝，或木材加工厂废料，再找几根大梁，则可成大事，用不着红砖绿瓦。塞上雨量稀少，房子不会垮塌。当然，这也是因为经济拮据，那时不像现在的农村，无法豪华。房子结构，坐北朝南，三五间平房连成一排，冬日里阳光充足；左右院墙，携同院门围成一个院子。院内是菜园子，其间，种上七八棵枸杞树。院墙边垒几个鸡窝，一个羊圈，便可过日子了。解放初期，农村各项工作都比较艰难，百废待兴，百业待举。农村干部说：“上边千条线，下边一针穿。”

地里庄稼，以小麦、高粱、小米、玉米、马铃薯为主，还有各种豆类，以及百姓们喜欢的莜麦、燕麦之类，甜菜也没少种。太平庄公社出产的甜菜籽种，供应东北、西北，国内驰名。平原上还能种出党参、枸杞。20世纪60年代，一等枸杞，每斤五元。当时价格很好，这些副业，一度竟影响了粮食生产。以粮为纲，当时国策。种粮是根本，任谁都不敢马虎大意。民以食为先，干部们下了大决心。听我当年的学生说，现今多种玉米了，效益好，灵活一些了。今天，农村实行“精准扶贫”政策，更具开拓意义。

灌溉，主要靠黄河水。夏秋之季，常能听到公社或大队广播：“社员同志们，黄河水下来了，快快下地浇水去哇！”若是晚上，刹那间，广大原野青纱帐里，人声呼唤，马灯、火把、手电筒，各种光照如流星，还能听到老乡在哼山西梆子，有板有眼，此呼彼应。天上，夜晚有月色，亦是白云点点，地面生机盎然，令人心旷神怡。

水比黄金还珍贵啊！那时，还没有今天这样的科学灌溉。

麦收时节，常与老农一起打场，扬麦子。休息时，我们谈家常讲村史，就像在翻历史稿本。一堆堆黄澄澄的麦子，真叫人喜欢。我们还一同去瓜园，买西瓜。高高白杨树下，细听绿叶沙沙唱歌；近处沙包，杨柳轻舞，浅斟低唱，喁喁私语；抬头，望着朵朵白云南飞。满坂的高粱、玉米，还在黄熟，等着收割，闻得见特有的香味。

买了瓜，没有刀。只见老农左手托着瓜，右手一掌打下去，掰几块，大家吃了起来，真神乎。老农勤劳、吃苦、顽强、厚道、幽默，很富人情味。农民性格，常存心间，直至今日。

“四清”，最难的是清经济和清思想。干部违纪，有的看不见，摸不着。因此，要抓根本，要动员人民群众加强监督，要加强党的思想建设、组织建设。农村有的人，跑城乡，做小买卖，甚至搞“投机倒把”，松松散散，惯了。批评吧，他朝你搔搔头皮，笑笑，转身便又是一脸愁云。幸好，“四清”工作人员中，有许多很会做思想工作，耐心细致，有不少生动故事。

那年头，大事之外，我们还做了其他许多事情。例如，市区、郊区修路，新华广场周边植树，昭君墓进行各种整修工程，植树栽花，美化园区，斟酌推敲牌匾，发展旅游事业。当时，还在昭君墓旁树了董必武老人题写的诗碑。听朋友说，昭君墓景点如今已很具规模了。

大雪天，同老太太一起，在炕头上唱“九九歌”。“一九二九，哑门叫狗；三九四九，冻破碓臼；五九六九，小井口；七九河开，河不开；八九雁来，一定来；九九又一九，犁牛遍地走（一说是蜗牛）。”老太太坐在炕头，微闭双目，摇着身板子在唱。唱完又唱“春风不刮地不开，秋风不刮籽不来”“水巴巴，泥洼洼，地头不平庄稼平，秋来谷米堆满囤”……大家说呀唱呀，春天悄悄儿就来了，春阳暖暖儿，熏风轻吻着八百里平川的热土。三月，麦子播种了，“春小麦”，塞上天之骄子。老太太的唱，是回忆。高原冬日的艰辛、平日里农事的繁忙，全在她的记忆里。老太太不像年轻人，二人台、爬山调、陕北民歌，情之所至，扯把枯草，挂在鼻梁下面，就是胡子，舞动锄头把，便来上一曲。谁说中国老百姓缺乏幽默。

夏天，青纱帐起来了。土默川，绿色海洋，景致迷人。我从阴山高处展望，平原，禾稼翻绿浪，白云渡青波；弯弯公路绕山梁，爬山坡，朝着阴山山脉那古老的山口远去。山口那边还有许多鲜活的路，向着未来连接和延长。

农村工作第二年，我驻桃花公社寇家营子大队，离昭君墓五百米左右，抬头能见。我早晚常骑自行车去墓园登临，绕圈，环顾四周风云，仍是白云点点。老乡说，闭上眼睛能听到古代沙场征战的厮杀声。他爷爷给他讲故事时这么说的。

两年后，我从农村回到城里，感到充实多了。看到了社会一角，我知道了什么是“政治”“政策”，实际体验了“民情”“民心”，真切地了解到了农村人“娶妻育子”“生老病死”“孩子读书”等种种苦情。回到城里，那课本，比原来的重了；图书馆里的书，也更有分量了。这确实是我心里的感受。呼和浩特中小学增加了多所。内蒙古大学、内蒙古师范学院（今内蒙古师范大学）、内蒙古工学院（今内蒙古工业大学）、内蒙古医学院（今内蒙古医科大学）、内蒙古农牧学院（今内蒙古农业大学）等高等院校，也能与国内其他高校比肩前进，造福于边疆人民。后来，我又被分配到新办的第十九中学。那里有一段苍老的城墙，斑斑驳驳，在城墙下踯躅，很有历史感。无论在新办的中学，还是后来调到呼和浩特师专八年，我与学生的相处还算是好的，没有出现大的差错。大家一心“复课闹革命”，“学工学农学军”。在一定时间、一定阶段，将课堂移到工农兵中去，自有心得体会。当然，学校管理工作必须做好。

世事洞明皆学问，人情练达即文章。现如今，教育学家仍认为，学生要广泛接触社会，了解社会。过去叫深入工农兵生活，深入社会，这是大原则。现在方法上应该更为广泛，云计算、大数据、航拍、智能手机、微信、网络，现代科学技术许多方面，皆可为大众所用。

我近期浏览人民网和读《呼和浩特日报》，获知内蒙古自治区政府和人民群众，正在忙于“巩固拓展脱贫攻坚成果同乡村振兴有效衔接”的工作。城乡并举，日新月异。2021年2月21日，中央又发布了一号文件，把乡村振兴工作，提高到中华民族伟大复兴的高度来审视，令人心潮澎湃。

塞上白云点点。秋高气爽，更其佳著，更具灵气。老教师和青年才俊后起之秀，似蓝天下朵朵白云，高洁、透明、飘逸，又似多棱角闪闪发光的珠玉，铮亮、碧透。市教师进修学校的老教师们，对年轻后辈的关怀无微不至。当年，在一中高中部，我兼了一个班的语文课作为实验。一中语文教育界，强手如林，且有多位老前辈，自己确实心存压力。刘一宇、王宁两位先生，给了我很大鼓舞和具体帮助。两位老人认为，语文课定要实行“精讲多练”。课上，作者生平、文章时代背景，只能精讲，不能占时太多。老师讲授要扣紧语文知识，让学生多练习文笔，多钻研文章精髓。当年，一中有位语文老师，上课时，要求学生坐有个坐相，站有个站相，气质言谈，要像个外交家。王宁先生很欣赏这位教师的细心和耐心，并盛赞其“眼光远大”。孔子就是这样教书的。教书，注重培养人的综合素质，自是题中应有之义。在呼和浩特师专教授中文科目期间，专业之外，我尤重哲学、教育学和科研方法三者，这是师范学生立身之本。

那些年，市教育局领导，每学年都要召开多次教学工作研讨会。教育界上上下下，都有一种紧迫感。“文化大革命”前，各校各学科都有名师。一中语文教师刘秉琦、宋育曈；二中数学教师郧呈祥；教师进修学校语文教师杨秉琪，历史学专家杨诗庚，语文专家刘一宇、王宁，等等。他们都是学界所熟知的、有所秉持的师尊。人们中流传着许多关于他们的故事。

刘一宇，其父刘惕庄，与夏明翰是同学。毛主席早年于长沙办自修大学时，跟他们同是战友，曾一起筹款。毛泽东、何叔衡亲自介绍刘、夏两人加入中国共产党。刘惕庄后来调至党的北方局，任北平特委委员，从事李大钊同志的安全保卫工作。1927年，军阀张作霖杀害了李大钊等同志，也就是这一时期，刘惕庄同志也牺牲了，时年30岁。终天之恨。

1950年，报上刊载了北京各界公葬十八烈士的公告。这时，刘一宇才确凿地证实了父亲殉难的事实。原来，当年刘一宇年幼，族中长老对其隐瞒了这件惨烈的事，以避免再生祸事。

刘一宇学成之后，于1950年8月赴呼和浩特（当时叫归绥）支边。后来，他分五次把母亲和家小携来，整个移居到呼和浩特。三位老人（老母亲、刘夫妻二人），都在北国终老，子孙们大多亦在北国落地生根。此是后话。我们两家，关系一直处得极好，似父兄间情感。后来，我调往湘潭大学，又调往广东省外贸学校。事多心杂，后来我们联系便少了。2007年9月，我同妻子重访边城，见到了刘主任，他拥抱着我们，直流泪，很重感情地说了好多话，润润嘟嘟，嗓音很高，并送书给我们。其时老人已88岁。我们惶恐不安，不知道怎么说好。我们只是概略地知道，老主任年近九十，还在湘南家乡帮助建设图书馆和办学校。后来，我才在其著作中知道，他晚年还做了许多大事，如花甲之年，仍进行中学语文试验课。他坚信，教学是活的，总有一定规律可循。晚年，他仍在研读马克思列宁主义著作，写成了一部二十三万言的著作，以《读书报告》为书名，印出，送给朋友和青年学生，受到了人们极大的赞赏。这是一个庞大的写作工程，光是参考书就有23部，各类报刊剪报900余篇。《读书报告》是共产主义经典原著与作者思想、实践的融汇，是一部好书。刘一宇老而好学，如炳烛之明；子承父业，芳心可鉴。

刘老的母亲活到90岁，他自己则奋斗到96岁。他们皆为达观明理、阅世殊深的人。呼和浩特教育界，许多人都知道这么两位老人。

塞上白云点点。广袤原野，地貌人文，都显现出亮点。从呼伦贝尔、大兴安岭，到阴山南北，广阔无垠。北疆大地，我都去过。欸乃一声万重山。人们都清楚，过去时代的一切，都是通往今日辉煌的阶梯。

白云千载闲悠悠，白云永远乐悠悠。

作于 2021 年 3 月

民族情谊　师生恩义

在内蒙古自治区工作15年，其中13年是教书。没有想到，调到广州一个学校后，又给西藏班学生上了好几年的课。大概是应了民俗熟语：缘分。学生们纯朴可爱、聪明活泼。学生家长亦见过很多，大都憨厚老实，经历丰富；两手老茧，一脸皱纹；古铜色脸膛，刚毅豪迈，透露出雪域高原民族英气，十分令人敬慕。

我给学生们开过语文课、写作课、社交礼仪课，还给他们发过文科方面的几种专著，如《散文与散文写作》《心颐文集》等。专业课程有10多门，毕业后工作需要，不得大意。一个人，不能没有自己的专业，学生们深懂此理，学习很是刻苦。

我的课，放得比较开，学生们也喜欢听。只要与教材和社会现实挂连得上，政治、国际国内情势、国家民族饱经磨难生生不息的历史，我都讲，而且编织进一个个小故事中，使之血肉丰满起来。我是基础教研室主任，教书育人，重在启发。我心里时常牵挂着许多问题，感觉到是一种责任。学生嘛，响鼓还得重锤敲。遇到问题，老师多多提醒，婆婆嘴，多说说，并不是多余的。年近九十，我接触过许多少数民族的孩子，他们是深懂此理的，学习格外认真。我信任他们，他们行！

作于2020年10月

百吾教授的尴尬

——朋友家事写真

百吾教授病哑巴了！

消息从S大学菜市场传开，校园四处便议论：怎么回事呢？前些日子还见他好好的，在校园山坡上打太极拳。听说，他还在努力地写小说哩。唉，人哪，说脆弱也脆弱，一下子竟就趴下了，真够麻烦。百吾一向胸有朝阳，真是可惜了。唉，人生祸福，世事难料……大学，人多嘴杂，说啥的都有，人都那样了，不去传扬也罢。

几个老朋友还急急地赶去探望，也都摇头，说，人都已经傻呆了。

我们S大学，文学院是个引人注目的学院。这里的事情，常常是新闻视点，传播得最快。这不，院党委钟书记、古典文学教研室主任崔教授正从百吾家出来，忧心忡忡，满脸愁云。

百吾得的到底是什么病呢？新来的钟书记自然不明白，崔仲教授了解一些，详细情况却也没有多大把握。百吾可是省里有点儿名气的人物呵！文学院领导嘴上没说，心里可是都感到了一种责任，不敢大意。

这种病，不痛不痒，不发高烧，能吃能睡能动，就是不能说话，坐着发呆，满脸憔悴，看着令人心焦。拿笔叫他写写，他只是瞪眼看看你，不理你。没法沟通。校医摇着头，说只能朝神经系统方面先用药试试，得送大医院。有人还快言快语，说是像鲁迅《狂人日记》里写的那种病——兴许是读鲁迅读得太多了。也有人说，百吾的病是子女给气的。

听说百吾对儿子愈来愈看不顺眼。这小子，打从娘胎里就不安分，伸拳踢腿的。小时候念不好书，偷偷跑出去，跟了一个打着少林寺招牌的人学武术，鬼才知道那是不是真少林。从那以后，他四处打流，用花拳绣腿那一套去骗人，在外面胡混了几年。还在人面前吹得很邪乎，说他能击中要害穴位，致人死命。这事，传遍了S大学。人都说，百吾家出了个少林武僧，父子俩一文一武，济世匡民，成了校园笑谈。小子成年后，在S大学印刷厂当了名车工，负责保养印刷机器。他成天手里夹着烟卷，咧着嘴与装订车间女工们调笑，动手动脚的。二十大几啦，仍打单身。前一段时间，他将厂里的铜质字模偷出去卖，被拘留了，百吾又只好赖着脸到派出所去把他弄出来，没把人气死。最近又死缠着他妈妈，要买小汽车，哪怕是价钱便宜低档一点的也行，车总得有。他还说："男人没有车，就像当年杨宗保没有战马。"百吾听了竟冷笑起来："杨宗保，小子，你也配提起人家杨宗保！"

按说，女儿总该好点吧，可是，逻辑学上却不是这么写的，哪有那么多的“按说”。女儿原本很淳朴，渐渐也变得古里古怪。各款时装追求名牌，牛仔裤换了一条又一条，追赶时髦。洗发露、沐浴液、各色香皂，浴室墙上的玻璃架硬是塞满了。口红、香水等化妆品，再昂贵也敢买。没有钱，便嬉皮笑脸软硬兼施逼住她妈妈要，叫“拉赞助”。女儿在学校招待所当清洁工，平日里三心二意，懒懒散散，每月奖金都拿不到，被罚扣了。前些时，她去割双眼皮，刀口被感染，反而添了疤痕。单眼皮是变成双眼皮了，眼角挂个铜钱大橘皮状的疤痕，真不知道小伙子们会怎么评说。她妈妈气得直发火，说：“找个婆家，打发出去，求得个清静！”自己是教师，却管教不了子女，全宠坏了，百吾自我解嘲地说：“刀虽锋利，却削不到自己的把。唉，这也是一种理！”

百吾家境近来不是很好。大别山那边，八十多岁的老父老母，倚杖柴门，翘首以望，每月等着儿子寄钱。岳父岳母这一面，虽有微薄的退休金，每月也要帮补点儿。家里，陈设简陋。不过，有素质的人家，能把简陋简单变成一种特色，使之显得高洁。一如方家说的“简洁美”。客厅，橘黄色旧式酒柜上，放着一台21寸彩电。旁边立着的音响，是五年前买的处理品，音质麻麻沙沙，外形可也够得上时髦。靠墙一溜儿黄色藤织沙发，不亢不卑。相衬着的藤质茶几，工艺精湛，简直把主人透明的心胸都表现出来了。客厅东墙的铝合金窗和窗帘都是米黄色的，主人喜欢暖色格调。书房里的书架和书，自然是与教授身份相称。16平方米的书房，进深四米。东西两个墙面全为特制的书架占满。高处取书，得攀梯子。社会、政治、经济、文化典籍，古今中外文学名著，文学研究资料的各种汇编、索引，各类辞书辞典，还有国家级重点学科许多代表性教材或专著，自然也有标示新闻出版动向的时尚书、畅销书，总之，古今中外，纵横交错，图书种类繁多而富有特色。书房正面窗户两侧，挂着朋友赠予的国画——兰花和翠竹：香兰知高洁，修竹尚名节。书房主人以自珍为贵。知识分子把自己书房当作门面，终生苦心经营，一点不假。百吾夫妇工资虽然可观，仍不免捉襟见肘。就像一个池塘，多处分流，不也就时见干涸了吗？百吾老夫子，现代化电器许多都没有摸过，什么第几代电脑、数码相机之类，全都陌生。著书立说仍用钢笔手写，说电脑写作破坏思路，产生浮躁。

按常理，发财，百吾是不会去想它的，把日子过得舒坦些滋润些倒也是人之常情。一天晚上，灯光下，老两口嘀咕开了。妻子轻声地说：“看来，也得想办法弄点儿……弄点儿钱呐。”百吾看了妻子一眼，嗯了一声。“四个老人，日子都不会多了，得有准备。两个小的还不会过日子……总感到脚下空落落的。”百吾深情地望着老伴：二十多年了，老伴总是慈眉善眼，细声细语，处事中规中矩。家事平和安定，功在妻子。

人都说，妻儿是福。其今日之言，也尽在情理之中。钱，怎么个弄法呢？妻子还在说："街头碰到讨钱的，你很同情，五元十元都肯给出去，说不定有一天自己孩子要靠乞讨，谁会同情？""有良心的人会同情呗！""将来的人还会有良心吗？""人心都是肉长的，总应该有的吧！嗯？……社会主义在，良心就在。"百吾觉得，接过妻子的话茬，越说心里越沉重，而且感到极度的无聊、无奈。年岁一下子上到五十，事业艰辛，家庭子女拖累，许多的不如意，把他逼入尴尬境地。看来，写小说，写畅销书，也许是一条路子，能摆脱困境。这些年，百吾写的论文、专著、教材，不下四百万字，呕心沥血，都发表和出版了，但稿费低，版税也低，经济上的确没有什么积蓄。名是出了名，没有钱。正如同事之间挖苦的：光着屁股坐轿。

钱，到底怎么个弄法呢？

钱，这个古怪的玩意儿，有人喜欢它，有人诅咒它。人类社会的一切领域都有它奇异的身影。在它面前，有人卑微，有人清高。老百姓更逗笑：有钱是爷，没钱是王八。有人就是追逐和窃取了太多的金钱而掉进了罪恶的万劫不复的深渊。钱，马克思看得最仔细，看了它每一个毛孔，并透过其后背看到了严酷的社会问题。钱，是非曲直，整个世界为之喋喋不休！还不知道要吵到什么时候！世界上，一些角落，金钱可以买到善恶美丑、生死祸福，弄得人类社会出现了许多违背哲学与逻辑的事情。大科学家霍金说：人类社会不调整，地球迟早会出麻烦。

钱，对只会吟咏唐诗宋词的百吾来说，的确束手无策。不过，有几次，也就是这个钱，他倒是与之擦肩而过。学生介绍的一位总经理，要写一则关于茶叶新品的广告词，奖金五万元。双方意向确定之后，百吾翻阅了有关茶文化的许多资料，苦思冥想，终于得到了一则堪称上品的广告词：“茶叶含丰富绿茶素，新科技发现，有防病防癌效能！绿茶素、绿茶素，养在深闺人未识！”在合同拍板的晚宴上，老总说：“深闺有美女，要配合拍出美人画面——婀娜苗条的身姿，半裸的丰乳，勾魂摄魄的放电媚眼……要有想象力、刺激性！”百吾心里不以为然，美女茶叶，那也能搭得上？糟蹋！遗憾得很，此事后来竟没有弄成。夺得头奖的广告词是：“绿茶素，绿茶素，人们的健康与你同行！”评奖活动内幕只有天晓得。百吾却一直痴迷地认为自己的广告词珠圆玉润、含蓄、耐咀嚼。坏就坏在那次晚宴上，不小心弄污了总经理价值千元的领带和更加昂贵的西装——在品尝日本进口蘑菇时，百吾左手持叉按住蘑菇，右手操刀切割，用力过猛，黑乎乎扁圆扁圆的大蘑菇竟从滑溜溜的盘中飞了出去，“啪”的一声，恰好打在老总领带和西服上，弄得满座尴尬。百吾老夫子始终认定，煮熟的鸭子就是这般飞走的。

学生又来请百吾教授出面写古代娼门言情小说，风流艳遇，戏说戏说，像唐代传奇《游仙窟》《李娃传》那种玩意，搞所谓“打擦边球”。“擦边球？”百吾搞不懂。学生说，就是制作“半黄不黄”的小说，还说为书商写书是高稿酬，几倍甚至十几倍地增加。市场经济，没说的。百吾摆手婉拒，此等有违自己的文学初衷。堂堂文学教授，自毁祖国文化，操软刀子去杀青年，九泉之下如何面见鲁迅，还不如名正言顺地去卖老鼠药呢。饿死事小，失节事大，此事万万不能……还是这个学生，他是真心实意想帮助老师搞点收入，第三次来到恩师家里。这次，学生是思想动员在先，有理有据，言辞恳切。他说：“老师思想放开一点，要跟上深化改革的形势，超脱一些，不要事事认真。”学生说，这回请您老上电视。台词是：“长期的教学科研工作，少运动，引起性功能衰退，……”学生说，盛装亮相，字正腔圆念完台词即收镜。出镜人姓名保密。百吾一直沉默，没有答复。学生走后，百吾夫妇面有喜色，电视屏幕走一遭，大姑娘上轿头一回。姓名保密！保密？怎么保密？百吾沉吟了一会儿，似乎有些清醒，从教二十多年，桃李满天下，上电视真人露相，滚动式，还能保密吗？学子们从电视上看到老师这副尊容，这个德性，会说些什么，骂些什么呢？百吾是够艰难的。省政府领导还有人认识他呢。有些事，别人做没事，名人做就有事，就做不得。名，有人为名所苦，有人为名所累……这孩子毛手毛脚，这么相信别人，折腾了这么几回，嗟来之食，差点把人误了……就这样，初战不利，再战受挫，三战被嘲弄，学生也就不再来找他了。百吾心里想：国家、民族文化，这是大局。人，不能只打自己小算盘。不然的话，还叫什么“精英”呢？我们S大学，像百吾这样注意学校形象的人很不少，社会上对学校的印象是蛮不错的。

当今文坛，名人的文字比较吃香。各种报刊，都需要名人扶持，以提高声望，增加自己的无形资产。一般文化人，自然得钻山打洞，想办法在新闻出版界找关系，或者瞄准文化市场行情，自费出版。文化人调侃说：花钱买烦恼。严肃文学，有人称为“纯文学”，步履艰难，许多书稿全都被逼到一条路上。市场经济对文化领域的挑战是无情的。当然，像文人轶事、明星隐私、玉人写真、药膳壮阳、政坛是非、精英传记、影坛绯闻、商战韬略、阴阳八卦、神符医卜……这类时尚秘籍，则有精明书商混迹其间，煞是热闹。专家学者各种专著，有的太偏，太过艰深，且大多远离功利，加之经院式招人诟病，自然颇难入市。百吾的专著《唐诗宋词与我国古代哲学》的手稿，一直压在抽屉里，难见天日。百吾的视野里，出版界是万象丛生，喜忧参半。既欣欣向荣，又有经济转型期的迷惘与无奈，似乎缺少的是责任心和使命感。

夜深人静之时，百吾思绪如潮水般汹涌。他喝着浓茶提神，又吸上纸烟，时不时地在客厅踱步。报纸上有则征文广告，向社会征求长篇小说，一等奖15万元。征文广告的一则附言引人深思：“当今社会舆论认为，长篇小说，大多精神缺失，过分追求娱乐性，色情描写过滥；题材方面，忽视了对于社会下层民众生活的吸纳，对民间疾苦缺乏应有的关心；对现代生活的描摹似乎进入了一些误区，歌舞厅、酒吧、星级酒店、豪华别墅、香车美女，信手拈来，一咏三叹，对改革开放时代精神的质点把握不够……就一定程度而言，文学的确背离了人民群众。”

用重金能征集到优秀长篇小说吗？文学是文学爱好者的天地，不是名利场。

百吾心头发热，他反复读着征文广告的附言，潜心思索着社会舆论对文学创作的善意批评，尽管言辞有些过火。他相信，批评定能唤起作家的社会良知，优秀小说的产生是可以期待的。此时此刻，他的心胸是透明的，创作动机是纯正的。百吾决不走那些歪门邪道，他要用自己的身躯去踏出新路，让世人真正了解当今中国的文学精英。身为党员作家、文学教授，责任在身，怕是不能推卸。小说，尤其是长篇小说，到底该怎么写？百吾呶着嘴，额角青筋直跳，仿佛在一个霞光万道的早晨踏上了金光大道，浑身充满力量。文学界，六七十岁还是黄金时期，八旬仙翁老更成。百吾还有厚厚的本钱呢！百吾认为，自己的语言天赋、古文功底是占有优势的。语言是小说成功的关键之一，怎能不搏一搏呢？他翻箱倒柜捡出许多笔记本、剪报，整理鉴别历年来所积累的创作素材，决心在文学创作的征途上再来一次战斗的洗礼。能否摘取文学桂冠，那就听天由命了。然而，百吾不知，他正是在这里犯下了错误。百吾跟着“小说轰动论”走，也患了浮躁病。小说既可以写到剑拔弩张，也可以写到月明风清。文人为文，先自娱，后娱人。聪明绝顶地先娱自己，真心实意地娱人励志。唐代苦吟诗人贾岛的“两句三年得，一吟双泪流”，成诗坛佳话。究其实，贾岛的悲喜交集，一半是在自娱。百吾何以自苦至此。在我们S大学，许多人都知道，百吾是文学道路上的“苦行僧”，踯躅而行，已经很有些时日了。

不知经过了多少个不眠之夜，一连几个月连轴转，百吾两眼布满血丝，脑子时时发胀，耳朵嗡嗡作响。身体器官的这些反应，过去就曾有过多次，百吾不在意，什么苦都敢吃。他不停地翻阅着纸质已经发黄的笔记本，做着各种符号。一个个生动幽默、令人回肠荡气的小故事，像一个个金球，滚呀，滚呀，滚进自己的脑海里。那溅起的浪花，粘连着丝丝惊喜；那“嘭嘭嘭”的涛声，像鼓点唤起他心中的激情。

百吾脑子仍是发胀。他合上双目，两手轻握成小拳，轻轻地叩击着自己的脑门。选定题材，拟出题目，他开始构思小说的主线、副线。情节线索：开开合合，一波三折；徐疾以进，节奏秘诀。小说要做得乖巧些，又不能太做作。艺术也讲究精确性，差之毫厘，谬以千里。小说创作永远是细活、慢活。百吾长篇小说初步定名为《犹有遗爱在人间》。

通过刻苦努力，百吾终于完成了一部二十五万字的长篇小说。然而百吾自己也并不满意，修改才是关键。

细想起来，百吾擘画的题目和写作提纲，有点像过去批评过的“主题先行论”。这个写作计划，要牵涉部队生活、商业经营、农村生态。这些都不是百吾熟悉的，是无本之木，无源之水，此乃文学创作之大忌，就像在海边钓鱼，一切都是变数。

这回百吾可是病了，竟付出了代价，病成这样。百吾痴痴呆呆的，常歪着头朝着人笑。院领导同教研室主任崔教授商量了几次，认为此事不能生硬批评，不能再张扬，宜于疏导。百吾拼力写小说，想在晚年发力冲刺，为祖国文学事业做点贡献，并非突然心血来潮。百吾有一定的文学创作经验，以往是题材没有选好。他应该写学校生活，写知识分子，写自己熟悉的东西。钟书记同崔教授，两人决心去寻找百吾的心迹，去以心发现心，务必使百吾领悟：重担在肩，知路远近；时日短长，尺寸放宽。风物长宜放眼量。

我们S大学，名人比较多。名人多，门门道道多，名堂也就多。什么时候把名人安排妥了，弄好了，治校就成功了一半。学校对百吾的肯定，就是对许许多多知识分子的支持和慰问。当今，中国知识分子阶层，是燃烧着的地火，地火紧贴着地幔燃烧着、欢笑着、跳跃着，自由奔放，国家民族也因此永远保持着温热、金黄、瓦蓝、深绿和安宁。多色多元，众族兴腾。

崔教授同校医到百吾家里慰问了几次，送医送药，意到心到。校医诊断，属脑疲劳脑损伤一类，无大妨碍。他们向学校要了一辆小轿车，跑了几家大医院，都没有查出什么病；也去过省中医院，白胡子老中医把脉良久，问诊多时，查验了喉舌。老专家左手捻着下巴的长髯，在病历上写下“急火攻心，喉咙深度灼伤”等语，开了三副中药，嘱煎服调理静养。两星期后，百吾病情有所好转。只是崔教授仍不放心，独自又去拜访了这位老中医。老先生获知自己已妙手回春，显得有些得意，眯缝着双目，像是在沉吟：西医说法，患者心理病灶多过生理病灶。中医呢，讲五行生克。平则安宁，相互济养；乱则失度，祸患累生。他告诉患者，心要宁静，静穆则生津液，津液调理五脏六腑，五气和化，生机盎然。不会有事。

崔教授心事重重，顺便又带了几副中药，朝百吾家走去。

作于2017年12月

悼念亡友

朝夕相处15年，走时连一句话都没有留下。命运居然做了这样的安排，我还有什么话说呢？然而，有些话还是想说说，为逝者，为自己，也为我们教育界的同仁。

廖子高副教授，只活到54岁，去得太早，带走的东西也太多太多。这哀痛的现实，我们的确是无法接受的。他精通俄、英、日三种语言，执教33年，从广东到黑龙江、吉林、湖南后又辗转回到广东，讲授过中专班、大专班、本科班、研究生班等不同层次的多种外语课程。曾任湖南湘潭大学外语系研究生教研室主任、广东外贸职工培训中心培训部主任。在人才济济的重点大学，在竞争激烈的当今知识界，他的确是出色的一个，很早就被评为副教授了。出版的译作有《前面是深渊》《最严厉的惩罚》等七部中篇小说，还译过相当数量的短篇小说、剧本、文学评论专集等。其中即将由上海一家出版社出版的译著《陀思妥耶夫斯基的个性》一书，50万字，则更具有代表性。此外，还参与编撰出版了《速成科技日语读本》《外经贸实务英语800句》等教材。去世前，他还在编撰两本与外贸有关的著作，想为广东的对外贸易做点贡献。他逝世后，我们在翻检他的著作时，发现有200万言之巨。可以说，在教学和科研方面，子高是呕心沥血和耗尽心力的了。

从事翻译工作时，他摆开的摊子大得惊人。字典、辞典、参考书以及同翻译有关的其他资料，层层叠叠地摆着，以便适时应手。“稍一疏忽，就会铸成大错，害人害己！”这是子高的一句口头禅。他严谨的治学态度，曾受到著名翻译家草婴的称赞。搞过翻译工作的人都知道，是“意译”还是“直译”，光是体例，就颇费踌躇。外国文学作品中的乡谚、土语，滑稽幽默的人物语言，男女间的打情骂俏，等等，大都与东方语言殊异，更何况还有复杂的政治、经济、文化等情势，怎么能恰到好处地译出，并使我们的同胞喜闻乐见，往往搞得人昏头晕脑，乃至于气绝。古人云：“文章千古事，得失寸心知。”翻译作品其实也如此，往往搞得人心头滴血。子高的心血管疾病难保不与此有关。

平时，除了工作还是工作。他不会打扑克、玩麻将，也不会打球和骑自行车。他懂乐理，不常开口；会游泳，不临深池；会跳舞，但不进舞厅，总怕在这里无谓地浪费时间……唯一“时髦”的，是会吸两支烟，朋友聚会时无拘无束地说些笑话。这两件大概便是他最奢华的享受了。

出事那天，工作到深夜近12点，起身洗澡，因心血管病而陷入绝境。当我领着校医赶到他家时，人已处于弥留之际。他是在我的臂弯里断气的，我内心的痛楚也因此而倍增。

子高早就患有高血压，但从不注意医治。子高出生于粤东贫困地区，少小离家，在大城市住了几十年，仍不改乡民习气，对小病小痛一向不以为意，能挺则挺，能忍就忍，很少去看医生，以为一切总能平安地过去。在别人家里做客，因血压高头晕得发生严重呕吐，还自己挺着走回家来；在家里陪客，常见他坐在靠墙的藤沙发上，后脑勺不住地在墙上轻轻磕碰，人们还以为这是他的习惯动作，哪里晓得他这是在调节晕眩的脑子呢；平时，碰巧遇着家里人谁取了药，就趁便吃一些虽与病有关但却不能根治疾病的药物，没有常备的降血压的药和救心油之类。病危那天晚上，他家里找不到一粒急救药片。随年岁增加身体的各个部分开始老化，新陈代谢已在暗中悄悄地调整，然而，在这个更年期，人在思想上却仍不服老，甚至还蛮干，这主客观的脱节，便埋下了许多隐患。教育界、科学界同仁中的许多早逝者正是在这里吃了亏的。在清理子高的写字台时，发现了他已写好的几封信，他在信里对朋友说："我身体条件良好，精力充沛，能夜以继日地工作……"唉，我们还有什么可说的呢？

从湘潭大学调到广州工作的学校，历时四个春秋，其间人际关系，一直使他心情憋闷。但是，尽管长期遭到误解，他还是忘我地工作，在本职工作和个人遭遇之间划清了一条明确的界限，从而塑造了自己高洁的形象。

见他郁闷之时，我也曾经劝过他，要他安时处顺，不必为那些事情烦恼。然而，他却过于笃信、过于执着、过于认真，总力图改变学校面貌，给大多数人创造一个良好的“心理环境”。他一辈子同天真纯朴的学生打交道，年过半百，仍保持着书生意气，总认为世间一切事物应是明朗的，见到污浊，便不能包容，甚至疾恶如仇。因而，我的劝慰也终究无济于事。

我不敢说，逝者遭此大限与此有关，但是，我了解子高是带着遗憾离开尘世的。在全社会真正做到尊重知识、尊重人才，并非易事。各级人事部门，似乎更应谨慎于此。作为知识分子自己也要善于自处，少去计较短长，踏踏实实做事，在国家民族的基座上，多垒几块巨石。

…………

子高家乡梅州有举丧49天之旧俗，人辞世这些天之后，亲人们对之则转入永久的纪念。此文正写成于此日，就以此作为长久的悼念吧！

作于1993年3月

原载华南师范大学主办的《语文月刊》。

忆凯波

江凯波同志于戊子年正月初一（2008年1月27日）晚上突然逝世，噩耗传来，我内心悲戚。这些年世事艰辛，生生息息，生卒之事见得不少，尤其是怕听到年轻人出事：脑子里先是一缕一缕往事，如烟如雾，浓浓淡淡，然后又是一片空白，空落落的，似乎失掉了什么。

我年逾古稀，逝者才54岁，白发人送黑发人，内心痛楚诚属难于止息！记得1981年冬天，那是《语文月刊》筹备创刊时期，凯波从广州来到湘潭大学，宣传办刊宗旨和组稿，我们便认识了。此后，我们便有了比较频密的书信文稿来往。凯波质朴、实在、谦和，脸上总是挂着笑容。创刊之前，他便已奔走许多地方许多大学，开发作者群、读者群。那时人们刚刚走出文化沙漠，正是文化事业急待发展的困难时代，此举是很有眼光的。《语文月刊》出刊之初，不仅发行量大，且被评为全国性的重点期刊、优秀期刊，成为改革开放初期祖国南大门一大文化品牌，赢得了广大读者的喜爱，这是很不容易的。可以说，一开始，凯波就同《语文月刊》一起走着艰苦的路。

凯波很早之前就是刊物的副主编，后又担当大任接受了主编的工作。参加凯波丧礼时，我同《语文月刊》前任老主编黄纪壮教授一起，两位老者手牵手不禁唏嘘。黄老含着眼泪心情凝重地低声说："只知道他很忙很累，有多种疾病，身子很弱，但万万没想到竟会是这样……"一个朋友告诉我："凯波原打算春节期间拜访很多广州作者。他根本没想到会有这个难关。他生病不住院，在家里出现危险之时才送医院抢救的，是糖尿病综合征！"

唉，这是怎么啦！

20世纪80年代后期，我调来广州，彼此有了更多的接触。凯波学识丰富、涉猎宽泛、视野开阔、笔头子活，言谈举止从容大度，是个干主编工作的好手。在招待各地作者和朋友时，他曾多次叫我作陪。座中言谈，他常能给人许多启迪，尤其是在办刊经验方面。从20世纪60年代开始，我便教书和从事语文教学研究，那时崇尚"启发式教学法"，教师课堂讲授，提倡"少而精"，后又提出要"精讲多练"，反对"满堂灌"。一些老教师则喜欢使用"点拨式"。语文教学改革到底怎么搞，同仁之间，见仁见智，很难统一。究其实，统一也不一定好。凯波重视语文教学改革的历史轨迹，认为借鉴历史，可以少走弯路。他常常要我写些这方面的稿子。从教四十年，我的教学经验之类，点点滴滴，充其量亦不过是碎金散银而已，登不得大雅之堂的。久而久之，我动笔写稿也就少了。有人说："长江后浪推前浪，前浪扑到沙滩上。”老朽都伏在沙窝子里了。凯波笑笑表示理解，遂不再逼我写稿。

听说，前些年学生对政治课、哲学课不感兴趣，现在对语文课也摇头不耐烦了。我在想，学生认识片面自是不好，然而，语文课过去那种，一讲时代背景，二讲文章分析，三讲写作特点，如此这般的程式化、模式化，是该想办法改一改了。它跟信息化时代步伐是不太协调了，节奏太慢了。我想，那种“点拨式”倒真可再试试，让学生阅读原文，然后教师点拨，画龙点睛，拨云见日，天天有新鲜，日日见精彩，恰到好处，不啰唆。将余下的问题和时间都慷慨地送还给学生，使之变被动为主动，也许这是一条新路。我知道，凯波也在深思。他对我说：“语文课课时较多，让学生怎么去把握时间？要是配合不好，教室冷场，又是一个难题，要考虑到。”

语文刊物难办，这是人所共知的事实。凯波接任主编职务之后，工作极其繁重，压力很大。约稿、审稿，熬夜和占用节假日是经常有的事，完全是主人公态度。后来，刊物由编辑部同仁承包，更是不堪重负。刊物创刊至今20多年，凯波始终没有离开过编辑部。读者和刊物的定位、专栏的设置、语文教学专业性和大语文方向的协调、文章内容和文章语言特点的融汇，都是绞尽脑汁的事。凯波总是踏踏实实、兢兢业业、力求到位。事业顺利时，他常笑称《语文月刊》是他们编辑部同仁共同的“儿子”。我也总是为他高兴。

凯波深知，刊物教改和教学经验文章，固然重要，然而，关键之点，刊物应该帮助教师提高语文素质、语文素养。一个语文教师，学问渊博，胸有朝阳，才是真章，岂能只是一般地懂得微言大义。教学如沧海横舟，一定是丰富多彩的，教师如航海家一样，知风识浪，又何止于一招一式。一位语文教师应该有非凡的能力和气度。长期以来，《语文月刊》饮誉海内外，深受广大读者欢迎，就是因为它兼备了“大语文”这么一个特点。刊物设置了“文学长廊”“语林漫步”“写作园地”“语文教坛”“文化橱窗”“语文杂谈”“语文博览”等栏目，就是独具匠心的。真可谓，清泉活水，满眼新绿；视野高阔，神思天际。

某种程度上说，作者是刊物的灵魂和脊梁。《语文月刊》一贯重视与作者建立密切关系，极大地拓展了稿源，刊物也由此不断生发出新的色彩。凯波平时出差，每到一地，从不忘登门拜访作者和文友。《语文月刊》以它博大的胸怀、真挚的情谊结交了许多著名的专家学者、语文教师和文学爱好者。我常常听凯波称道文章作者，说某某性格耿介，文笔犀利；某某是教坛名宿，文章高手。南京的作者王希杰，就不止一次被他赞赏过，说王是读者十分喜爱的撰稿人。他对恩师饶芃子老人，更是从内心里崇敬，时时提起。像凯波这样体谅作者的好编辑，多一些再多一些才好啊！长期以来，白云山下，珠江河畔，常常留下凯波和其他学人依依相伴的身影，然而，现在却只见珠江东去，对于旧人则只剩下永久的怀念了。

凯波曾任中国语文报刊协会副会长。语文报刊协会是一个经常开展活动的学术机构。每年学术年会审阅论文、安排发言、组织座谈讨论，像一场战役。凯波仍旧是质朴、实在、谦和、责任心强。在协会里具有较高的声望，有一定的号召力，协会办得很有朝气。当然，面对语文刊物的重重困难和各种复杂的挑战，他心头淤积的层层忧患，亦常常挥之不去，长久地折磨着他。社会文化潮流的涌动、语文刊物的定位、语文领域的生存环境、语文教材教法的激烈争论、文化市场的发展变化，许许多多问题，在这信息化时代，风驰电掣般，谁都不知道什么时候会浮现出什么问题。出了麻烦，协会领导得去各方面联络沟通，去搜集整理有关资料，去判断和选择科学地解决问题的方法。各省市刊物之间，分工与协调，竞争与合作，信息的交流与分享，诸多的人和事，常常是难于推脱。凯波经常自嘲地说：“办协会，有事忙，无事也忙，有时碰到问题，议而不决，可又还要一议再议。”学术界的事，如毛泽东诗词研究、秦牧创作研究（凯波是中国毛泽东诗词研究会、广东秦牧创作研究会这两个学会的常务理事），争鸣百年也不算长。凯波一直被这些事情缠夹着。

逝者已往矣！惋惜抑或是怨艾、责备，说这是不注意爱护自己身体云云，都已于事无补了。许多事情，恐怕也是不得已的，所谓人在江湖，身不由己。不过，我总觉得，年轻人当事业如日中天之时，更得很好地计量计量，就成功人士而论，人的寿命与对社会的贡献之比，是成正比的。寿命长，贡献也就可能大些。国家民族多危难，社会精英当珍重。在工作与休息、治病与疗养等一对对矛盾面前，多一点哲学思考，计较一下得失，也许就能够趋吉避害。古人云，一弛一张，文武之道。我想，劳逸结合这一理念，应当成为当今社会的共识才好。

值得凯波安慰的是，他忘我的工作，他所付出的一腔热血和辛劳，已经得到了同辈人和长辈人的充分肯定和赞赏。大年初三，举行丧礼那天，来了不少领导和专家学者，有的是从北京、西安赶过来的，一律的深色衣履，许多人眼含泪水。仪式庄严肃穆，时遇今年我国南方大雪灾，广州亦奇冷，气象部门说是50年来未遇的，人们在严寒中痛苦地给一位早逝的精英送行！

作于2008年3月

回忆三叔

回忆往事，常不免生些感慨。

弟弟对我说过，三叔弥留之际，曾经拉着他的手托付两个可怜的不谙世事的孩子，眼泪在深陷着的眼窝里打转，悲伤之状难于言说。从那时至今，似乎眨眼之间，大的堂弟也已经长成25岁的大后生了，而且很有出息。九泉之下的三叔倘若有知，该感到安慰了。

三叔是个文盲。1949年以前，他的社会地位，酷似鲁迅小说中阿Q的社会地位：在人们心目中，有他不多，无他不少。后来，时代变迁，阶级地位是提高了，但作为一个人，他的立世谋生能力很差，仍旧被人瞧不起。这大概就是人生的悲哀之处吧！

从记事时候起，我就看见三叔总是干农活中最脏、最重、最被人瞧不起的那几样。技术性高的农活，如播种、插秧、插红薯苗、打稻子和管理经济作物，他都不敢沾边，生怕弄糟，误了农事。旧社会那阵子，家里只有几亩薄田，弄不好，全家要挨饿，技术活自然要请老农老把式；新社会，家业是集体的、国家的，更不能乱来了，哪个生产队队长敢把关系全局的技术活派给笨手笨脚的人去干呢？所以，挑土、担粪、施土杂肥、车水，凡是简单、粗重、费力气的活，便都是三叔的。插秧时节，常见他站在地头临时设置的粪池里扒粪、起粪，脚被粪水泡得虚肿，不时地见他在小腿肚上抓痒；刚刚泼了粪水的稻苗，细长的叶子上尽沾了散发出恶臭的粪水，然而，就在这时，只见他在耕耘。客家人叫“耘田”。人在这样的田里干活，不久，裤裆里便沾满了粪水，使人恶心。平时挑水清洗猪栏，腥臭气呛得人透不过气来。三叔干的就是这些活。

然而，三叔干活从不挑挑拣拣或拈轻怕重，只知默默地苦干，同时从内心深处敬重那些干技术活的人。由于长期挑担子，他的右肩显得比左肩低，明显地向一边歪。怕扁担磨破上衣，他常常赤着肩膀挑，右肩上磨起的茧十分肥厚，常成为人们的笑料。

饲养家畜家禽，他也没有经验。他养的鸡，常发瘟；养猪，不长肉。人们常拿他的猪取笑，说他喂的猪娃子能上树、爬墙。于是，他只好去摸鱼虾、捉青蛙。生产队里数他捉青蛙的本事最大。春日里，他擎着松明火把，在秧田里、水渠边照，刚出洞的青蛙视力弱，见了火光都不会跑，一个晚上捉好几斤；夏天，在水沟边的草丛里捉，一个白天，他也能捉三五斤；冬天来了，他用铁钩子在田坎子上掏挖，捉正在洞里冬眠的青蛙。有时，他也跟三五个人合伙，去搞长途贩运，将梅州地区的瓷器运到揭阳、汕尾一带，再从这些地方挑盐或咸海鱼上粤北。一根竹扁担，十天半月，甚至三两个月在铁肩上颤悠。

别人会干，会谋生，日子过得体面，三叔从不嫉妒，只是悄悄地学一点，干自己的。他有自己一套安贫乐道法。有时，他也似乎知道，事事不如人便不光彩，于是常不免向一些女人和孩子解释，说是自己小时候顽皮，摔坏了右手——右手是男人立身之根本。并趁此劝告孩子们不要去爬树、翻高墙、逞能，否则会像他这样吃一生的苦。他说得很诚恳、很动情，常能赢得人们的同情和些微的尊敬。人们似乎也都相信，他的右手确乎有些发颤不灵便。然而，他一个字不认识，连自己姓名都不会写，却不听他有过什么说道，大概像阿Q那样有难言之隐吧！长辈们平时话农桑谈生意经，他从不插嘴，也插不上话，每到这时，他便拉着一帮孩子到一边去讲故事，自成一统。他讲的都是不知从何时何地听来的恩恩怨怨，什么“张有情”“李有义”之类，连故事中人物的名字，都充满了说教的味儿。

三叔的儿子却比三叔有能耐，知书知礼，干各种农活是行家里手。这几年，他种甘蔗，收入颇丰。农闲时节，他还到省城打工，当师父。不几年工夫，他家里买了自行车、收录机、电视机。这是三叔生前连想都不敢想的事。堂弟还想租用别人的责任田，前些时还提出要租用我父母的责任田种柑橘，心里存着大计划。三叔有知，该含笑于九泉了。

梅州客家地区，很重礼仪，很讲究做人处事。不懂农桑当然会招来笑话；不懂礼仪，吃横吞黑，更要遭人唾骂。三叔在这上头却很认真，他大概意识到，自己生活能力原本就不如人，那么，在礼仪上便要胜过别人一筹，在他人面前争点地位。诸如，见到长辈要先开口问好；到别人家里做客，不能老看着点心盒，要看着主人的脸，答问要自然，声音不宜过高，要落落大方；与长辈同桌吃饭，要坐在饭锅旁边，勤快地给长辈斟酒、送菜、盛饭，做到眼看四方，耳听八方，反应快捷，动作麻利。说不定哪个阿伯会挑选你当他的女婿子……总之，三叔对于这些有一套理论。

然而，三叔那摔坏了的右手，农活中技术性较高的活计都来不了，给别人斟酒送菜，怕也难于利索的。我和三叔同桌吃过体面的酒席，见他只伸手挟自己眼前的几样菜，远处的不去伸手，讲规矩讲到了家；他的筷子从不在菜碗里翻来搅去，而是看准哪块挟哪块，整个就餐时间不讲一句话。伺候长辈，总比别的后生迟钝。

堂弟可就是另一副样子了。他在我家吃饭，衣襟敞开，筷子拿上又放下，放下又拿上，不停地说话。筷子伸进菜碗里先是一翻，夹起一块，晃几晃，不知道他哪里不满意，又放回原处，于是再翻、再夹、再晃，旁若无人……我想，如果三叔还在人世，堂弟是不会有这些毛病的。

席间，堂弟又提出要我父母让出责任田，给他种柑橘。这件事情太大，难于决断，往后看吧。

作于 1991 年 7 月

我那当民警的弟弟

在弟弟家里，总是见他捧着一摞报纸在翻。他的报纸也耐看，每一张都要品那么老半天。我暗地里猜想，他大概是读字、观画、瞅字缝、嗅油墨、穷琢磨。别人看报，叼着烟卷，跷起二郎腿，或看或不看，目光随意飘移，悠闲自得。弟弟那神情可特别，背弓起，脖颈儿拉长，连鬓胡子从两鬓直锁到下巴颏儿，一脸的忧愁悲戚。每每在他家里，看着他这副模样，便难受。何苦呢？我真担心，弟弟的忧郁病恐怕又要复发。

20世纪60年代初期，弟弟从铁道学院大专毕业，原是攻读铁路桥梁建筑专业的，那时正值三年经济困难时期，铁路基建紧缩，他便改行当了铁路民警。光阴如白驹过隙，从那时至今，一晃就是二十六年。他从一个嫩生生的小民警变成了两鬓斑白、人情练达的老民警，只是生活不很如意，婚姻上几经周折，离过两次婚，结过三次婚，酸甜苦辣，般般滋味都尝尽，聚散无常，心儿都碎了。然而，这一切全都不是他的过错。有人说，正因为不是他的错，痛楚才显得更深。这确乎有道理。

听侄儿说，他父亲每次下班回家，都带着许多报纸、杂志。他仍旧总是翻，翻久了，翻累了，便对着报纸或墙角出神发呆。有时，他喃喃自语，语意错杂，不可捉摸。有一次，他竟是边看边喊："剑、悬剑、悬剑！"弄得家人都心神不安。

得了个机会，我决定到他工作岗位上看看。

弟弟在南方一个省城的火车站工作。彼时，他正穿着制服，戴着大盖帽，在密密麻麻的人丛中执勤。车站干部和各类服务人员中，许多人都认识他，不时地同他打招呼，都是蛮热情的。书摊报亭里的人则送他报纸、杂志，说是欢迎监督。使人惊奇的是，在这里，他身轻脚快，神采奕奕，眼睛格外明亮，像换了个人似的。我心里想，大凡一个人，工作时是会忘记那些不顺心的事儿的，但愿工作能医治他心灵的伤痛……

流行音乐、嘈杂的人声、各种颜色……

我在弟弟周围转悠，细细地观察。见他从乘客的提包里查出过鞭炮、汽油瓶、炸药、雷管、硫酸之类，令人吃惊；也见他扣押过小偷，拉扯和劝阻过几起斗殴。正如他曾经忧虑地说过的：每天都是这样折腾，没完没了！……平时，我见过许多冷漠的目光，然而，我发现，在这种场合，投向弟弟的目光却是热烈的、钦敬的，大概是把民警当作他们的守护神吧。

休息时，我问弟弟："来来往往那么多人，怎么晓得谁的行囊里有那些危险品呢？"

他说："看了二十多年了，练出来的……夹带这路货的人，总是不远不近拿眼睐民警；小偷，他们的眼神多半是闪忽不定，特别是你盯着他看的时候。我对这些奥妙处特别敏感，总能抓住这一刹那的机会……哎，其实是防不胜防的。希望社会风气变好，多看到有教养的！”

弟弟还对我讲了自己亲身经历的两件事。我真为他捏把汗，甚至后来常常因此做噩梦，梦见他躺在血泊之中，脸色惨白……

事件一：一个电闪雷鸣的夜晚，我扣住了一个贩卖银圆的中年汉子。在扭送派出所的途中，我在后边押着，并且不时地注意自己身后面，看是否有他的同伙跟来。可是，万万没有想到，竟在前边黑角落里冒出两个家伙，抡起木棒就朝我打。我右肩胛骨，像断了筋似的，钻心似的痛，然而，我即刻意识到，不能倒下。我紧靠住走廊的柱子，咬牙忍痛摆着架势，发出警告。危急关头，喊出几句抓住对方心理的话，是能镇住人的。我有这个经验。后来，又来了两位民警，终于将这三个歹徒逮住了。

事件二：一个炎热的中午，车站验票员正在验票。一个青年人扛着被包走在我前面，另一个小伙子则边走边同我攀谈。前面的仿佛认识我似的，不断地回头朝我点头、微笑，还招招手。他们很快就过了验票关卡进了站。就在那当儿，验票员问我与他们是否相熟，我说是初次见面的乘客。验票员警觉地追了上去，果然在被包里搜出了二十支雷管。原来，他们是在用我这个穿制服的打掩护呵!

弟弟讲完这两件事，声音放得柔和了，似乎有点悲观：“干了这一行，难呐！有时抓来了，一查竟是极普通的人，只是被金钱毒害了，为了点小利，不顾车毁人亡，愚不可及……过去离家半步要开证明，眼下云游四海什么都不用，有钱就行，三教九流全都出洞府了。有时，盘问半天，难辨人家真假，工作难度很大！……唉，真正切实的全民性的道德精神教育实在太重要了！”

我们来到一座六层楼的楼顶晒台，依着栏杆往下张望。车站广场和两侧的马路，人山人海，只听见各种声音在人头上空滚动。看着看着，我眼前仿佛生出幻觉：那广场和马路上涌动着的人流，活像是一个打着大小漩涡的湖面。仿佛我们脚下的大楼在这湖水中摇晃，顷刻之间就要倒塌似的。我的心脏急剧地跳动起来，手脚都在微微地颤抖。

“这里面有不少盲目活动的人，用他们的话说，叫闯江湖。一天不知道要制造多少麻烦……”

“人口多，眼光又欠远大，只是在这看得见的小圈子里转圈……”

我的脑子激烈地思索了起来。我想，一个民警，每天一睁开眼睛就看见人的流动、人的喧嚣、人的假面、人的破坏、人的创造，一句话：就看见人生的各面，他的感受一定比别人要深。

…………

弟弟平素多愁善感，最好能从这种环境中解脱出来，呼吸呼吸另外的空气。原本，他的思想气质就有点特别，每天断案、办案、排解纠纷、扭送罪犯、写立案报告，每时每刻都在同人的弱点、弊病、落后面打交道，我真怕他想坏了神经。

我的当民警的弟弟啊！

作于 1989 年 4 月

故乡见闻点滴

家乡位于梅州客家腹心地带，风俗民情古朴淳厚。老辈人说，村中落居始祖，是从福建龙岩迁移过来的，于今已历800年沧桑。不久前，乡中父老十余人应龙岩同族父老之邀，千里迢迢，不辞辛苦，前往祭祀先人墓冢，乡情深笃。老辈人说，家乡是福地，祖上有德，落根于此，枝繁叶茂。虽说月有圆缺，日子时有艰险，然而饥荒、瘟疫、战争却从未在家乡肆虐过。年幼时，听大人们喊，日本鬼子已到了莲花山那边了，只见村人个个都是好汉，把大刀、长矛、火枪全部都拿了出来，准备拼杀。幸而，日军最终并没有越过莲花山。奶奶说，这是神明显灵呵！

崇山峻岭之间钻出两条小河，它们绕着山弯静静地流淌，汩汩滔滔，汇入韩江。河流两岸，山峦连绵起伏，像盘桓的苍龙；平川地带，禾麦满畈，林木恣欢；村寨乡镇，星罗棋布。新建的广梅汕铁路联结无数村镇，汽笛唤醒了一个个沉静的山村，一切都在躁动。作家们将它形容为一条串起珍珠的闪闪发光的金项链。近几年盖起的三四层的小楼和乡村学校，或白灰粉墙或瓷砖贴面，多姿多彩，生意盎然。山村小楼已经悄悄地代替了客家围龙屋，成为当今的时尚。

家乡的工业起步晚，农民为了致富，因地制宜地大力发展了果蔬和茶叶等种植业。梅州沙田柚和苦丁茶已经远近闻名。在乡村，观察细致的话，你可以发现许多看似简单，然而却是切实可行的经济发展景观。

村民大多数已用上了煤或煤气。房前屋后，大树参天，时可采伐，就那残枝败叶，亦可做燃料。百姓再也不用为上山砍柴禾而发愁了。山林再不会遭到破坏，水土保持工作得到了保障。山绿了，林木葱茏；溪水清澈了，潺潺有声。几近绝迹的珍稀动物，又出现了。大自然一片祥和瑞气。

前不久，听县教育局一位干部说：过去，初中毕业生升学，争着上中专、中技，可以早日参加工作赚钱，家长叫“割早禾”，现在呢，是抢着上高中考大学，谋求高层次，做跨世纪竞争型人才。家乡的经济、生活水平提高了，村民的思想面貌也随着变化了，山村娃子变得越发可爱了。

值得赞叹的还有山村的老人会，又叫“康乐会”。这是县里离退休干部、教师返乡后自发组织起来的，先富起来的族人，赞助了极为可观的钱物，盖起了“康乐楼”。开会或娱乐有了漂亮的场所，老人们心里都乐开了花。家乡“康乐会”会长是中华人民共和国成立初期的副县长吴凤桂，他今年85岁了。他是打过游击战的老党员，人们都还亲切地称呼他“老县长”。谁家老人有灾有病，“康乐会”都要派刚退休的“小老人”去探望送慰问品。哪位老人去世了，“康乐会”都主持追悼会，寄托哀思。父子之间、婆媳之间有了矛盾，起了争端，也都找康乐会，请求调解，讨个公道。

家乡也有令人担忧的地方。近几年来，封建迷信抬头，建房讲屋场风水，请地理先生“寻龙脉”。在家乡，还存在着重男轻女的现象，这给地方发展也带来极大的负面影响，这是不言而喻的。

作于 1997 年 3 月

文兴楼记

落笔无语，仅以俚语敷衍，留与后人，未知可否。人谁也难免有潦倒时候，一个小楼写什么“楼记”！

文兴楼，矗立于梅州一个山村中间。容得下大卡车的村中通衢，恰好从其门前经过。车轱辘再转几圈便可抵达五华县转水镇青塘村政府驻地。一个具有八百年历史的古老村落，现今约有三千多人。村中多为吴姓族人，始祖是从福建龙岩搬迁过来的。祖上开基以来，已达二十四世，有族谱可据。祖屋对联曰：延陵门第，渤海家声。蕴含无限情怀。丘陵盆地，河川历历，日光月影，风光旖旎。五华河注入韩江从汕头出海，一碧万顷。社会人伦，积淀很厚。地域高官，将军大吏，法官教授，校长名师，企业家富商，代有其人，群贤如雁，山高水深，人杰地灵。

文兴楼，楼高三层半。各层大门，上下承接，一顺而上。门面通体贴着条砖，条理分明，异常顺眼。门坪宽阔，院墙平和，总体大大方方，招人喜欢。特别春节期间，三个大门，一层一层六个大红灯笼，映照着春联，老人小孩更是欢心。

楼，1995年年底建成。其时，祖国改革开放政策，正在层层落实，方兴未艾，是经济快速发展时期。只几年，农村便盖起了许多小楼。记得当时，八十多岁父母曾挥手比画着，激动地说：“哇！这世界，叫人看长花了眼哦！”客家方言“做世界”，是发达的意思。见到乡亲们，特别是那些盖起了新房的人，说话嗓音都大些，颈椎骨也都直许多，说话很有骨力。他们真是活出来了。老父老母，一辈子愁吃愁穿，盖房，从来想都不敢想，一直仍在危房里窝着。一直以来，总是一句话：“挤着住！”或是半间一间的，用旧土坯烂瓦片，高高低低向四周扩展一下，能直起腰来就行，客家话叫“搭猪窝片”。

说者无意，听者有心。话外话，音外音。我们猜到了老人心里的疙瘩。我们兄妹六人，五妹六妹夭折，留下四位，吃国家粮，住公家房，家全在城镇。大家决定摊点钱，盖个楼，安置老人。当时钢材、水泥、沙石、红砖等建材，都比较便宜，工人工价也不高。六百五十多平方米建筑，总共才花了十二万元。粗粗糙糙，将就着来，实用美观就行。苦心人碰上了甜运气。

楼就这么盖起来了。同祖父当年所建“星彩楼”几间平房并排着。祖父，清末秀才，当了一辈子私塾教师，书法远近闻名，生活却很清苦。我们盖的楼自然阔气多了，也算是一代比一代强吧。

楼盖成了，怎么打楼名呢？这个问题，也苦了我们好些天。客家地区，大楼小楼，都得有个名字，而且要响亮，兆意要好，方能状元及第，招财进宝，士农工商路路通。乡俗如此。否则，后世出了名人，连个出处都找不到，这要招后人骂的，事非小。出了名人的地方，就是好地方，就是福地，人杰地灵。这是马虎不得的。有的楼宇起了一半，楼主便把“名堂”挂上去了，没料到成了烂尾楼，留下一杯苦酒，挂上一串笑话。生活，就是这样不讲情面。

兄妹聚到一起，商议楼名。每个人托着个茶杯，你看看我，我瞅瞅你，谁都不说话，有的假装喝茶，有的托言有事，离开了。稍后，他们又都看着我，长兄嘛。我也怕惹麻烦，职级是高一些，起的名字不好，怎么下台？引起争论，又如何解决？大哥面子又有几斤几两？老父亲，半文盲，只粗略地会拨算盘珠子。他在一旁看我们“光景”，不经意地，在每个人脸上望了望，笑着说：“楼起来了，怕没有名字？没听说过。要我说，叫‘文兴楼’。你们四个都是文人。文人盖起的楼。”我内心异常兴奋，听到父亲的话，差点喊起来。我把握住自己的情感，搓着双手，笑着，深情地望着父亲，并吩咐妹妹给父亲递茶。人，往往会是那样，事急有神思。我马上想到，父亲别名“治文”，高龄长者，四邻八乡都知道，这“文”字，分明是新楼和老人名字的“暗合”之处、光彩之处，正符合客家起楼名的传统，珠联璧合。

父亲拿来几张红纸，嘱我亲自书写楼名。我略微推辞，说："试写一下。不行，再找别人！"父亲说："大胆写吧。爷爷传下来的，祖传不假。旁人不会苛求。"

喜迁新居，也有故事。主意是母亲出的，叫"偷住"。"偷住"？典出何处？母亲说，外婆家有过此事。"偷住"鬼神不惊。上辈人说，屋场风水，宁可信其有，不可信其无。这给无神论者出了个难题。就像小孩子过生日，煮两个鸡蛋吃吃，就松松爽爽。再如老人家过生日，请客多了，说负担不起；请得少了，没法"周圆"。"顺得哥来，逆了嫂嫂。"面子上的事，左右为难。最后是放出消息，推说今年不宜拜寿，算命先生说的。在山村，这种自我圆说的事常有。"偷住"有个简单的仪式，也是乡野出来的，山寨版。"偷住仪式"，时间定在深夜两点。大哥拿本厚厚的书，二弟拿点古钱币，三弟拿把旧日嘎巴响的算盘。如果男人不好意思"表演"，各自媳妇拿着也一样能灵验。一众人等，由老父母领着，严肃地、悄悄地，从一楼后门进屋，进至一楼厅堂，坐定，大家小声地念叨念叨"吉利话"，高兴地谈谈，礼成。

在乡间，这样的旧俗很不少。其哲学、心理学水平颇高。小楼建成时，父亲八十二岁，母亲八十岁。两位老人各自都硬硬实实地活到八十八岁，留下许多老人故事。二弟提前退休，领着一位保姆，周全地照顾老人的生活，算是尽了孝道。

小楼，一楼归二弟，二楼归大哥，三楼归三弟，四妹放弃这份遗产。书成契约，留与后人。二弟于契约上书曰：兄友弟恭，血肉情谊。兄妹四人相处，堪为乡中典范。金银珠宝如浮云，亲情友情方久长。

母慈子孝，楼含精髓。

兄弟祥和，屋生高枝。

作于 1995 年 12 月

旅途思绪

我和李刚出差，绕了大半个中国，来到长沙，这是我们的最后一站。办完公务，我们一同逛了几家儿童商店，买了些儿童食品、童装、玩具之类的物品。天快擦黑时，才回到麓山饭店六楼的客房里。

我们都是中年得子的幸运者。旅途生活显得单调的时候，彼此谈论自己的儿子，竟常常成了医治寂寞的良方。此刻，窗外是南方初夏的夜，雾蒙蒙的，满天星光同湘江两岸的万家灯火连接了起来，熔铸成了一个朦胧神奇的世界。

“儿童玩具真是昂贵。”

“哎，玩具最初是谁发明的，这玩意儿真多。”

“玩具是开启儿童智慧的一把钥匙，许多国家都很重视。”

“眼下少年儿童没有多少好书看，给大人们制造的文化垃圾却不少……光玩具不行，还要有文化教育、家庭教育。”

我们斜靠在床上的被褥上，又谈起了各自孩子的性格、爱好、脾气，真可谓乐此不疲。李刚很有感触地说，现在的孩子越来越聪明、调皮，两岁就会同大人吵架。是呵，这就是人类的进化吧。再过百年，人类会变成啥样？

“人，皆是匆匆过客。但是，无论是社会政要，还是村妇野叟，都会想到后代。财产，不论是用什么手段谋得的，都想留给自己后人。我们这里有人，甚至极端自私，‘传男不传女’。这些观念，是得变变了。就让它留在20世纪吧！让我们‘肩住黑暗’，放孩子们到光明的世界里去吧。科学文化发展到了今天，大人们应该懂得，应该给孩子们一个崭新的生存环境。”

“这已经是一个世界性的话题！”

我疲倦地合上双眼，脑海里浮现出一幅图画：一个天真烂漫的儿童，仰望着太空中旋转的蓝色地球，那眼神，那似乎就要伸出去攀缘地球的双手，那富有动感的身段，那对地球的热切企盼，整个画面，令人心动。这是一本杂志的彩色封面，简洁而意韵深沉。我真佩服作者的艺术构思，它实实在在牵动了我多情的心。

我们这代人，的确应该看到和时时想到这个孩子——大家的孩子——人类的孩子。不能只看到各家各户单个的、具体的、被私有化了的孩子。在发展经济时，不要污染了空气、江河、湖海，不要乱砍滥伐森林，不要捕杀珍稀动物，不要乱挖矿井毁坏矿脉，不要破坏土地……我们不能为了自己而掠夺了孩子们的未来。五四时期，鲁迅呼喊“救救孩子”，今天我们应该有新的更高的领悟。

“睡吧，不要杞人忧天了！”

“睡吧，但愿这是杞人忧天吧！”

我从客房里出来，走到八楼走廊尽头的窗口观赏长沙夏日的夜景。只见湘江大桥的桥灯，以及与大桥相衔接的五一路的街灯特别明亮。这条由金色亮光织成的都市通衢，笔直地射向天的尽头，给人一种神秘和壮观的感觉。

“时间在不停地流逝，人类在一代一代地更替，像流云，像江河奔涌，像永不停息的大海波涛……人的思绪呢？记载在书本上的，活跃在大脑细胞里的，旧的，新的；近的，远的；平淡的，平凡的，伟大的……无比丰富呵，人的流，生命的流，时间的流，思想的流，宇宙空间的流……一直流到至善至美。”

我望着一片灯海，无法抑制自己的万千思绪，睡意又被冲走了。汽车车灯穿透雾霭生出七色的光环，一闪一闪地。停泊在湘江码头的小火轮，漏出点点灯光，似乎就是从那里飘过来缕缕清音，那是湖南花鼓戏的曲调：“刘海哥，哎，你是我的夫嘛……胡大姐，哎，你是我的妻嘛……”

作于 1998 年 2 月

浪　花

江河湖海，风平时泛起或卷起的浪花，是富有无穷诗意的。书中称涟漪、潋滟、红浪、碧波，展现了许多优美的境界。然而，太平洋热带空气旋涡形成的台风，大西洋同一原理产生的飓风，它们撕扯起来的滔天巨浪，却叫人感到恐怖。浪花与狂风恶浪留给人们的印象是很不同的，宋代范仲淹《岳阳楼记》描述洞庭湖波涛时，也写了两种情景：冬春季节，“霪雨霏霏，连月不开，阴风怒号，浊浪排空，日星隐曜，山岳潜形，商旅不行，樯倾楫摧，薄暮冥冥，虎啸猿啼。”而夏秋之时，则风光宜人，“春和景明，波澜不惊，上下天光，一碧万顷，沙鸥翔集，锦鳞游泳，岸芷汀兰，郁郁青青。而或长烟一空，皓月千里，浮光跃金，静影沉璧，渔歌互答，此乐何极！”历代文人骚客，登临岳阳楼，面对湖光山色，感时思世，无不产生无限情怀，然而，就波涛而言不外乎是上面描述的两种。

年逾花甲，近几年我仍劳碌奔波。江船、海轮、火车、飞机，自然仍离不开，我对风浪自是经历了一番又一番的体验。我想，人们喜欢浪花，忌讳谈狂风恶浪，把生活中美好的人和事比喻为生活的浪花，把丑恶的社会现象视为浊浪狂涛，这都是极自然的。我还想到，人们所真正讴歌的，其实并不是浪花奇异绚丽的色彩，而是它欢腾跳跃着的无限活力。革命诗人常以激浪、怒潮、狂澜比喻革命态势，是因为它具有雷霆万钧、摧枯拉朽之力，具有荡涤一切污泥浊水的磅礴气势。陈毅同志就有“怒潮翻海岳”的诗章。这些都是诗人深刻体验了社会活力的缘故。倘若社会像一潭死水，也便没有了诗，更不可能有革命的诗。

江河湖海具有无限的活力，多姿多彩，绚丽辉煌；浪花，哪怕是惊涛骇浪，便都是其活力的一种表现形式。

武汉大学旁边有个阔大的东湖，近千亩水面。20世纪50年代末，我曾经在这里求学，与湖山朝夕相处，真可谓俯仰以随。早晨，我伫立珞珈山山麓，观赏湖区，只见朝阳在水面撒金泼银，水里飞起金色的浪花；中午，浪花欢处，银光闪闪，云蒸霞蔚，极目处似临仙界；到了傍晚，如是晴日，渔舟点点归途急，斜抹湖天夕照红，又别是一番景色了。我曾多次登临岳阳楼，观赏洞庭湖，在庐山眺望鄱阳湖，在昆明西山环视滇池，在武昌黄鹤楼寓目流向天际的长江，在海上看日出，在云海上面飞行时看见过地面若隐若现银镜似的大大小小的水面……在这个时候，我看见的只是一个大致的轮廓，眼前有景道不出。然而，我脑子里偶然发生的感悟可是很多很多的，宇宙之浩渺，哲学之深刻，沧桑之多变，世事之迁移，人生之艰难，生命之短促，一切的一切，也如海上的波涛，永无止息。

在生活中，真与伪，善与恶，美与丑，总是在不停地互相搏击。因而，真善美的东西，也就总是能够生出光泽和异彩，就如水的活力和五光十色的浪花一样。

把自己工资的一部分，捐献给希望工程。在街头救助一位陌生的生了病的工人。遇到马路纠纷，不是围观看热闹，而是伸出援手，帮助解决矛盾冲突。私企老板在憋闷的车间里装上几台电风扇，在食堂改善工人的伙食。政府工作人员到边远山区扶助贫困农民。干部深入基层多方面了解民情。各级领导干部以身作则在全社会带头树立良好学风，净化社会风气。总之，一切的人，既做大事，也考虑身边的小事，乐于做小事，是的，这些都算不得什么大事，但是，它是社会的活力，是生活的浪花，是会形成大潮的。

天文学家立下宏愿，要在域外星球寻找水。有水，就有生命，有活力，有美好的未来。

作于 1998 年

偶　感

动物界变化的状况常常会超乎常人的见解，使人感到困惑。一日，一只小猫与一只大老鼠相处一隅，竟相安无事，众人见之大为惊异。今年2月14日，一家大报刊载：“老鼠吓昏家猫，经按摩心肺，才得救。”如此看来，将来养猫恐怕只有观赏的意义了。

我倒希望，这些怪异之事，仅仅是例外。

然而，老鼠的确是多起来了。

近年，寓居南国，住五楼，大白天常能见到窜来窜去的老鼠，大模大样，竟不怎么怕人。这些丑类，咬坏东西且不说，扰乱人家清梦，却着着实实使人苦恼，甚至到了叫人无法忍受的地步。上了年纪的人，晚上睡不好觉，白天工作时常常张大嘴巴打哈欠；在宾客面前张口缺牙漏齿，显出老相，确实不很雅观。

我真的感到奇怪，老鼠是喜欢在地上打洞的，怎么竟也爬到高楼上来了呢?

朋友劝我养猫，说一则可以镇住老鼠，二则猫有灵性，可以激发人的灵感，对搞文学的人有好处。还说，他家的猫每天早晨能准时叫他起床。我于是就举出上面猫鼠相安的事。朋友也说，那是例外。

唉，真不明白，老鼠怎么竟爬到高楼层来了呢？高楼层有了老鼠，事情可就麻烦了。

我终于有了一只大黑猫。它的两只前爪极为粗壮，尾巴长而有力，两目如炬。可是，日子一长，事情就来了。大黑猫挑食，每餐非得有鲜鱼和肉丸子不可，如果没有，便跑进跑出，呜咪呜咪地乱叫；又不见其捕食老鼠，仅仅把鼠吓跑而已。熟悉猫的朋友说，一须龙，二须虎，三须的是懒猫牯。我不知道怎么去数猫的唇须，也许家里的这只大黑猫，真的是只懒猫、馋猫。

不过，我想，对猫，如果喂养得太好，会变馋变懒的，最终会变成供人观赏的动物。现在已经有许多种类的猫变成人们的玩物了。

大黑猫，喜欢与人亲近。人一坐下，它便跳过来卧在你怀中，扭过头来，甩动两只前爪同你玩耍，没完没了。夜深人静之时，它会钻进你蚊帐里来，将帐子抓几个大洞。更叫人为难的，大黑猫随地拉屎拉尿。朋友说，可以将它训练，教它学会上厕所。然而，训练多次，大黑猫仍我行我素。大概是训练方法不当吧！

我发出怨言，骂猫，开始动手打猫。这引起了孩子们的不满。然而，平素爱唠唠叨叨的妻子却默不作声，叫人纳闷。一日，妻子沉静地对我说：“你生肖属鼠，家中不宜养猫。”我听后愕然。

此后几日，便不见了大黑猫。

隔壁邻居说，他家亦有鼠害，而且极凶。并说，鼠是从废弃的烟囱里爬窜上来的，是沿着高楼的排水管爬上来的。可联合起来堵其“来路”，断其“后路”，将一切漏洞堵住。

养猫不能断绝鼠患，堵塞漏洞是否能奏效呢？我始终将信将疑。灭鼠恐怕得用些别的科学方法了。

作于 1996 年 2 月

逝　　者

——并非讽刺

江岭动物研究所研究员陈可去世了。

出殡那天，下着瓢泼大雨。阴沉沉的天幕和啪啪啪的雨点，使人们心情变得更为凝重。

陈可，我的朋友，是研究动物界生存竞争现象的。动物界同类相争，异类相食，各自扩展自己生存空间的细节，他研究得非常透彻。他保存了许多人所罕见的动物相争相食的资料和图片。在学者眼里，知识库的库存，比生命还要宝贵。这些比珠宝还贵重的东西，连他的妻儿老小都不知道藏在哪里。他常常暗自想：妻儿老小虽属亲眷，然而，无可讳言，他们都浅俗，倘若他们把别的什么人引进家来，挡不住人家几句恭维话，便把这些珍贵的资料和图片送人，或拿去换榨菜吃了，岂不糟糕……

“亲人们，你们哪里知道，做研究的人之所以能在学术界伸拳踢腿占据要津，全是因为有了这些无价之宝啊！”

遇到搬家，有两对书箱，陈可是非常留心的。他的书房，平时是不让别的人进去的。倘若要发表哪则资料或哪幅图片，他一定是先用复印件，在社会上造成影响，定了名位之后，才亮出原件。他是学科权威人士，一动一静，自有新闻媒体跟踪。他深知，学术界亦有心术不正之人，说不定谁在哪里就会遇见了。

陈研究员很能搜集资料和图片。他带的研究生搜集的，都归他鉴定、保管；常常是整月整月叫研究生抄写资料，并神情严肃地对学生们说，这叫“做粗活”，训练“坐功”。他常常只身跑进莽林或乡野之中，寻寻觅觅。他也舍得花重金去买一幅拓片什么的，令一些文盲、科盲目瞪口呆。在书海中翻检信息和资料，他更具慧眼。

这个献身于科学的人去世了。

在给他穿寿衣和整容时，他的右嘴角老是往右耳歪斜，拉扯了几番，按捺了多次，都没有矫正。大概是哪条筋骨萎缩了。操持入殓的人，以极大的耐心，将手伸进逝者的肩背下面用力地捏，还在颈脖两边锁骨处猛拍了几下，拍得梆梆响，也无济于事。好像嘴角总挂着几分傻笑，他笑啥呢？是笑别人还是嘲自己？看着叫人心里发怵。

亲眷们在一个房间里抽泣！

雨点打在窗玻璃上，啪啪作响！

宿舍门外一辆大轿车和准备送灵柩的卡车，全都是湿淋淋的，好像都在洒泪。

三个研究生坐在逝者身旁，凝望着撒手西去的恩师，他们在等待。移灵柩得有四个人，礼仪如此。有人去找第四个人去了。陈可生前不知不觉地常以生存竞争原则处世，常不免要踩别人几脚。知识界有时是这样，踩人的无意，被踩的却很敏感。一株梧桐树上，不能栖息两只凤凰，或者过多的凤凰，天下事有些是难以说清楚的。唉，丧事，除了研究所领导几个人在操持，同事们来的不多。有的来了，也只是看一眼便离去，说是事忙。大家都也觉得那傻笑，是一个永远不能破译的谜。

正午时分，灵车开动了。鞭炮噼噼啪啪响。好奇的人们从一个个窗户伸出头来，朝着在雨雾中穿行的车辆，比比画画，听不清谁在说什么。说什么呢？三两句话能评论一个人吗？

七天之后开追悼会。会场两边各挂着几幅长长的挽联，几个花圈在阴影处散着白光。灵桌上摆了三盆培植得不很好的君子兰，这是逝者生前最喜欢的盆栽。朋友们都说，逝者生前爱清静，这样倒也好。

作于 1999 年 4 月

慧　慧

湘江，从湘潭市中心流过，静静地向北流着。码头上有小轮船、铁壳船、木船，偶尔也能见到木排。挨挨挤挤，很热闹。慧慧喜欢湘江，她念书的学校，就在湘江岸边。每天上学她都要走一段河堤。从河堤下去，蹦蹦跳跳走过一条小巷，便看见学校的拱形大门了。听传达室的钟爷爷讲，湘江水甜，流到地里，禾苗绿油油，穗大粒满。甜水流到池塘里，莲叶长得斗笠那么大，鲤鱼长着金须，四五斤重。莲子香甜可口，妈妈常用它来煨肉汤喝。

“湘江真好！”慧慧常常望着清澈的江水和贴着水面低飞的水鸟陶醉。

“湘江呵，慧慧的苦恼你知道吗？”当慧慧在学校里挨了教师的批评，或在家里因同弟弟怄气而挨了父亲的责骂之后，也常常来到江堤上诉说。

慧慧家住在湘潭市，就在靠江边一座五层楼的三楼上。爸爸、妈妈、弟弟和她，阔阔绰绰住着三间房，还有厨房和厕所。湘江涨水时，站在阳台上能看见江水。平日里，就只能望见河对岸工厂大烟囱冒烟和那远远近近苍翠的小山丘。慧慧跑到五楼同学家里，就能看见江水，看见江轮和悠然自得的大小木船，看见对岸的江堤、堤上的行人和车辆……

慧慧今年十二岁，二月五日生人。生日那天，妈妈给她煮过两颗鸡蛋，她记得；她不要鸡蛋，要小人书，同妈妈生了气，她更不能忘。弟弟五岁，淘气蛋，常常在姐姐的课本上乱涂乱画，慧慧不让，气得伸手揪弟弟耳朵，于是风波便起。不管有理没理，总是慧慧挨训斥的时候多。有一次，弟弟从姐姐书包里偷偷地取出橡皮筋，用小剪子剪成一小段一小段的，拿着玩。慧慧看到自己朝夕不离身的心爱的橡皮筋成了这等废物，心里一发急，将弟弟推了个仰面朝天。弟弟趁势在地上打滚，放开嗓门大哭。爸爸放下手中的书，先是瞪了慧慧一眼，说："什么宝贝玩意儿，也值得这么认真！"继而站起身走向慧慧，在她屁股上重重地拍了两下……像这样的事，一天不知道要发生几回。爸爸在一所大学里教文学，成天翻书。书架上、桌子上、床上、凳上，到处堆放着书，红皮的、绿皮的、花皮的，还有用线装订的、发黄了的旧书。爸爸伏在桌子上写什么时，慧慧走路都得放轻脚步。可是，淘气的弟弟却常常在这个时候找姐姐扯皮，爸爸为了不让弟弟哭闹，便要镇住慧慧。爸爸有一条理论：大的要让小的。这条歪理，包庇了弟弟不少坏事。爸爸说话，弟弟就站在爸爸身边用得意的、傲慢的眼神望着慧慧，有时还要趁机踢慧慧两脚。

妈妈看不过眼，便要过来数落爸爸几句："你这个人，真不讲理！你那歪道理，要把两个孩子毒害坏的！"

慧慧有个怪脾气，没人替她说话时，她受委屈再大也不哭的，一旦有人替她打抱不平，她倒认真地哭了起来。好像经别人道出，委屈就忽然变大了似的。

妈妈拉长了脸，狠狠地瞪了爸爸一眼，对慧慧说："还不快走，帮我洗菜去，省得他们吃了你！"

弟弟斜睨着妈妈，更靠近了爸爸，说："爸爸，咱俩一起，怕她们不成！"弟弟充满稚气的话，把大家的气又消掉了一半。

妈妈对慧慧的观察很细致。今年开春，慧慧脸上又不舒展了，大概心里又有什么疙瘩解不开了。原来，班上改选班干部，少先队改选干部，慧慧两次都落选，都只是差了两票。慧慧发现，与她很要好的小蒙也不举手选她。以后上学，慧慧就不跟小蒙一同走路了。小蒙呢，便在班上批评慧慧搞不团结。事情越闹越僵。一天中午放学，慧慧便又在湘江边上望着江水发呆……

"湘江呀，你知道吗？外边的事，比家里的要复杂。家里我是事事让着弟弟，那是我的弟弟呀，他又小；外边我也要让人家吗？……他们为什么就不让让我呢？……"

慧慧在湘江边沉思，竟误了吃午饭。妈妈找到江堤上，才把她拉了回去。

班主任已将慧慧落选的事告诉妈妈了。说这样对孩子也是一个锻炼。爸爸妈妈都极赞同周老师的意见。爸爸说：“人，从小开始，就要让她经历一点风浪。一帆风顺，容易湮没；历尽艰辛，倒可能有出息。人活在世上，有攀登不完的阶梯，跨越不完的沟坎啊！”

“你这人，一激动，就把大学讲台上的话也搬过来了。”妈妈瞟了爸爸一眼，说道。

妈妈把慧慧搂在怀里，一脸严肃地说：“孩子，人们相信和敬佩干部，是因为干部有为人民服务的精神。雷锋叔叔没有当干部，但他有完全彻底为人民服务的精神，人们都尊敬他，至今还怀念他。这个道理，你该懂一些了……没有当干部，也要好好学习，积极工作，不能闹情绪。你说是吗？”

慧慧点了点头。

“为什么有的同学不选你呢？”妈妈停了一会儿说。慧慧疑惑地睁大眼睛，答不上来。

一天晚上，慧慧一个人来到阳台上。春夜，还有点冷。没有月亮。慧慧觉得，满天星星都在朝着她疑惑地眨着眼睛。慧慧出神地望着星空，忽然，这数不尽的星星竟变成了无数的宝石，镶嵌在一幅奇大无比的蓝色绸缎上。星星不停地眨着眼睛，似乎这块巨大无比的绸缎也在微微晃动。慧慧摇了摇头，睁了一睁眼睛，清醒了过来，自言自语地说：

“真好！”

慧慧在辨认着、寻找着星座，外婆曾经指点着告诉过她。至于爸爸说的什么“大熊星座”，她不明白，也找不到。“书虫”爸爸是否辨清楚了，谁人证明。大熊怎么也能跑到天上去呢？公园里面的大狗熊可笨了，吐着舌头，前爪搭在铁栅上，大而丑的屁股总是左右地摇摆着，来回地晃悠着。围观的叔叔阿姨笑个没完。它怎么能上得天去呢？

“那星星上面有人吗？那里的人，也有欢乐，有哀愁，有苦痛吗？外婆说，那上面住着的尽是神仙。可《天仙配》中下凡的七仙女却跟人一模一样哩！”

爸爸妈妈要求慧慧今年要争当三好学生。这些日子，慧慧可努力了，参加合唱团、舞蹈队、球队，闹腾得很欢。但她身子胖，腰身太粗，表情呆板，跳舞跳不好。小蒙对慧慧说：“你快别跳了，丑死了，难看死了！”

慧慧先是脸上羞红，但一眨眼间，她却想出话来了：“蒙蒙，跳舞是为了宣传工作，学会做社会工作，老师这么讲的，你忘了？”慧慧不但不动摇，反倒把小蒙也拉进了舞蹈队。

男同学李鹏飞，是班上的小捣乱。算术考试常常吃“大鸭蛋”。教师经常对着小捣乱说：“李鹏飞，你要好好向慧慧学习。看看人家，嘿！”从此，这个小捣乱便常常躲在墙角朝慧慧扔小石头，嘴里还骂骂咧咧，说些难听的话。有一次，这个小捣乱竟不知从哪里抓到一条小鳝鱼，偷偷塞到慧慧的小书包里，把慧慧吓哭了。

过了不久，事情又发生了。李鹏飞将慧慧的算术考试本子偷走了。他把封面上“慧慧”两字用橡皮擦掉，歪歪斜斜地写上“李鹏飞”三个字。慧慧憋着一肚子闷气回到家里，向爸爸妈妈哭诉。不料，爸爸妈妈不仅不同情，反而笑得前仰后合。慧慧弄不清楚原委，越发伤心地哭了起来。

妈妈止住笑，说：“好孩子，你要耐心地帮助李鹏飞，就像你以前帮助小蒙那样。”

“他是野孩子，谁个帮助得了他？”

妈妈见一时说不通，便暂时把这事放下了。

过了几天，李鹏飞跑到慧慧家里来了。是老师叫他来还本子的，并要他赔礼道歉。这个小捣乱，神气十足，没有一点悔意，嗓门粗粗的。他还过本子，伸出手来，要慧慧拍巴掌发誓，不要到他家大人面前去告状。慧慧正在犹豫，是否同他发誓。正在这时，站在一旁看得十分真切的爸爸过来了。只见爸爸一把抓住小捣乱的衣袖子，扯到一边，笑着对他说：“好小子，别的什么东西都能偷到，面包呀，苹果呀，小刀子呀，小皮球呀，只要你手巧一些，都能偷得到。是吗？你偷过吗？……嘿嘿！就是这个算术一百分，你偷不到，偷不去，懂得吗？”

爸爸轻轻地拍了拍小捣乱的脑袋，又说：“这一百分，要动脑子，要勤奋！”

李鹏飞这小捣乱面对这突如其来的袭击，先是吃了一惊，随后看见这个大人很有趣味，便也腼腆地笑开了。爸爸留他说了一会儿话，就让他走了。此后，爸爸星期天做藕煤（有的地方叫蜂窝煤），或从事别的劳动时，这小捣乱都主动来帮忙，很卖力气。同时，他也同慧慧一块做算术题，成了慧慧结识的第一个男同学。

慧慧小学四年级了，数学和语文学得很好。英语、绘画、音乐、体育却都不好。爸爸妈妈分了工，爸爸辅导慧慧学英语和带慧慧晨练。但是，爸爸总是讲空话。慧慧常把英语字母和汉语拼音字母混在一起，爸爸大声地指指点点了几次，就放下不管了。爸爸晚上写什么写到深夜，吐了一屋子的烟辣味。早晨他自己都起不来，他的体育课还得别人来辅导呢！

慧慧有时也想到爸爸的客人。有一位伯伯，戴着深度近视眼镜，下巴瘦削，个儿高高，有点儿驼背。这位伯伯，经常来同爸爸谈论文学艺术。爸爸很喜欢这位伯伯，好茶好烟招待。一谈就是老半天，对着书本或写满了字的一叠纸，唾沫星子四溅。说老实话，慧慧可不喜欢这位尖下巴伯伯。他对家里谁都不说话，只是笑着点点头。在他眼中，似乎只有爸爸，只有那懒洋洋地趴在桌子上的书和纸。慧慧反感的是，这人每来一次，爸爸就更是没明没黑地忙，对慧慧的态度也更加坏，一有响动，就瞪眼睛，像得了神经病似的。

客人中一些叔叔阿姨倒很好。他们带来画册、玩具、糖果，说些孩子家能懂的话，同妈妈拉些家常，欢声笑语不断，很亲昵。临走他们还劝爸爸注意休息。爸爸对这样的叔叔阿姨却不是很热情。有一次，爸爸竟用不好的烟招待他们。慧慧气愤不过，便咚咚咚地跑到里屋取出“上海牌”香烟来。这却惹了大祸，事后被爸爸重重地教训了一通。说是这样做，当众出了爸爸的“洋相”。慧慧哭着问妈妈，为啥对待客人两样态度？妈妈把慧慧搂到怀里，亲切地说：“孩子家，往后大人的事，你不要去管，要听大人的话，唔……许多事，长大了就明白了。”慧慧似懂非懂地点着头，黄豆粒般大小的泪珠从眼眶滚了出来。

妈妈是共产党员，在一个中学里当政治教员。她单独有个小书架，上面插着的尽是厚墩墩的书，那里面一个小人儿也没有，全是密密麻麻的大字小字。慧慧和弟弟都不喜欢这个小书架，只有妈妈喜欢，爸爸偶尔也去那里翻翻。可是，妈妈却比爸爸会讲道理。久而久之，慧慧的心里形成了一种印象，书本子越厚，里面的道理就越多、越充足。慧慧又发现，这些厚本子书，许多都是用布做封皮，封皮上是金粉写成的字。没有道理还用金粉写字吗？钟爷爷讲过，金子是很值钱的哩！

“湘江呵，湘江！你最了解老百姓的事情。你说……”慧慧在江堤上坐着，鼓鼓囊囊的小书包，静静地躺在绿茵茵的草地上。小轮船，有的离开码头，拉着长笛驶向远方；有的则徐徐靠近码头，溅起几尺高的水花。靠在岸边的木船上，船民正在烧饭，挂在西边山头上的太阳，又圆又大又红艳，它放射出来的红光，把江面上的一切都映红了。

“湘江真好！”慧慧想着，晚霞映红了她满含稚气的小脸。

慧慧从小就很留心大人们的谈话，长着一个爱思索的脑子。两岁时，她就会使用“也许”“可能”“而且”“但是”这样的关联词语。十分复杂的意思，她都能表述出来，语言天赋很高。每当慧慧有这种“创造”时，妈妈就用眼睛挑爸爸，暗示爸爸注意听，紧接着便是一阵欢乐的笑声。慧慧长到六七岁，便很会揭人家的底。平素不拘小节的爸爸，常常被弄得很尴尬。有一次，爸爸妈妈刚吵完架，坐在一边闷闷不乐的慧慧发话了：“爸爸，你在外边，和别人不吵嘴，回到家来，却老跟妈妈吵嘴。你不是说过，一个人在外边表现要好，在家里也要表现好吗？”慧慧说完话，脸歪向一边。

“去！要你多嘴！”爸爸的气还没有消下去，但威风却没有了。他伸手去取烟卷，烟盒已是空的。于是左手摆弄着火柴盒，两眼瞪着写字台发呆。

“嗤——”慧慧看到爸爸这副憨态，笑着走出去了。爸爸呢，却又转过脸来，看着这小东西的背影发起呆来，嘴唇虽也动着，但终究没有吐出字音来。

一天夜里，弟弟已睡熟。慧慧也已经上床很久了。大人们以为她一定也睡着了。爸爸在躺椅上卧着，左手夹着一支烟，妈妈在灯下低头挑着毛衣。夜，安静极了，针头落地的声音都能听见。

“慧慧思想上早熟，懂许多事了。咱们以后，生活上，言谈举止，都要检点些儿，不要影响了孩子……”妈妈低头织着毛衣，一边漫不经心地说。体己的话儿，就像自然而然地从她平静柔和的身心里流出来似的，话语里闪耀着母爱的光辉。

“是的！古书里记载有曾子教子的故事。曾子之妻之市，其子随之而泣。其母曰：‘女还，顾反为女杀彘。’妻适市来，曾子欲捕彘杀之。妻止之曰：‘特与婴儿戏耳。’曾子曰：‘婴儿非与戏也。婴儿非有知也，待父母而学者也，听父母之教。今子欺之，是教子欺也。母欺子而不信其母，非以成教也。’遂烹彘也。这段话很动人。别的且不论，就‘诚实’两字而言，古今一也。”爸爸发着空论，脑袋一晃一晃的。

“昨天，我同慧慧到书店买儿童读物。书店里尽是花鸟之类的寓言，慧慧不要。后来，她选了儿册小人书，有高尔基的《童年》。”妈妈还是那样随便地说着。

“现在，儿童读物多了，但写‘人’的东西不多，也不够生动。创造力、想象力尤其缺乏，也不讲什么哲理意蕴。这都怎么啦？乌鸦蜻蜓青蛙猫，海棠芍药芙蓉草。作品要写得有光泽不容易。我看，写儿童文学还得你来。哈哈——”爸爸说完便大笑起来，妈妈抬起头，向爸爸摆了摆手，又指了指床上睡觉的孩子。

“慧慧很富于正义感与同情心。看电影《卖花姑娘》，她也哭得很伤心，有意思。《童年》里的伊凡被大十字架压死了，她也很同情。”妈妈慢条斯理地说。

“唔，将来培养她当文学家，正义感与同情心是文学家最宝贵的东西。冰心，取名叫‘冰心’，其实她可热心了。冰清玉洁。她和她的作品，启迪了多少小读者的心灵啊！”爸爸说着回到他的书斋里去了，寂静又回到了卧室。

慧慧开始并没有入睡。爸爸妈妈最初的谈话，她全收到脑海里了。“思想早熟”这词儿，慧慧不理解。慧慧脑子里转着这几个词儿。爸爸妈妈后面的谈话渐渐变成了淙淙的琴声，就像音乐课上老师弹奏的那样优美……慧慧进入梦乡了，她梦见爸爸妈妈领着她和淘气的弟弟在百花园中采花、扑蝴蝶，春风是那样的妩媚，艳丽的花儿是那么芳香，太阳是那么红、那么新鲜……

作于 1979 年 8 月

下编

丛谈：关于散文写作

朱自清的父亲

散文中，情感是沟通人我的关键媒介。朱自清《背影》里所叙的父子之情，真挚深沉，感人肺腑。人们之所以喜欢《背影》，就是因为作者在《背影》里动了真情。

朱自清自己说过：当时写背影，就是因为父亲来信里“大约大去之期不远矣”那句话。朱自清说，当时读了父亲伤心的信，想起了父亲待我的许多好处，真是泪如泉涌。由情而生文，于是诸如父亲车站送行、爬月台买橘子的情景，也就随之形于笔端。朱自清就是这样把自己的思想和情感，凝练地、不加任何修饰和雕琢地袒露给了读者。一语上心，一言千钧，泪如泉涌。朱自清心中，其实是有一个大“背影”的。

朱自清父亲，名鸿钧，字小坡，人称“小坡公”。1869年生，1945年辞世，活到76岁。《背影》里说，“他少年出外谋生，独立支持，做了许多大事”。小坡公曾经在江苏东海（海州）、江苏高邮的邵伯镇、江苏徐州等地做过小官。在徐州时，做到了烟酒公卖局局长。1917年，自徐州卸任之后，便仕途坎坷，老景颓唐。“事已如此，不必难过，好在天无绝人之路！”这是小坡公在徐州辞官时劝慰儿子的话，然而，这不正是他在人世间经受了许多不平之后发出的呼声吗?

小坡公为官清正，家中一向没有什么积蓄。1917年，为母亲办丧事，还得回家变卖典质。1936年，老伴病危，急需钱用，只得找儿子。朱自清也只好去街上变卖兑换。可见，这是一个经不起什么风浪的家庭。老人是一个很平常的人，《背影》里写他送子时同脚夫讲价钱，写他固执地去给儿子买橘子，写他如何叮嘱儿子路上小心，竟没有一点儿绅士气。当然，另一面，他毕竟是一个小资产阶级知识分子，所以，在炎凉的世态里，老人触目伤怀，情不能自已，甚至异常悲观，发出“大约大去之期不远矣”的哀叹。

小坡公自小接受封建教育，成年之后，又在官场处事。忠孝之义，常存于心；尊老爱幼之举，常形于外。小坡公是一个比较规矩的人。他生性缠绵，爱惜子女，极重感情。他曾经埋怨过朱自清，说朱自清不像他那么爱怜子女，没有尽到做父亲的责任，等等。朱自清为此很是感慨。1936年，老人妻死，十分伤感。他为妻子撰写了挽联，那上面写道：“来归近五十载，内外少闲言，子成列，女有家，绕膝孙枝，你原无憾。卧病历百余天，膏肓伏二竖，祷无灵，医罔效，伤心梁梅，我独何堪。”朱自清当时忙于教务，母亲病逝时，没有在家尽孝。一个多月之后，朱自清才从北京回到扬州家中。其时，小坡公余哀未尽便向儿子出示了自己写的挽联，足见其为人。

对一个有着这样身世而且极重感情的老人，朱自清怎么能不思绪如潮和感慨万千呢？父亲的“背影”，不独是那个爬月台买橘子时的真切可见的“背影”，而且还是一个历尽艰辛、深知人间冷暖的人的“背影”。这“背影”，在朱自清心中是有着复杂的含义的。常言说，“积厚”才能“泉涌”。朱自清正是有了这许多切实的感受，才倾吐出了如此炽烈的情怀。生活、人物是文学的源泉。

作于1982年4月

原载《写作》杂志。

漫话“月夜蝉声”

前不久，在一本语文教学类刊物上，又见有人对朱自清《荷塘月色》里关于月夜蝉声的描写提出了异议，说朱自清的这一笔“违背客观实际”。其实，对于这个问题，朱自清曾经有过很详尽的说明。大概是抗战胜利之后，朱自清曾经写过一篇题为《关于“月夜蝉声”》的文章，说：抗战前几年，有一位陈少白先生，曾经写信给朱自清，说蝉子夜晚是不叫的。朱自清为此问了好几个人，大家也都认为陈的话不错。朱自清于是又写信去请教自己的同事昆虫学家刘崇乐先生。刘先生则在别一个人的著作里摘抄了一段证实月夜确有蝉声的文字给朱自清算是回答。不过，这位著者却又说：平常夜晚蝉子是不叫的，那一个月夜，却听见它们在叫。这么一来，朱自清把“好几个人”的话当作“客观实际”，把那个著者的亲身经历当作“是个例外”，至于自己那样的描写，则认为是“记忆错误”。朱自清于是给陈少白复了信，表示了感谢，并说散文集《背影》（里面收有《荷塘月色》）以后再版时，要删掉月夜蝉鸣那句子。

没有想到，过了几年，陈少白先生又在正中书局编的《新学生》月刊上发表文章讨论这个问题，并涉及王安石的《葛溪驿》一诗，因为那诗里也有月夜蝉鸣的描绘。可是，就在这个讨论之后，朱自清自己又有两回亲耳听到了月夜蝉声，说是“跟《荷塘月色》中所叙的有相同的地方”，并特别说明，因为“我有这切己的问题在心里”，所以印象格外深刻。当时，朱自清想将此情景告诉陈少白，无奈不知陈的住址；朱自清也想过要写一篇短文将这情状告诉读者，但却“懒着没有动笔”，直至抗战胜利之后，才写了《关于“月夜蝉声”》一文，算是尽了当作家的责任。

经历了这几番周折之后，朱自清很有感慨。他说：“我们往往由常有的经验作概括的推论。例如由有些夜晚蝉子不叫，推论到所有夜晚蝉子不叫，于是相信这种推论便是真理，其实只是成见。这种成见，足以使我们无视新的不同的经验，或加以歪曲的解释。我自己在这儿是个有趣的例子。”

其实，蝉子有多个种类，且鸣声不同。另外，所谓噤若寒蝉，蝉子的叫与不叫，恐怕与当时当地的气候也有关。晚秋的蝉子就不开口了。朱自清说，要重视新的不同的经验。这话是对的。

旧时，文学界、文化界的“求是”精神，真值得我们学习。

作于 1983 年

原载《写作》杂志。

劳动·心灵·审美理想

——《春蚕》教学札记

劳动创造是美的。

《春蚕》里关于劳动创造的描写，细腻、生动、清新悦目。一幅幅蕴含着江浙民情的风物画，展现在读者面前，始终给人一种美感。

翻开书页，渐次出现了密密层层的桑树，绿油油锦缎一般的桑叶；小溪边，衣衫破旧的妇女们在洗刷养蚕用具，“团扁”啦，“蚕箪”啦，忙得满头是汗；节气一到，家家户户“窝种”、“收蚕”，提心吊胆，夜不成眠；蚕儿长出来了，蚕房里充满了蚕儿吃桑叶的沙沙声，蚕儿个个生青滚壮，叫人看了满心里喜欢。然而，养蚕人却都瘦了一圈，那失眠的眼睛上布满了红丝，直到蚕儿吐丝作茧，见到白白的蚕花了，蚕农的心才从半空里落到地上，踏实了。作品写了养蚕的全过程，写了蚕农的快乐和辛酸，写了半封建半殖民地社会的黑暗，本本真真，一气贯穿，给人们以无限的启迪。

茅盾同志说，他没有在农村生活过，不敢写农村。但童年时，祖母养过蚕，母亲也喜欢养蚕玩儿，于是有了养蚕的知识，加上家里又常有“乡亲”（农民）来往。“能看到他们的内心。并从他们口里知道了农村中一般农民的所思所感与所痛”，于是写了《春蚕》。我想，这大概就是《春蚕》所以写得有血有肉的缘由吧。

在描写养蚕的劳动场面时，茅盾倾注了极大的热情。例如，关于老通宝家收蚕的一段描写，庄严肃穆：“终于‘收蚕’的日子到了。四大娘心神不定地淘米烧饭。时时看饭锅上的热气有没有直冲上来。老通宝拿出预先买了来的香烛点起来，恭恭敬敬放在灶君神位前。阿四和阿多去到田里采野花。小小宝帮着把灯芯草剪成碎末子。又把采来的野花揉碎。一切都准备齐全了时，太阳也近午刻了，饭锅上水蒸汽嘟嘟地直冲，四大娘立刻跳了起来把‘蚕花’……和一对鹅毛插在发髻上，就到‘蚕房’里。老通宝拿着秤杆，阿四拿了那揉碎的野花片儿和灯芯草碎末。四大娘揭开‘布子’，就从阿四手里拿过那野花碎片和灯芯草末子撒在‘布子’上，又接过老通宝手里的秤杆来，将‘布子’挽在秤杆上，于是拔下发髻上的鹅毛在布子上轻轻儿拂。连野花片，灯芯草末子，连‘乌娘’，都拂在那‘蚕箪’里了。一张，两张，……都拂过了；第三张是洋种，那就收在另一个‘蚕箪’里。末了，四大娘又拔下发髻上那朵‘蚕花’，跟鹅毛一块插在‘蚕箪’的边儿上。”

这是千百年民间相传的收蚕“仪式”，是蚕事中一场关键性的劳动。虽然带点儿迷信色彩，但是，从实质上看，这种对神的虔诚已经演化成了蚕农渴望丰收的热切希望，它与那种纯粹的迷信活动已经不同了。这段文字，层次分明，节奏急速。读之使人不敢喘粗气。

美的创造本质上就是人类自身生活的创造。

《春蚕》中的劳动场景，一个个生动有致，煞是感人。例如，老通宝儿媳妇四大娘“窝种”的情景，老通宝一家拼死力给蚕儿喂桑叶的情形，老通宝和大儿子阿四在“山棚”下热火时又焦急又快活的心境，蚕茧丰收后，全村老小欢乐的劲儿，等等，全被有声有色地写出来了。作品洋溢着劳动美、创造美，使读者能够在沉闷的现实生活中看到依稀存在的一线希望，甚至领悟到中华民族几千年来所以繁衍的真谛。我想，这大概就是作者给作品涂上的一层亮色吧。

《春蚕》还通过劳动描写，来透视劳动人民的心灵美。劳动生活陶冶了老通宝一家的性灵。从孙子小小宝到老通宝，都具有善良、勤俭、坚韧的美好心灵。他们忍饥挨饥，默默地干，总想通过辛勤的劳作将日子过得好一点，此外，并无非分之想，更没有什么侵犯别人的举动。当然，他们也有内心矛盾，也发牢骚，甚至在心里萌发着反抗旧制度的怒火。但那是他们求生存、求发展的欲望受到阻碍时的必然要产生的一种情绪，那正是他们美好心灵向着更高阶段发展的一种升华，是作为人最可宝贵的东西——善良、勤奋、求发展，而且有忍耐力，异常坚韧。这是老通宝一家的心灵，也是旧中国农民普遍存在的心灵，这确实体现了一种美。

透视了老通宝一家的心灵之后，我们便也窥见了他们的审美理想。老通宝他们以正派以勤俭为美，所以他们瞧不起不会养蚕的荷花；他们要求尊重劳动，尊重劳动成果，所以他们痛恨那些掠夺人们劳动成果的内外资本家，特别是那些洋鬼子。老通宝恨洋货，从洋纱、洋布、洋油一直骂到洋鬼子的洋船，“满脸恨意”。这些在作品里是看得分明的，例如，老通宝总是不相信茧子卖不出去，在他想来，“雪白发光很厚实硬古古的茧子”，怎么会没人要呢？最后，听说茧子卖不出去时，他还想自己做丝，进行再创造。老通宝的这种倔强劲儿，正是受了他长期埋在心底的审美理想的支配。在他看来，人的劳动和劳动成果是有价值的，必定会受到承认和尊重。然而，在黑暗的社会里，像他那样的朴素的审美理想是行不通的，后来便也终于碰了壁。

过去，我们在讲授《春蚕》时，只注重了它的悲剧性，即作品所反映的丑恶的一面，面对它所描写的美的一面，却重视不够。给学生的东西太单一了。诚然，文学作品中的描写是为它的主题服务的，但也应该看到，文学描写所反映的思想，它可是多方面的，比较广泛的。一个文学作品，它的主题和全部描写所反映的思想，两者之间是不能画等号的。文学作品的主题寄寓在它所反映的博大精深的思想里。例如，鲁迅的《孔乙己》，它主要是揭露封建科举制度的罪恶的，但它却把笔放开，写了丁举人的残忍，写了咸亨酒店老板的贪婪，写了人与人之间关系的冷漠，描绘了整个封建社会的“吃人”本质。在那样的社会里，勤劳的农民尚且被“吃”，好喝懒做毫无生活本领的孔乙己焉能不被“吃”？这样一来，它的主题就格外深刻了。我们想，把这个道理告诉学生，对提高他们的写作水平是会有帮助的。学生的作文，思路窄，思想内容贫乏，其原因很多，不明白这个道理也是其中之一。

《春蚕》写了劳动美和创造美，写了劳动人民的心灵美和他们的审美理想。这同作品所要表现的悲剧主题并不矛盾。相反，倒是增强了作品的悲剧效果。生的欲望受压抑，美的心灵被摧残。人民活不下去，色彩是那么不协调，这不正是旧制度罪恶的所在吗？作品正是运用了美与丑鲜明对比的手法，将情节一步步地推到高潮的，因而引人深思。

作于 1985 年 10 月

冯清老汉的心思

——湘南采风笔记

入春以来，冯清老汉愁得茶饭不思。堂客也跟着发了急，说话颠三倒四。生产队实行联产计酬承包责任制，家家都已经领回了责任田。处处密锣紧鼓，春潮的确是闹得紧了。他该怎么办，要水田种稻，还是要旱地继续种西瓜？他的心里，像被猫儿抓了似的，乱蓬蓬的，总也理不出个头绪来。

这老头，背朝太阳，坐在自家门前光洁的石墩子上，弯着腰，活像一只虾。春阳照在他的脊背上，暖烘烘的。他耸了耸肩，心里想：都该下种了，事不宜迟。然而……他左手托着雕花烟斗，烟锅里没有烟丝，弯弯的烟嘴子抵着厚板板的、紧闭着的双唇。这老头，他的确是在细细地思虑。他心里想：以往那种大队干部说了算，实际又不负责任的作风，害人不浅。仔卖爷田心不疼，许多穷折腾，可笑荒唐，却又要说成是政治任务，敲锣打鼓地执行。什么水稻小株密植啦，种红薯“双龙出水”啦，锣鼓声未停，馅儿已露出来了。出了事，谁也不负责。人哄地皮，地哄肚皮，吃亏的总是咱老百姓。谁要敢出来说句良心话，准保枪打出头鸟。唉，这种日子，想起来心里都烦。眼下包产到户，真正土地还家，政策同农民贴了心，总不会再错吧。

事情也巧，正当冯清老汉心里油煎水煮不得安生的时候，大队支书陈耀光找他来了。

“老伙计，大队决定不分给你家水田了。叫你带一个作业组继续在山梁上种西瓜，兼管果林、茶园……老嫂子也去，一家子都去！”

“让我再细细琢磨琢磨吧……”

冯清老汉像触了电似的，从石墩子上跳起来。厚厚的嘴唇动着，好像还要说什么。

“去吧，大伙亏待不了你的。”

“支书，我是在想……我……”

“去吧，那里没有你不行！”

支书的话不假。布谷鸣，蝼蛄叫；桃花开，李花闹。冬眠青蛙出洞，鲤鱼江河打挺（产卵）。大自然的信息，冯清老汉都灵通。细心人，从来不违农时。说到农活，果树的施肥捉虱，花期保果，嫁接剪枝；茶叶的采摘、保鲜、粗制；西瓜的间苗、补苗，阳光旱湿，农活过程，行家里手，邻里乡党，有口皆碑。支书当然知道，这是乡亲们信得过的土专家。可是此刻，粗心的支书却并不了解老汉的心思。

支书陈耀光拉扯了几句，便叮嘱着走了。

冯清老汉心里想：这回责任到户，虽然没有像土改那阵子颁发土地证，但田土分到各人手里，就不好要回，不能再调换的。就像刘玄德占荆州……自己没有水田，只有旱地，儿孙将来不会种西瓜怎么办？谁肯用水田同咱换旱地？人们可以不吃西瓜，就是不可以不吃饭……到那地步，会把咱这个“老祖宗”骂死去！

冯清老汉，在人生的道路上，是深一脚浅一脚走过来的。抬脚动手，一招一式，平时都极为谨慎，何况这回是关系到养人的土地的事。土地，儿孙万世的基业，在冯清老汉看来，比自己的性命还要紧得多。“节骨眼儿上，这着棋不能错。”冯清老汉重又坐回石墩子上出神地想。

春阳照在背上，暖烘烘的。

“都该下种子了，事不宜迟，然而……”

这位年过花甲的老汉，是1949年以前从河南逃荒到这个湘南的小山村的。当年，在这块举目无亲的地方，他只得给一家地主当长工，用牛一般的体力换饭吃。后来，他决定自立门户，不再去当那受苦受气的长工了。乡绅田仁摸透了冯清酷爱田土的心思，为了拴住这个好劳力，便指着屋后面山梁上两亩乱石滩对冯清说：“到处都一样吃饭穿衣，你不要走，那片地送给你，早晚还给我干活。”冯清心里想：自己是没有地，才背井离乡从河南来到这里的。在乱石堆里抠出两亩地来留给后代也合算。就这样，像蚂蚁搬骨头样，他终于用自己的筋肉同乡绅田仁换了两亩狗都不拉屎的石滩地。创这份家业可是真难啊，白天给乡绅累死累活地干，晚上同妻子一起在那乱石堆里抠石头、垫土，指尖滴着血，肩头磨得红肿，汗水滴在黄土里……他们终于有了一块立足之地。冯清老汉永远不会忘记：地整出来的那天晚上，月色很好，他疲乏地仰脸卧在松软的地里，哭泣着对妻子说："咱们有了自家的地啦！"

那时，他多么希望自己再有几亩水田啊！

土改那年，他一家老小四口，分得了五亩上好的水田。时来运转，他梦里笑醒了好几回。合作化土地归公，因了他在老家河南种过西瓜，社里便打发他领着一伙人上坡梁地种西瓜。那时他也反复和社长说过：他家的是上好的水田。仿佛怕人忘掉他家这段占有田产的历史似的。打那以后，二十多年来，他一心泡在坡梁地里。坡梁地被改造成为松软的黄面沙土质，很适合种西瓜，没少给农业社赚钱。

太阳晒在背脊上，热烘烘的。

"节气不饶人，该下种了，事不宜迟……"

冯清老汉从石墩子上站起来。他迈着大步，不一会儿，便来到了支书陈耀光家里。他双眼望定了朋友的脸，这是历尽沧桑、慈祥憨厚的脸，他信得过的脸。陈耀光，性子开朗豁达，当年同冯清一道给地主当过长工。前后相处几十年，替冯清谋划过不少大事，也都稳当。在山沟里过日子，不能没有知己，没有朋友。此刻，见到陈耀光，就像两脚踩在地上那般踏实。

“我想要几亩水田来承包……”

“为什么？”

“这水田，将来儿孙也靠得住些。”

“嘿嘿，想得倒挺长远……我说老伙计，你儿孙将来开飞机，你管得着他们？”

“眼下只能说眼下，往后的事，开飞机，你真会说笑话。”

“眼下嘛，是呀……”支书也深思起来。

冯清老汉愣住了，瞪大眼睛看着支书陈耀光，等着他下边的话。厚厚的嘴唇向外翻起，红板板的。

“眼下是，大队决定，西瓜园、果园、茶园同大队其他企业一样，是大树的根。集体不能一点根子都不留。老伙计，是众人保举你来当西瓜园作业组长的。”支书认真地说。

沉默。

过了一会儿，冯清老汉像想起了什么似的，一板一眼说道：

“田土分了，人心也像是分开了，还能捏得拢吗？我怕是担当不了这个头……”

“看你说的！政策好，就能捏得……小学里粪肥归你们，大队拖拉机有你们的份，化肥什么的给优……还愁什么？”

“唔！”

“老伙计，听我说，集体的，还是叫得响的。”

“唔，大家伙信得过咱，咱就干下去吧！”

冯清从支书家里出来，心灵的窗户被打开了，心里像晴朗的天空般透明。有地就能养人，自己能活的地方，儿孙后辈也一定能活，他们的法子会更多呢。他绕到西瓜园所在的一块坡梁地里，在那里转转悠悠了老半天。这块山坡地，有八十多亩，田丘叠叠上升，田埂子纵横交错，远远望去像蜘蛛网。它的四围沟沟坎坎密密层层都是杉木，有的已成材，有的才碗口粗细，正勃然生长，很是气派。那稻草做顶子的“人”字形瓜棚，虎墩墩地蹲在高大的杉树下面。大队的瓜园便是由四块这样大的坡地组成。如果把它们分割成小块，承包给各家各户，各行其是地种植，那就无异于毁了这个西瓜园。像匹布剪成了许多碎片，给了谁也不能成事。冯清老汉说什么也不忍心啊！

冯清老汉在一块地里弯腰捏了一把黄面沙土，松软潮湿，逗人欢心。他边走心里边默默地说：“咱认了，这田土！”

过了一些时日，支书又对冯清老汉说：“按政策，水田也分给你家一份，是好田。大伙说，只啃西瓜，太亏你了。”冯清老汉听了，双目眯缝成一条线，一脸的皱纹都在颤动。真是的，多福之人，不用自求。

作于 1980 年 3 月

散文和它的含义

日常生活中，有文化的人，谁都不能不读散文，不写作散文。同接触其他事物一样，人们同散文的接触也是极为频繁的。散文对人们的熏陶和影响是极大的。就陶冶性灵、补偏救弊等社会作用而言，散文绝不亚于其他文体。散文的社会价值是绝对不能低估的。早年，鲁迅在谈到五四运动时期的散文时，就曾经说过，“散文小品的成功，几乎在小说戏曲和诗歌之上”（《小品文的危机》）。

在我国，散文同诗歌一样，同样有着悠久历史。从甲骨文、钟鼎文的片断来看，远在商朝就已经产生了散文体的文章。一般认为，上古时代简单地记言记事的《尚书》和《春秋》，便是我国最早的散文。它们是中国古代文学史的开篇典籍。到了战国时代，由于特定的历史环境，涌现出了许多人才，史官记事，哲人立论，政治家、外交家铸辞，一时文采斐然，我国散文也便跨进了第一个发展阶段，并迅速进入了极盛期。清人章学诚说：“周衰道弊，六艺道息，而诸子争鸣。盖至战国而文章之变尽，至战国而著述之事专，至战国而后世之文体备。故论文于战国，而升降盛衰之故可知也。”（章学诚《文史通义·诗教下》）。的确，从春秋战国始，散文反映客观世界的广度与深度是惊人的，自然界和人类社会的发展情状，都可以在历代的散文著作中看到。在浩如烟海的散文著作里，我们可以看到祖先创造性的卓著的活动，听到历史的各种音响，体察到前人在各种复杂环境下的思想和感情波澜，从而看到一个五光十色的从来就是充满希望的世界。例如，墨子《公输》，记述了墨子劝止楚国攻宋的事。这篇文章，既宣扬了墨子兼爱非攻的主张，又从侧面反映了战国时代你攻我伐的征战局面，从而揭示了社会矛盾的各个方面。再如，《左传·曹刿论战》，论述了人君如何为政、如何征战的深刻道理，言简意赅，真可谓“观古今于须臾，抚四海于一瞬”（晋代陆机《文赋》）。散文之于人们厚矣！由于历史悠久，从古到今，散文留给我们的名篇佳作，真是难于胜数。这些散文佳作，无论思想和艺术，也都给我们提供了可贵的借鉴。就一部《古文观止》而论，二百二十篇，短者数十言，长者千余言，仅就其艺术结构和其表现手法而言，也不愧为一个无价的艺术宝库。的确，阅读古代散文，可以获取人类智慧，得到艺术享受。至于现代和当代散文，则更是丰富、更是驳杂了，它几乎真实地记录了人类的全部活动，凝聚了世界的全部文明！

散文的含义是什么呢？

散文，在古代所指范围很广。它是同韵文相对而言的，除了像诗词曲等那样的韵文，其他一切不讲究声律的、挥洒自如的散体文章，诸如政论、史论、哲学论文和其他杂说、游记、书信、日记之类，都属于散文这个范畴。刘勰《文心雕龙》中关于文体的观点便是这样的。在文体论里，刘勰把文章体裁分论文和叙笔两部分，“论文是讲有韵者为文的有韵文的各种体裁，叙笔是讲无韵者为笔的无韵文的各种体裁”（周振甫《文心雕龙注释》）。这“无韵者”“笔”，即为散文，它包括了“史传”“诸子”“论说”“章表”等。

随着人类科学文化事业的向前发展，人们对文章的认识也变得深刻了，能够从文章的内容和形式两方面入手来划分文体，而且愈来愈细了。这在文章学研究方面，不能不说是一件大好事。在我国，五四运动以后，散文便被当作与诗歌、小说、戏剧文学相并列的一种文学样式，散文已经成为文艺性的作品了。当然，在人们的意识里，散文的范围仍是很广泛的，它不仅包括文艺性很强的叙事、抒情、议论散文三种，而且把一般带点文艺性的短评、杂感、小品、随笔、报告、通讯、速写、游记、访问记、回忆录、书信、日记等也囊括其中。当代文学研究工作者林非说：“由于它（散文）艺术触角的异常灵活，能将叙事、抒情和议论的功能冶于一炉，而又各有侧重，它的体裁也就是多种多样的了，举凡杂感、短评、小品、随笔、速写、报告、通讯、游记、书信、日记、回忆录等，都是属于散文的范围之内。”（《中国现代散文史稿》）。当然，不管怎么说，五四运动以来，作为散文主体的叙事散文、抒情散文、议论散文，确实是发展了，其文学性和战斗性都加强了。但是，因此就把散文的体裁范围缩小，认为只有记叙性散文、抒情性散文、议论性散文才能算散文，那就未免太偏颇了。当代散文作家、诗人徐迟的意见，是比较好的。他认为，“把狭义的散文与广义的散文这两个概念统起来的看法，也许是十分重要的”，“广义的散文好比是狭义的散文的塔身、塔基。狭义的散文好比是广义的散文的塔顶、塔尖。塔尖、塔顶不能无塔身、塔基。有时，尖顶已塌，身基还在，然有了塔基、塔身，就会有塔顶、塔尖”（《说散文》）。从具体的创作实践来看，这种见解是可取的，是符合社会文化发展哲理的。

我们认为，五四时期的这种文体划分方法亦是科学的。散文的特点就是“散”。朱自清把散文称为“散—文学”。事实证明，概念范围过宽，如古代的散文概念，则不能集中显示其特点；概念范围过窄，如当代的一些狭义的散文概念，则又难于概括其色彩斑斓的面貌。比如书信一类，我们既难于把才华横溢、纵横恣肆的古代书信从散文文体中革除出来，也难于把现代书信中的佳品（如《廖承志致蒋经国先生信》）作轻意的发落。另外，文体的划分，还会关涉到对一定时代的文学流派、文学社团和作家、作品的评价问题，关涉到对文学史（包括文学分类史，如散文史）的编纂问题。例如，一位作家，他写过多种散文体裁，在社会上有一定影响，但他的主要影响不在狭义散文文体方面，那么，他应该归到哪里呢？这是散文研究方面必定要碰到的问题。就是说，如果把散文的殿堂架得高高的，甚至架到云端里，那么，能够进到这个殿堂的人恐怕就不会多了。

关于散文含义，徐迟先生的观点，是比较准确的。

散文自由灵活，地阔天宽

古人把一切疏放不拘、收卷自如的文字都归到散文一类里，今人继承了这一观念，于是，现代散文在表现手法上也便很自由和很灵活。散文的写作方法，同诗歌、小说、戏剧文学等注重形象、塑造形象的手法相比较，其表现方法要方便得多。散文不像小说那样要求要有完整而严密的情节结构和由此而塑造出来的典型人物形象，也不像诗歌那样讲究韵律、节奏和诗意、诗句的锤炼，也不像剧本那样那么注重描写戏剧冲突。散文只需要按照事物的本来面貌，选取某一角度，表现事物的某一方面和抒发作者的某一情感，结构自由一些，篇幅可长可短。当然，其他文艺作品，写作时亦可自由地选择角度。我们这里只是说，散文可以更自由些，更随意些，因为它没有上面说的那么多的限制，它可以写几件事，也可以只写一件事；它可以抒发多种感慨，也可以只是一个咏叹。这叫“船小易掉头”，灵活。李健吾1961年登泰山，恰遇雨天。倘若只能写晴朗时的泰山，不能写雨中的泰山，便不会有文章了。然而，李健吾变了角度，写了雨中的泰山，描绘了那“别是一种格调”的山势水势，赞叹了“山色空濛雨亦奇”的泰山的别样的美丽和壮观，文章照样很动人。特别是，文章抒发了作者热爱祖国山河的浓郁情怀，表现了作者不畏艰险、勇于进取的精神，更加给人们以启发。登临泰山，“一路行来，有雨趣而无淋漓之苦”，这的确是作者的一种“独得之乐”。再如，按理说，落花生有什么可写？可是作家许地山取其平凡、质实、不外露、有大用这一面，由物及人，探索了人生的价值，于是产生了妙文。《落花生》里写到的具有落花生一般品质的人，在尔虞我诈的旧社会里，难道不值得颂赞吗？这些都是意思无多、舒展自由的散文作品。就像人们捡起了一块小石子，朝选好的一个角度投出去，产生了波澜或迸发出了火花似的，它们确是“可观之辞”。

为了给人们多方面的美感，散文可以叙事，可以抒情，可以议论，也可以有生动的描写和鲜明的烘托。散文表现手法上的这种多样性，给散文增添了许多的色彩。人们可以有所选择，也可以综合运用，比如，写鲁迅爱吸烟，可以用直接叙述的方法，也可以叙述描写结合着来表现。林林的《访仙台鲁迅遗迹》记述了作者同日本朋友一道瞻仰仙台鲁迅纪念碑的情景。里面写了有关鲁迅吸烟的事，“陪同人管野俊作教授，点了一根香烟，没有挨进自己的嘴，恭恭敬敬地把香烟摆在碑下，起初我有点莫名其妙，之后就恍然了。哦，他是为鲁迅献烟”。这篇散文接下去还写道：“1961年4月5日仙台纪念碑揭幕时，许广平望着手拿香烟的鲁迅雕像，曾流了眼泪。她为什么流泪呢？我想，她曾为着节省，尽管鲁迅患有肺病，还是买廉价的烟给他吸，因此极为懊悔。”文章这样写既加深了怀念之情，又增加了情趣，非常相宜。当然，散文写作中，将叙述、描写、议论、抒情熔于一炉的例子，那是更为多见的了。总之，散文灵活多样，不拘一格，如风行水上，自然成文。在语言上，散文也可以随意一些，一般注重自然、朴素和简洁，是一种含着某种神韵的散记体。

由于表现形式的多种多样和灵活自由，散文描写生活反映现实的天地，亦即题材范围，也就要比其他的各种文学样式更为广泛和宽阔，许许多多不能构成小说和剧本的素材，都可以通过散文的形式来抒写，一时一地、一人一事、一木一石，都可以感发成文，显示出它的非凡意义。政治、经济、军事、文化、天文、地理，散文可以写；湖光山色，花鸟虫鱼，散文也可以写；喜悦、欢腾散文可以写；悲戚哀伤散文也可以写……总之，从严肃重大的社会政治问题到普普通通的现实人生，从使人激动的名言哲理到令人陶醉的柔情蜜意，或地方习俗、或街头小景、或缅怀往事、或感想述怀，昨天的、今天的或属于未来的，等等，只要作者持正确的立场，有健康的情感，能使人增长知识、扩大眼界、探索未来，就都可以通过散文的形式来表达。秦牧同志说得好：“除了国际社会斗争，艺术理论、风土人物志一类的散文外，我们应该有知识小品、谈天说地、个人抒情一类的散文。通过各种各样的内容给人以思想的启发、美的感受、情操的陶冶。……在这样的工作上，没有革命功利主义是不行的，然而，把革命功利主义理解得太狭隘，也是不行的。”（秦牧《散文领域海阔天空》）。

当然，话又必须说回来。写作散文，要想达到至善至美境界，还是要求作者要有一定的眼力和功力的。正因为散文形式自由灵活，才更要求作者做到贴切；正因为散文题材范围宽阔，才更要求作者去认真选择和提炼。随意不等于放任。作为一种文学样式的散文，必定要具有一种自然感人的思想力量、诚恳真挚的情怀和与之相适应的优美形式。这说明，在复杂丰富的社会生活和万事万物面前，一个散文作家必须事事经心。这里面有辩证法。杨朔同志便是这样的，他说：“你在斗争中，劳动中，生活中，时常会有些东西触动你的心，使你激昂，使你欢乐，使你忧愁，使你深思……凡是这样动情的事，我就要反复思索，到后来往往形成我文章里的思想意境。”（《“东风第一枝”小跋》）。在当前的散文创作中，选材方面缺乏眼力的情形是比较多见的，内容上不痛不痒的作品也是比较多的。报上说：“有些散文，不是热衷于歌颂小花小草、小桥流水，就是甘于罗列掌故典实，充当导游和说明书的角色。有些散文，不是无病呻吟，矫情得要死，就是感情莫名其妙地泛滥成灾；更有那散文，不是无穷尽地缅怀故人亡灵，就是不疲倦地追忆儿时偷了谁家的大枣，掰了谁家的玉米棒子，如此等等。”总的来说，就是有的作家，还是在“老天地”或“小天地”里打转转，有待于思想上的进一步解放。

散文要打上时代的印记

散文要有强烈的时代色彩，这是对散文作品进行历史的考察之后，必然要得出的一个正确结论。我国的古代散文，就其主流来说，无论叙事或抒情，大都属于有感而发，特别是议论性的散文，更注重国计民生，注重经世致用，与当时当地的社会境况息息相关。我们可以从我国散文的源流中清楚地看到，从先秦两汉到明清，在这一历史长河里，色彩斑斓的散文作品，无不打上时代的印记。例如，《触龙说赵太后》，短短一则平凡的记叙，亦语涉人情、时政，把战国时代的纷争、谋略，以及作为一个国家如何才能长治久安说得极为透彻，有着极为强烈的时代感。至于那些哲人学士纵横家的驳难文字，则更见其立人、立家、立国之韬略了。现代散文，它是从古代散文发展来的，真可谓是深得古文之“神”，那是很重视描写社会人生和提倡功利的。虽然到了近代，散文受过外国散文的影响，但那是散文的“流”，而不是散文发展的“源头”。五四运动时期，由于反帝反封建斗争的蓬勃开展，散文，特别是议论性散文得到了极大的发展。这是时代的赐予。那时，长篇议论，如李大钊等人的文章，锋芒毕露，似嘹亮的革命号角；

被称为“短论”的小品文，如当时《新青年》上发表的“随感录”，则配合着有力的长篇议论文，抨击时弊，揭露痼疾，以猛烈的炮火进剿着封建制度的各个角落。陈独秀、李大钊、鲁迅、周作人、胡适、刘半农、钱玄同等人的散文，在当时社会上的影响是十分巨大的。当时，以《新青年》为代表的许多进步报刊，以散文为武器，或辩论，或斥责，或呐喊，催促新的产生，痛击旧物令其灭亡，“任意而谈，无所顾忌”（鲁迅语）。这些散文，闪耀着时代的进击的精神，对革命产生了巨大的推进作用。例如，鲁迅的《我之节烈观》，是鲁迅第一篇用白话文写的战斗杂文，它无情地、尖锐地批判了封建礼教和封建势力，号召人们“要除去世人害己害人的昏迷和强暴……要除去制造并赏玩别人苦痛的昏迷和强暴”，有如战斗的檄文。鲁迅的散文，以其深刻的思想性、顽强的战斗性，即以其鲜明的时代性影响了整整一代的读者。再如，李大钊在《新纪元》里写道：“1914年以来世界大战的血、1917年俄国革命的血、1918年德奥革命的血，好比做一场大洪水——阿诺以后最大的洪水——洗来洗去，洗出一个新纪元来。这个新纪元带来新生活、新文明、新世界，和1914年以前的生活、文明、世界，大不相同，仿佛隔几世纪一样。……这个新纪元是世界革命的新纪元，是人类觉醒的新纪元。我们在这黑暗的中国，死寂的北京，也仿佛分得那曙光的一线，好比在沉沉深夜中得一个小小的明星，照见新人生的道路。我们应该趁着这一线的光明，努力前去为人类活动，作出一点有益于人类的工作。”这确实已经不是一般的文字了，而是革命的火与剑了，然而它也确实是当时革命的回声，是时代的印记。

散文的这种战斗风格，在我国新民主主义革命的整个岁月里都是存在着的。林非著述的《现代六十家散文札记》，列举了现代六十位著名散文作家，这些作家的散文虽然风格各不相同，但它们在促进社会革命、推动人类社会前进方面，都曾经起到了重要的作用。他们或则大声疾呼，或则婉约讽喻，或则用血泪控诉，或则寄情山水赞颂积极精神……总之，大都具有兼济天下的无畏气概。鲁迅、瞿秋白、郭沫若、茅盾、朱自清、冰心、沈从文、阿英、邹韬奋、周扬，等等，便都是代表着一定风格的作家。

在社会主义革命和建设时期，人民火热的斗争生活激励着作家，散文创作更为繁盛，出现了许多著名散文作家和作品。这些作品，或歌颂人民伟大的事业，或述说革命和建设途路中的艰辛，或批评我们工作中的缺点，或揭露我们某一角落里的阴影，总之，捧出的是一颗赤诚、炽烈的心，给人们以可贵的启迪，给人们以无穷的力量，充满着社会主义时代精神，可以说是社会主义时代的一面镜子。冰心在谈到现代散文的作者们时，曾给予了他们很高的评价，她说：“他们的经验是那么宝贵，回忆是那么甜蜜，写出来字字出自心坎，真挚自然，充满了鼓舞人、教育人的力量。”（《谈散文》）当然，就这时期而言，文艺上受“左”的思潮的影响也是明显的。就散文来说，作家和作品的个性发挥方面受到了一定的扼制。这是应该作为教训来加以总结的。

统观古今，时代性，或者说时代精神、时代色彩，确实是散文的一个不可忽视的特点。今天，我们的散文作品，在歌颂正义事业探索改革途径、宣传社会主义精神文明和颂扬真善美等方面，也是成绩卓著，堪称文学战线上的轻骑兵的。有的同志以为，作品只要着上时代色彩，则必然要失去艺术性，成为标语口号式的东西，这其实是一种偏见。其实，一定时代的步履是必定有自己的音响和跨度的，即是有着它自己特点的，一个正直的作家是无法避开，也不应该避开的。老作家季羡林说：“社会主义祖国前进的脚步声仿佛就响在我的耳际，英雄模范人物的乐观气魄感染着我的内心，可以兴，可以立，可以歌，可以泣。”（《〈朗润集〉自序》）季羡林正是这样辛勤笔耕，“鞠躬尽瘁，老而不已”的。作家石英在文坛上战斗了多年之后，在《散文写作得失谈》中也很有感慨地说：“我主张不论何种题材的散文作品，都应力求具有较多的思想容量，不然，所谓的‘自身分量’又从何而来？我也主张散文应加强时代气息，当然它不应该被理解得过于狭隘，不仅仅从时间距离的远近来判定它有无时代感，还应看它能否启迪今人，推动时代。不如此，谈何有效地改变当前散文的地位？”

似春雷，似惊涛，催人奋进

——散文题材杂谈之一

散文形式虽小，却能驾驭大题材。近读商鞅《更法》，此文按古人概念属散文无疑，就今天观点来看，算是一篇记叙性短文。然而，它记的却是战国时期秦孝公时的国家大事。“治世不一道，便国不必法古。”商鞅主张改革、力倡变法的思想和胆识，在这里被生动有致地道出，读后给人留下极为深刻的印象。古籍中，言大事者，确属不少。一部《古文观止》，议论军机时政的就很多。古来散见于民间、后被收入经史子集和其他典籍的言天下“经国大事”的，每个朝代都有。至于文人的散文作品，写大时代大事件的则更是琳琅满目，使人如入峨眉道中，深感于山山有异色，水水有奇音。

散文在题材的选取上，应该注重大时代大事件，应该通过大事立治国之言，献兴邦之策，似春雷，似惊涛，催人奋进。五四运动前后，鲁迅、李大钊、瞿秋白等人的散文小品就不愧为当时革命斗争的利器。如鲁迅的杂文随感录，李大钊的散文《今》《青春》《庶民的胜利》等，瞿秋白的《饿乡纪程》《赤都心史》等，这些文章文笔犀利，在当时号召和唤醒了许多青年，起到了指路灯的作用。

1920年，瞿秋白跳出了个人的小天地，不避艰危，到达了十月革命后的俄国。他不仅用自己锐利的眼光观察了俄国无产阶级革命的盛况，而且还用自己聪慧的头脑分析了俄国无产阶级革命的原因和它发展的前景，并最终用清新明丽、热情奔放的文笔记录了这些宝贵的历史镜头。在《饿乡纪程》和《赤都心史》里，俄国革命后的万千气象，清新如画，光明与黑暗、成功与失败、痛苦和欢乐、新与旧交织在文字里，悲壮激越，荡人心魄。瞿秋白之所以这样“行”，这样“言”，是有着明显的政治目的的。他在《饿乡纪程》里说：自己为着“求一个‘中国问题’的相当解决，——略尽一份引导中国社会新生路的责任”。瞿秋白是中国见过列宁的唯一报人。

20世纪30年代之后，瞿秋白参加了中国左翼作家联盟的工作，与鲁迅并肩战斗，写了许多犀利的杂文。通过瞿秋白这个例子来说明散文题材的重要，我想是不会牵强附会的。

茅盾曾经说过，小题可以大做，大题亦可以小做。所谓“大题小做”，其实也就是主张散文要举大事。他的散文《街角的一幕》就是“大题小做”“即小见大”的例子。茅盾更有许多直言大事的散文作品，如《五月三十日的下午》，描写了“五卅”惨案发生半小时后南京路的实况。作者以辛辣的笔触，勾勒和诅咒了绅士太太们的丑态，揭示出了他们可耻的灵魂，同时也表示了自己对帝国主义的无比憎恨！又如《暴风雨》，描绘了革命志士在5月31日的南京路上，踏着革命烈士的血迹演说示威，继续战斗的豪迈气概！茅盾有时还用象征的手法抒发自己的革命豪情。《雷雨前》则用象征手法讽刺了国民党反动统治下的沉闷和死寂的社会生活，并以雷雨象征革命，盼望着“让大雷雨冲洗出个干净清凉的世界！”茅盾大量的与社会政治直接相关的散文作品，都收在《茅盾散文集》《话匣子》《印象·感想·回忆》等集子里。这是光照千秋的佳作，是与他的小说一样珍贵的遗产。郁达夫说，茅盾“行文每不忘社会”，“中国若要社会进步，若要使文章和现实生活发生关系，则像茅盾那样的作家，多一个好一个；否则清谈误国，辞章极盛，国势未免要趋于衰颓”。20世纪20年代以后，茅盾、郭沫若、郁达夫、柯灵、唐弢等许多作家的散文小品，都是极有战斗性的。例如，郭沫若的散文《北伐途次》《洪波曲》等，这些都是革命的珍贵史料，给读者的影响都是不可低估的。其题材本身的价值就说明了问题的一面。

中华人民共和国成立之后，散文与社会生活的关系便更为密切了，其题材广泛，题材之浩大，似江河滔滔，动人心魄！例如，《志愿军一日》《红旗飘飘》《星火燎原》等反映革命斗争磅礴气势的散文集，文情并茂，在读者中产生了非常广泛的影响。另外，作家们写的，来自各条战线的社会主义新生活的赞歌，同样具有强烈的音响，似号角般嘹亮。例如，刘白羽、杨朔、秦牧等的散文，文笔酣畅，具有强烈的时代感。

现代散文，留心家事国事天下事，站得高一些看得远一些，以这种态度去选择与社会政治有直接关系的题材，并通过这样题材的文章把人们引到目前人们最关心的事情上来，并由此展望开去，使人民群众受到教育和鼓舞，这是时代赋予散文及其作者们的历史使命。文章和书籍的真谛，在于揭示人类社会发展的规律。散文选择大时代大事件作为自己的材料，其意义恐怕也就在这里。

我们历来主张散文题材要宽阔一些，不同意“题材决定论”的文艺观点，但是，这绝不意味着散文不要写重大题材。相反，散文以它迅速的步伐反映瞬息万变的社会政治事件，是有着特殊意义的。可以说，这是其他文艺作品无法替代的。这是散文的传统。关键在于摆好政治与艺术的关系，不要把散文作品变成生硬的东西，变成政治口号，而应该注重它的艺术性，增强它的感染力；重大题材可以和一般题材或能“以小见大”的题材配合起来，这样可以相得益彰，可以多姿多彩地反映复杂的社会生活。应该看到，当前散文创作实践中，过于偏重个人的小事、个人的情绪，搞小摆设，这已经产生了消极的影响，值得引起我们的警惕。

广阔而复杂多样的社会生活，给文艺创作提供了许多大题材，特别是党的十一届三中全会之后，社会变革，日新月异。如目前各行各业的改革，就是多姿多彩的。生活犹如一座富矿，它凝聚着美，凝聚着力，凝聚着理想，让我们坚毅地开拓吧！

从细微处着笔

——散文题材杂谈之二

一件细小的事物，经过仔细的观察和体会，也许你就会有新的发现，就能挖掘出一种新的闪光的思想出来。人们常说，只要是“料”，便都能酿出酒来；倘若是个行家，便更能酿造出纯真的美酒出来。在题材的选取上，散文是不忌讳小的，它可以小中见大。从一件小事（或小物）说开去，以小见大，这是我国散文创作传统手法之一。古今名家，在精心选取小题材方面，是有很多地方值得我们学习的。

当然，这里面要辨别清楚。有的散文，它只是在表现手法上从小的方面说起而已，即是说，它采用的只是由浅入深、由小到大的表现手法而已，并非是小题材。因为大题材也可以从小事（或小物）说起。例如，柳宗元的《捕蛇者说》，它是揭露和控诉当时藩镇割据、连年战争给人民群众带来的灾难的，写的是大事，亦即是大题材，但文章并不直接叙说，而是借永州之民蒋氏所述的三代人以捕蛇为生的悲惨遭遇，述说人民生活的痛苦，从而指出当时残害人民的苛政比毒蛇还要厉害。文章由民情到政情，由小到大，徐徐道来，自然纯朴。

所谓写小题材，指的是文章通过一件小事或小物，进行仔细的描写或阐述，并通过想象和联想，将其内里所具有的特有含义发挥出来，从而达到教育人民的目的的一种写作方法。这类文章一般采用即物生情或即事明理的方法来表现，一般比较婉约和含蓄。换句话说，某些小事物可以启发人们明白大道理或较大的道理。特别是实物，对同一件实物，科学家和文学家的研究结论是不同的。

唐代诗人兼散文家柳宗元写过许多言改革、言大事的气势浩然的散文，但也著有不少清新凝练以小见大的优美散文。他的一些游记，山形水影，美竹佳树，常给人们以美感，颇令人喜爱。有的述作称柳宗元的文章风格是“寄至味于淡泊”，如《钴鉧潭西小丘记》《小石城山记》，都是以区区“弃地”（荒僻而不见用之地）来隐喻自己受排挤、受迫害的不幸遭遇和抒发自己郁积已久的怨愤之情的。

宋代周敦颐的《爱莲说》，以细小平凡的莲花为题，借花喻人，把莲花比作君子，寓意深远。“予独爱莲之出淤泥而不染，濯清涟而不妖，中通外直，不蔓不枝，香远益清，亭亭净植，可远观而不可亵玩焉。”作者由花到人，盛赞高尚的情操，而对争名夺利的人则表示了厌恶。这样，小题材也就有了“大的意义”。

从古到今，在散文写作的历史上，人们确实写过不少托言山水或小物而鸣其志、且有奇趣的好文章。

这种以微言或小物小景喻深刻思想的文章，今人也有写得极为出色的。茅盾的《白杨礼赞》、吴伯箫的《记一辆纺车》、冰心的《樱花赞》、杨朔的《荔枝蜜》和《茶花赋》，也都是具有这类情致的。《荔枝蜜》以嘤嘤嗡嗡的小蜜蜂为题材，极是平凡，然而作者善于联想和想象，善于开拓，文章也就给了人们以极大的启示。蜜蜂，“多可爱的小生灵啊，对人无所求，给人的却是极好的东西。蜜蜂是在酿蜜，又是在酿造生活；不是为自己，而是在为人类酿造最甜的生活。蜜蜂是渺小的，蜜蜂却又多么高尚啊！”这是诗，这是格言，这是升华了的思想！这是作者从深入探索蜜蜂的性格来着意赞颂的一种伟大的共产主义精神！让我们来看看文章结尾处富有韵味的点睛之笔吧：“透过荔枝树林，我沉吟地望着远远的田野，那儿正有农民在水田里，辛辛勤勤地分秧插秧。他们正用劳力建设自己的生活，实际也是在酿蜜——为自己，为别人，也为后世子孙酿造着生活的蜜。”文章写到这里，蜂与人，现实与理想，便融汇到一起了，劳动人民的优良品质被点出来了，小的题材也便反映了生活的真谛！

1979年1月15日刊载在《北京日报》上的管桦的散文《竹》，亦是一篇很有韵致的从小物说起的文章，即所谓小题材。文章从老祖母讲“竹”的故事、赞扬古代清官寇准说起，讲到自己喜欢竹、病中种竹、养竹、画竹、观赏竹子的情形，并进而抒发自己和同事们的如竹子般高尚正直的情怀。文章始终围绕竹子、人的政治节操来发挥，淋漓尽致，十分动人。“根扎大地，渴饮甘泉，未出土时便有节。枝横云梦，叶拍苍天，及凌云处尚虚心。”竹子是多么不平凡啊！作者在政治风云中，无论身处顺境还是身居逆境，都在以竹子为榜样，顽强地生活下去、战斗下去！作者并且大声疾呼，竹子的美德就是“中华民族传统的美德”，“同志们，朋友们，让我们共同构思，画一幅表现新长征的劲竹吧！”

这的确是一篇从细微处着笔，托物言志的妙文，在新的历史时期里，它给了人们以力量，同时也给了人们极大的艺术享受。

在散文创作的实践中，题材小，或从小处说起，有如下几个好处：一是能使读者感到自然亲切，容易接受；二是对作者来说，较少束缚，容易涉笔，容易成文；三是由此而来的，散文这种形式更容易渗透到社会生活和自然界的许多领域，使散文这种艺术形式变得多姿多彩、色彩斑斓。当然，在具体的创作中，作者必须站在一定的思想高度上，把事或物、思想、理想熔铸为一炉，以铸造出有分量的铸件。换句话说，选用小题材，要注重开掘，要从小事或微小之物中看到它的要言大义。

散文写作需有丰富的情感

散文，它是一种需要丰富感情的文体。在这一点上，它同诗歌很接近。人们说，激情是诗和散文的羽翼。确实，如果没有了这翅膀，诗和散文这种文学式样，恐怕也是飞不到读者的心灵里面去的。从历代的写作实践看，作为散文，它必须有一股激情的流灌注其中，才能在读者的心中引起共鸣，才能产生它应有的好的社会效果。有论者说，郭沫若散文比他诗歌好。

鲁迅先生的议论性散文《记念刘和珍君》和《为了忘却的记念》等名篇，便是怀着无比的愤怒和噙着眼泪写出来的，读着这样的散文，我们仿佛听到了作者发自肺腑的呐喊。在《记念刘和珍君》一文里，作者先写了自己在为学生开追悼会的礼堂外边哀痛徘徊的情景；接着便回环往复地追忆死难学生刘和珍的善良、友爱、好学、敢于斗争、临难英勇等义举，作者的这些追忆之笔，字里行间流露着激越的情怀；最后，作者把悲痛之情和愤怒之情熔铸到一起，有力地写道：

可是我实在无话可说。我只觉得所住的并非人间……我已经出离愤怒了。我将深味这非人间浓黑的悲凉，以我的最大哀痛显示于非人间，使他们快意于我的苦痛，就将这作为后死者的菲薄的祭品，奉献于逝者的灵前。

鲁迅先生置自己于严酷斗争的环境里，他的激情是从斗争里迸发出来的耀眼的火花，这怎能不感动人呢！孙犁说：“这篇散文，是先生晚期的血泪之作。在极端残酷的战争年代，每读一遍，都是要感动得流眼泪的。”

冰心的《永远活在我们心中的周总理》一文，是一篇感情洋溢的回忆性文字，是“笔与泪俱”地写下来的。在这篇文章里，作者在“排山倒海而来的关于周总理的回忆”里，摘取了几段最动人的事情，铺排而来，既细致，又有感情气势。文章把周总理对中国人民、世界人民的意义，把作者对周总理的尊敬熔铸于一炉，格调情致都极高，读来感人肺腑。

无论是抒情散文、记叙性散文还是议论性散文，都必须抒发出一种足以打动读者的心的感情。当今，有的散文，繁采寡情，读之令人生厌，确实需要我们去深究一番。我们所谓要有丰富的感情，包括做到两个方面：一是文章思想感情的波澜要有一定的摇动幅度。鲁迅的《藤野先生》从国内写到国外，从二十年前写到二十年后，波澜层惊，扣人心弦，其思想感情的摆动幅度是很大的，因而其生活容量、感情容量也就比较大。二是文章思想感情的脉络要清晰、连贯，要有一定的势头，能形成冲击读者心灵的一种力量。还是以《藤野先生》为例，文中记录的藤野的事迹，间或出之，有如一道道拦河坝拦河闸，它们蓄着势头，不断地击打着读者的心，既清晰又省力。总之，行文之间，应从横的方面和纵的方面同时下功夫，文章便能达到情绪饱满。

大凡算得上名篇的散文，则必定有一条感情的脉络在。因为自古以来的作者都知道，感情或曰激情，是沟通他人与自我的不可缺少的东西。大凡有经验的作者都有这么一条规定：只有在感情的驱使下才能动笔，否则是不动笔的。清末的文章家刘熙载便很强调这一点，他认为，作文者须有感而发，由情生文，所谓“情至而文生”。上面所谈的鲁迅的文章，就是先郁积于心，到了感情不能控制了，这才迸发成文的，故而，流露的激情便似江河横溢，嘭嘭然，激励着人们永远向前！

把丰富的思想感情倾注文章之中，并非易事。一个作家，必须置身于火热的斗争生活之中，即置身于生活的旋涡之中，深味人生的苦与乐，深深懂得了人生真正意义，方能达到这个目的。朱自清抒情散文《背影》，是举世公认的具有浓郁情怀的散文，但是，我们仔细研究一下，就作者写作之初，起作用的也并非只有父子之情，而是由多种因素凝聚起来的一种复合的感情，诸如社会的阴冷、世态人情的淡薄、父亲的辛苦恣睢、自己的寒窗苦读和艰难谋生……都凝聚于笔端并就此流淌出来的。这诸种因素中又是以父子之情为轴心的，诸种因素托着一个轴心，成为一个整体，因而也就显得不致于干巴、枯燥，而是洋洋乎有可观之辞了。像这些，我们细读《背影》，那是不难理解的。曹靖华的《罗汉岭前吊秋白》亦是一篇至情之文，作者从瞿秋白同志遭敌人逮捕、被敌人杀害这悲痛事实写起，淋漓尽致地抒写了瞿秋白同志在艰难万险中带病坚持革命工作的情形。在文章中，旧社会的黑暗，革命志士的奔走呼号，风尘仆仆，同志之间的互相支援，革命事业在艰辛中发展，等等，构成了一幅幅特殊的画面，汇成了一股股激越的情绪，变成了一种坚强的力量，鼓舞着读者。文章并不是单纯地写个人的友谊。古人的文章亦如此，唐代韩愈的《祭十二郎文》，世人是推崇备至的，曾被誉为祭文中的千古绝调。这篇文章，反复抒写了作者对亡侄的悼念之情，一咏三叹，曲折真挚，然而，它也并不是写一般的叔侄关系，而是涉笔于韩氏的家世、家族成员的际遇，以及当时的社会情状，作者的心情是多种味儿的。“呜呼！吾少孤，及长，不省所怙，唯兄嫂是依。中年兄殁南方，吾与汝俱幼，从嫂归葬河阳，既又与汝就食江南，零丁孤苦，未尝一日相离也。”文章中的这些话，传出的感情便是复杂的。由此看来，散文中，不论抒发哪种情意，都不能孤针独线，不能搞得那么单调乏味，而是必须把自己所要抒发的感情放到一个比较宽阔的社会背景上去，要产生一种复合的和谐的情调，这就是所谓“感情丰富”，实际也就是作者要有多方面的体验，以便能驾驭上面说的所谓“感情摇动幅度”。这才有望得到预期的艺术效果。

散文要富有趣味

散文在描写社会人情世态和自然界的万事万物时，常要写点细节、机缘、波澜，使文章显得含蓄一些、机智一些、幽默一些，做到跌宕有致、情趣盎然。写文章的高手是很注重这一点的。例如，范仲淹的《岳阳楼记》，写了洞庭湖四时风光的变幻，写了骚人墨客在这不同风光里的不同感受，写了抒情主人公心忧天下、追慕圣贤的崇高思想。这些波澜起伏，腾挪跌宕的文字，给了读者极其强烈的印象。再如，欧阳修的《醉翁亭记》，尽写了安徽滁县琅琊山醉翁亭的山水之美、游人之欢、太守之乐，行文很有风致情韵。且看文章的最末一段：

已而夕阳在山，人影散乱，太守归而宾客从也。树林阴翳，鸣声上下，游人去而禽鸟乐也。然而禽鸟知山林之乐，而不知人之乐；人知从太守游而乐，而不知太守之乐其乐也。醉能同其乐，醒能述以文者，太守也。太守谓谁？庐陵欧阳修也。

行文之间，乐中有忧，带着忧郁情怀。文章很婉转地表达了作者不得志而寄情山水的复杂心境，真可谓情趣盎然。

在现代散文的创作中，也十分注重作品情趣的描写。例如，曹靖华的《小米加步枪》，文中极为有趣地记录了作者给鲁迅送小米的一件往事。那是1933年，作者回国后，在该年年底，利用寒假，专程由京赴沪，去探望鲁迅先生，去时特别带了一口袋小米。当鲁迅先生高兴之余问及对方何以知道自己爱吃小米时，对方说“我从《两地书》知道的。那上面写着，有一次，你从北京回上海，动身前就买了小米”。文章接下去写道，“鲁迅先生一听，就向身旁站着的广平同志肩上拍了一下，大家都哈哈大笑起来”。在这段文章里，鲁迅先生的音容笑貌和作者对鲁迅先生的尊敬，跃然纸上。《两地书》是鲁迅同许广平来往书信的结集，那上面的片言只语竟招来一口袋小米，这不是很有趣吗？叶君健的散文《桃子熟了》，亦是一篇独具情趣的优美散文。这篇文章，把从种桃树、培植桃树、收桃子到用桃子请客的整个心理情趣、为人处世，活灵活现地写出来了。这种情趣写得极真实，俱在情理之中，但在表达上，却又处处出人意料。文章把劳动美、人情美、心灵美熔铸于一炉，有情韵而不生硬，作者不愧为一位老手笔。

人们要求散文写点情趣，这并不是偶然的。一般地说，散文没有复杂的情节，没有动人的人物形象，容易被写得生硬干巴，因此要设法别开蹊径。换句话，情趣，或曰趣味，它是构成散文艺术特色的不容忽视的一个因素。文章情趣，它的社会效果总起来有这么三点：一是它能显示社会生活的多样性、丰富性，从而使文章更深广地反映社会生活。二是它能使读者产生许许多多的联想和想象，使人们从中受到一定的启发和一定的教育。例如，头一年桃子的花苞被硫黄合剂烧死了，第二年则不敢动手实践了。读了园艺方面的书，也不敢动手了；桃子熟了，竟忘了帮助自己培植桃树的老园丁刘伯伯……这些都是为了什么？人们寻找答案后，思想上便会有收获的。三是情趣本身，能给人们以一种艺术上的享受，给人以快乐，在不知不觉中陶冶读者的性灵，甚至能给人以某种智慧。

郁达夫认为，幽默似乎是根于人的天性的一种趣味，散文中有趣味是极自然的。幽默趣味，“是现代散文的特征之一，而且又是极重要的一点”。郁达夫说：“中国的国民生活的枯燥，是在世界的无论哪一国都没有它的比类的。……所以，散文的中间，来一点幽默的加味，当然是中国中下层民众所一致欢迎的事情。”

生活里，万事万物里，有渐变，有激变，有含着渐变激变因素的各种孕育；人的感情里，有烦闷，有哀伤，有欢愉，有各种感触的复合……这一切组成了社会生活的强烈节奏。情趣，便是这种社会生活节奏的反映，它不是庸俗琐碎的细节堆聚，更不是平庸肤浅、任意起哄的噱头。这正如郁达夫在《中国新文学大系·散文二集》中所说的：“在现代的中国散文里，加上一点幽默味，使散文可以免去板滞的毛病，使读者可以得一个发泄的机会，原是很可欣喜的事情。不过，这幽默要使它同时含有破坏而兼建设的意味，要使它有点左右社会的力量，才有将来的希望；否则空空洞洞，毫无目的，同小丑的登台，结果使观众于一笑之后，难免得不感到一种无聊的回味，那才是绝路。”

散文与学识

我们常常读到这样一些散文，它在记人、议事和写情的同时，往往还自然天成地旁及甚至引录一些知识性的东西，如哲学、文学、历史、宗教、天文地理、花鸟虫鱼，等等，文章也因此而显得厚实，变得虎虎然有生气。

鲁迅的散文，其所涉及的时事、典籍，非常丰富。后人写的关于他的作品的知识性注释之多，就达到了惊人的程度。完全可以这样说，在散文中显示人类知识这一面，鲁迅是一个榜样。1929年9月，梁实秋在《新月》杂志上接连发表了《论鲁迅先生的“硬译”》和《文学是有阶级性的吗？》两篇文章，对鲁迅先生进行攻击，鼓吹资产阶级人性论的东西。鲁迅以马克思主义的阶级论为武器，深刻地、系统地批判了梁实秋的观点。鲁迅在自己的辩论的文章《“硬译”与“文学的阶级性”》中，运用了古今中外的各种知识，计有三十多处。这不仅显示了作者知识的渊博，更主要的是，它使文章具有了论辩的力量，更富有朝气了。

现代名家的散文，都很重视知识的介绍。只要有可能，必定左挂右联，将有益的知识奉献给广大读者。朱自清的《荷塘月色》就引了古人的古朴之事和古诗、古歌谣。曹靖华的《小米加步枪》，将小米的习性、小米对人们的好处等都作了详尽的记载，因而丰富了人们的知识。杨朔的《印度情思》，记叙了印度的人情、风俗、神话、传说、宗教寺院，显示了它十分丰富的知识性，给了人们以乐趣。

在散文中铺写知识性东西，不是游离于主题之外，恰恰相反，它正是为了显示文章反映现实生活的广度和深度，是为深化作品的主题思想服务的。在艺术技巧上，它和别的内容的联系是有机的，珠联璧合的。杨朔写《海市》时引出苏东坡的“海市诗”，而且更重要的是，它因此便加强了文章的铺垫作用，加强了作品对主题的表达。秦牧的《古战场春晓》涉及祖国近代史和战争史，亦是入情入理，动人心魄的。在主题上，它增强了文章爱国主义的思想情感，给了人们以极大的鼓舞。刘白羽的散文《长江三日》是赞美长江壮丽伟大和抒发作者勇于斗争和搏击的思想感情的，文中写了李白、杜甫在长江“搏浪急进”的事，并引用了他们赞美长江的诗和其他一些古歌谣、俚语，同时引用了革命家卢森堡的《狱中书简》等。作者这样写，这样引用，一则为了更形象地写长江，使文章更富有文采；二则是想通过此举在更广阔、更深远的层次上显示长江的壮美、伟大以及晓喻战斗的人生哲理，这些引用和表现文章主题思想是紧密联系着的。当然，在这个问题上，我们不能作机械的理解，不能作狭隘的理解。有时，文中所引与主题关系不大但却别有其趣，那也是允许的；有时，所引比较含蓄，有多方面的启发意义，并不专指哪一主旨，那也是允许的。不为别的，因为散文的路子本来就比较宽。

总之，在散文中描写知识，不是杂凑，不是炫博，而是为了更好地表现社会现实生活、表现主题，这也是作者学识渊博的必然结果。我们清楚，此时此地与彼时彼地总是有一定联系的；一定的事理、情理与一定的知识和史实也总是有联系的，高明的作者有时左右挂连或稍加点染是极为自然的，甚至是不留斧凿痕迹的，我们应该仔细体味个中缘由。

我们这个时代，文化科学高度发达，我们必须解放思想，多读书，读各种书，包括自然科学书，多增长知识。只有这样，写起文章来才能左右逢源，从而使自己的文章变得丰满、有趣。冯君莉的散文《青海湖，梦幻般的湖》，就运用了多方面的知识，有地质学方面的，有化学方面的，有生物学方面的，有民间文学方面的，处处有生花妙笔，笔下便是“梦幻般的湖”和当今社会主义制度下的美好现实。且读下面这段文字，“在蒙语里，它被叫作‘库库诺尔’，在藏语里，它被叫作‘错温布’，都是‘青颜色的大海’之意。为什么要叫作‘青色的海’而不叫作“蓝色的海’呢？莫不是出于‘青出于蓝而胜于蓝’的古语？其实，青海湖水之所以如此湛蓝，是因为湖面高出海平面3197米，比两个泰山还高，湖水中含氧量较低，浮游生物稀少，含盐量在0.6%左右，透明度达到八九米以上，因而，湖水就显得晶莹明澈。”仅一百五十余字，便涉及知识的各面。

散文知识性的一面，确实是不能忽视的，前人和现代当代文学前辈都强调过这一个问题，现代散文作家夏丏尊在《〈鸟与文学〉序》说：“事物的文学背景愈丰富，愈足以温暖润泽人的心情，反之，如果对于某事物毫不知道其往昔的文献或典故，就会兴味索然。故对于某事物关联地来灌输些文学上的文献或典故，使对于某事物得扩张其趣味，也是青年教育上一件要务。”

色彩斑斓的散文语言（一）

散文，虽然门类较多，但在语言运用上，它们还是有着许多共同点的，比如，准确、凝练、含蓄、优美。另外，散文语言还讲究语调、旋律、节奏，等等。著名散文作家曹靖华在《谈散文》中说："散文，应该下字如珠落玉盘，流转自如，令人听来悦耳，读来顺口，不至佶屈聱牙，闻之刺耳，给人不快之感。"

我们还应看到，既然散文区分类别，那么，各类散文对语言的要求也就必定有所不同。一般说来，在语言上，记叙性散文，要求简朴凝重；抒情散文，要求优美，有一定的旋律和节奏；议论性散文，则要求泼辣犀利，富有论辩力量。我认为，关于散文语言，切忌泛泛而谈，应该研究上面所论述的各种异同，以便深刻了解色彩斑斓的散文语言。

所谓简朴凝重，就是古人说的文约而事丰，言简而情浓。从上古的《尚书》《左传》《国语》《战国策》到《史记》《汉书》以至明清时代的散文，其中许多记叙性文字都能做到简朴凝重。古人对简洁为文，历来是深为赞许的。刘勰曾说："随事立体，贵乎精要，意少一字则义阙，句长一言则辞妨。”《汉书·张苍传》里有“年老，口中无齿”的句子，唐代刘知几认为用“老无齿”三字则可，他批评原作者在这里“妄加”了三个字。《古文观止》首篇《郑伯克段于鄢》，五百六十多字，把郑伯（庄公）兄弟争天下的事曲折有致地道出，其简洁程度，令人叹服。文章开头写争夺的因端，仅用了八十一个字。《左传》里像这类小故事，这样经济地使用语言，是值得我们很好地学习的。还有部《论语》，更见作者用语的精心，且看其中《公冶长篇》：

颜渊、季路侍。

子曰："盍各言尔志？"

子路曰："愿车马衣轻裘与朋友共，敝之而无憾。"

颜渊曰："愿无伐善，无施劳。"

子路曰："愿闻子之志。"

子曰："老者安之，朋友信之，少者怀之。"

这是一个师生谈心的场面，文字非常简洁，然而，人物的志向、个性、风度等都表现出来了。看啊，颜渊思想较为深沉且富有涵养，子路性子急躁，孔子富有长者风度，记叙之间，意态十足，有许多的潜台词。叙事精练，确是我国散文的优良传统。

方苞是清代桐城派的创始者，他主张散文用词要“雅洁”。他的《书左忠毅公逸事》一文，只有五百多字，可是，它把明代忠臣左光斗的忠贞爱国义举，切要叙述，极为透辟，读之感人至深。下面摘引其开头一段：

先君子尝言，乡先辈左忠毅公视学京畿，一日风雪严寒，从数骑出，微行入古寺。庑下一生伏案卧，文方成草，公阅毕，即解貂覆生，为掩户。叩之寺僧，则史公可法也。及试，吏呼名至史公，公瞿然注视，呈卷即面署第一。召入，使拜夫人，曰："吾诸儿碌碌，他日继吾志事，惟此生耳！"

请看，多么雅洁简朴！这是写左光斗发现了史可法时的喜悦的举止言谈，简练、生动、传神，真可谓笔无虚设。"庑下一生伏案卧，文方成草，公阅毕，即解貂覆生，为掩户。"——写左光斗关怀和爱护人才，尽在字行中，并不拖泥带水，段末对妻子的话，更显示出其公而忘私的高尚情操。言语爽利坦荡。

现代当代散文名家，也都主张散文叙事言志要力求精确简练。鲁迅《朝花夕拾》里的许多叙事散文，朱自清、老舍、叶圣陶的许多叙事和记游的散文，吴伯箫、杨朔的叙事和记游文字，孙犁、秦牧的许多记叙性散文，等等，皆属此例。鲁迅说："简洁的文字，有着穿透读者心胸的力量。"这是文坛前辈深刻的体会。叶圣陶的《五月三十一日急雨中》，记叙了"五卅"运动发生后第二天的街角一隅，抒发了作者无比愤怒的情怀，通篇的文字是简约的。且看下面这几段记叙：

抬起眼睛，那边站着两个巡捕：手枪在他们的腰间；泛红的脸上的肉，深深的颊纹刻在嘴的周围，黄色的睫毛下闪着绿光，似乎在那里狞笑。

手枪，是你么？似乎在那里狞笑的，是你么？

“是的，是的，就是我，你便怎样！”——我仿佛看见无量数的手枪在点头，仿佛听见无量数的张开的大口在那里狞笑。

我舔着嘴唇咽下去，把看见的听见的一齐咽下去，如同咽一块粗糙的石头，一块烧红的铁。我满腔的愤怒。

这几段文字简洁得像一首抒发愤怒情感的诗。读者从这几行文字中，可以看到中华民族的希望之所在。在表达上，那所引的头一段和末一段，简直无法加进字或减下字来。这确实是值得我们学习和借鉴的。

叶圣陶老人运用文字的严肃态度是深受世人赞叹的。

色彩斑斓的散文语言（二）

抒情散文，在语言运用方面，其手法也是多种多样的。有的用语质朴、平易、亲切，如叙家常；有的细腻、深沉、蕴藉；有的凝练、含蓄、优美，注重节奏，富有音响效果，如淙淙作响的山涧细流，闻声则令人心旷神怡。抒情散文中，语言上的这种区别，是由文章内容或作家的个性决定的。

朱自清的《背影》等篇，就是于朴素自然中造出许多新语，并以此打动读者的心的。浓郁的情意和朴素的语言风格的统一，这正是朱自清抒情散文的特点。正如杨振声说的：朱自清的散文，“风华从朴素出来，幽默从忠厚出来，腴厚从平淡出来。”（杨振声《朱自清先生与现代散文》）用平淡之笔来抒情，并非易事，往往还是文章高手才能做到。有的初学写作者，以为一说抒情，就只能用铮铮作响的极为优美的语言，这其实是一种误会。事实上，现代作家中，崇尚这种朴实风格的人还是很多的。例如，曹靖华、冰心、李健吾、韦君宜、孙犁等作家，他们的作品都是以质朴纯真称著于世的。

当然，抒情散文中，运用生动、优美、感情色彩浓厚、音律比较和谐响亮的语言，那也是必要的。丰富复杂的社会生活，必须用多种色彩，多种音响的语言来表达，这是毫无疑义的。杨朔的《香山红叶》盛赞了北京香山的绿树红叶和香山一带的美景，盛赞了饱经风霜的劳动人民，把他们比作香山美丽的红叶，很是动人。这篇抒情散文的感情是多层次的，文字是经过反复锤炼的。这正如杨朔自己说的，他是把散文当作诗来写的。下面，我们把《香山红叶》的末段摘引出来，大家一起揣摩揣摩。

下山的时候，将近黄昏。一仰脸望见东边天上现出半轮上弦的白月……我们这一次秋游，倒应了重九登高的旧俗。也有人觉得没看见一片红叶，未免美中不足。我却摘到一片更可贵的红叶，藏到我心里去。这不是一般的红叶，这是一片曾在人生中经过风吹雨打的红叶，越到老秋，越红得可亲。不用说，我指的是刘四大爷。

这段文字明快爽利，含着诗的节奏，而且富有变化，很好地表达了作者的思想和感情。由此看来，作者激越的情怀，复杂的感情变化层次，用表现力极强的、极富有色彩的，并且富有音响特征的文字来表达，效果会更好。

魏钢焰的《船夫曲》，其语言也似行云流水，极优美，极富有节奏。文中关于宣传队演唱《黄河船夫曲》情景的描写，尤其有特色。

“朋友，你到过黄河么？……”在森林的深处，一个声音亲切地发问了。这声音，把我带到了黄河畔：那枣花的淡淡清香，旋转奔流的雄浑河水，一个个穿着白布背心的船夫，紧握着桨，炯炯目光射向蹲在船头的老梢公，等他发出开船的手势……

指挥，缓缓地举起了指挥棒，几千人的心都被提了起来！鼓手，捏紧了鼓槌，号兵，举起了系着红绸的马号；几千双眼睛都凝聚在那个小小的棒头上。他，将棒向下一劈，乐声像冲出闸门的洪水，黄河之水天上来啊！

指挥棒一挑一个巨涛，一甩一个浪花。分不清乐声、歌声，台上、台下。只觉得，扑面飞来的水珠，脚下滚滚的波浪；万千父老弟兄，盯着一个人的眼睛。桨板，劈动了死寂的东海；号子，震醒了沉睡的山峰；中国号，乘驾着怒吼的黄河，向前冲去！

这几段文字，有声、有色、有味，而且传出了人群的情绪，并且有着巨大的象征意义，把现实与理想融为一体，有着优美的意境，总之，在语言表达上近乎诗。

古人作画吟诗、撰文，皆讲究形神兼备。“凡质象所结，不过形神。形神合时，则是人是物；形神若离，则是灵是鬼。”（清代宋大樽《茗香诗论》）是的，形神若离，则必定虚无缥缈，不可捉摸。所以，在抒情散文中，着重选用一些形象的、光泽鲜活的、音韵铿锵的词语组织一些长短相宜和行云流水般活气的句式，来绘形传神，这是合情合理的。

至于议论性散文，因其是明辨是非警策世人的，所以，其选词炼句当求准确、深刻、尖锐，讲究文字的力度。限于篇幅，这里就不作详细论述了。

一个散文作者，要善于根据文章内容和自己的文字个性，驾驭语言。散文种类繁多，其语言色彩也是不尽相同的。根据文章不同的内容、不同的情调、不同的读者对象，就语言而论，有的可以热情洋溢，有的可以慷慨激昂，有的可以富丽华贵，有的可以细腻凝重，有的含蓄幽默，而有的却又可以力求质朴自然……语言色彩也像天上的星星，是众星闪耀的。同是一个鲁迅，《朝花夕拾》里的回忆文字细腻凝重，《野草》里的语言则有着瑰丽的色泽、神妙的意境和象征的意义，凝练、含蓄、优雅，几近于诗。在这里，既隐含了他探求真理和韧性战斗的精神，又宣泄了他苦闷彷徨和愤懑忧伤的情绪，是他转变成为共产主义战士之前这时期的思想历程的反映。同是一个朱自清，《背影》和《荷塘月色》《绿》在语言运用上却有区别。同是一个冰心，其1949年前后的散文，语言上也有细别，前者“微带着忧愁”，后者却有着乐观主义的情调。这种现象，在文学史上是常见的。就是说，作者的心境、世界观对作品语言会有影响。散文形式灵活，种类繁多，因此其在语言的运用上，也是比较自由活泼的，不能一概而论的，但是，有一点却是值得注意的，那就是一篇之中必有一种为主的情调，就像支曲子有一个主旋律一样。只晓得雕章琢句、追求华丽辞藻而不懂得散文因体而异的机巧变化的人，是写不好散文的。

关于文章内容与语言的关系问题，古人早有研究，而且论述极多。有的说，语言要俭朴些，把内容表达出来就行了；有的说，文章内容要好，文采也要好。但是，都认为内容是主要的，语言是为了表达内容的。刘勰在《文心雕龙·情采》里说："夫铅黛所以饰容，而盼倩生于淑姿；文采所以饰言，而辩丽本于情性。故情者文之经，辞者理之纬；经正而后纬成，理定而后辞畅，此立文之本源也。"刘勰在这篇著作里还说："夫水性虚而沦漪结，木体实而花萼振，文附质也。虎豹无文，则鞟同犬羊，犀兕有皮，而色资丹漆，质待文也。"刘勰道出了文与质的辩证的依存关系，给人们的启发是极大的。唐代皇甫在《皇甫持正集·答李生第二书》中写道："夫文章非他，言之华者也，其用在通理而已，固不务奇，然亦无伤于奇也。使文奇而理正，是尤难也……以非常之文，通至正之理，是所以不朽也。"以上这些理论，都是从写作实践中总结出来的带规律性的东西，是值得今之人师承的。

当然，现代散文不同于古代散文。就语言运用而言，由于时代的发展，现代散文在语言上必然要驳杂一点，篇幅也难免会长一些，形式上可以灵活自由，但是，不能说语言表述上可以随便。关于这一点，在理论上是必须廓清的。

朱自清论散文创作

朱自清，字佩弦，原名自华，号秋实。原籍浙江绍兴。因其祖父、父亲定居扬州，故又自称“我是扬州人”。1898年11月22日生于江苏东海县一个小官吏家庭，即生于父亲任职的地方；1948年8月12日，因病逝世于北京，当时在清华大学任教授。

朱自清的一生是非常充实的。在学历上，他小学、中学而大学毕业，还于1932年出国游学，游历和考察了欧洲好几个国家；在职业上，他从事过中学、大学教育工作；在文学事业上，他是文学研究会的重要成员，提倡和宣传过进步的文学主张；他写过诗，作过小说，写过许多散文，精心地研究过中国古典文学。他的著作有二十七种之多。总之，朱自清的一生，经历过教员、作家学者、民主斗士三个阶段，是旧中国知识分子逐步走向革命的典型代表。朱自清一生勤奋不息，创作著述不辍，为我们留下了宝贵的文学遗产。

以这样丰富的人生经历来谈文学，他的理论价值当然非比寻常。特别是，朱自清创作上是有过曲折经历的，这样，他的理论似乎也更能经得起考验，朱自清说过：

我写过诗，写过小说，写过散文。二十五岁以前，喜欢写诗；近几年诗情枯竭，搁笔已久……短篇小说是写过两篇。现在翻出来看，《笑的历史》只是庸俗主义的东西，材料的拥挤，像一个大肚皮的掌柜；《别》的用字造句，那样扭扭捏捏的，像半身不遂的病人，读着真怪不好受的。我觉得小说非常地难写……我一辈子也学不来！……至于戏剧，我更是始终不敢染指。我所写的大抵还是散文多。（《〈背影〉序》）

从作者这段率直的话来看，作者在散文方面，有独到的见解，这是很自然的。

朱自清的散文创作实践及其非凡成就也恰恰证明了这一点。朱德熙在《漫谈朱自清的散文》中说："总起来说，朱自清的散文能够在朴素自然的风格中，立新意，造新语；在平淡之中看出神奇来，平正通达，可是又富有创造性。在'五四'以来的散文作家当中，能够达到这样高度的并不多见。"

许多著名的学者、评论家，对朱自清都有过类似的评论，这绝对不是偶然的巧合。

那么，朱自清的散文理论究竟有哪些呢？下面，我们打算从几个方面来谈谈。

朱自清认为，现代散文之所以发展，有两个原因：一是"中国文学向来大抵以散文学为正宗；散文的发展，正是顺势"。说得更具体一点，朱自清认为，现代散文是受了明代那些“名士派”的散文的影响，同时也受了外国散文的“直接影响”而发展起来的。二是现代散文的发展是因为它具有自己的特性。朱自清认为，散文是散文学（读如散—文学），至于诗歌、小说、戏剧则是纯文学。前者是自由些，后者是谨严些。朱自清说：

散文就不同了，选材与表现，比较可随便些；所谓“闲话”，在一种意义里，便是它的很好的诠释。……我所写的大抵还是散文多。既不能运用纯文学的那些规律，而又不免有话要说，便只好随便一点说着；凭你说“懒惰”也罢，“欲速”也罢，我是自然而然采用了这种体制。（《〈背影〉序》）

散文的体裁特性和它的发展原因，在这里都被说得明明白白。

朱自清是文学研究会的重要成员，他们主张文学是“为人生的”。散文也当如此。他说，五四以来的散文，有许多样式和众多的流派，它们都在努力地“表现着，批评着，解释着人生的各面”。作家写作散文，要把笔探入“社会的大处和人生的深处”，而不应有“那玩世不恭的满不在乎的习气”。在谈到杂文时，朱自清认为，杂文要有新的机能，“杂文从尖锐的讽刺个别的事件起手，逐渐放开尺度，严肃地讨论到人生的种种相，笔锋所及越见深广，影响也越见久远了”（《历史在战斗中——评冯雪峰“乡风与市风”》）。他说，著作者要有自己的思想，一贯的信心，要确信自己说的每句话。朱自清在评论作家作品时也是十分注意这点的，在评论闻一多的诗《死水》时，他说，“闻先生真是一团火”。在许多序、跋、评论中，他都极注意这一点。他还说，要做到这些方面，作者要有“敏锐的观察力”，要善于“收藏”，特别对于那些“微末却珍异的材料”。作家要做到这些，要有多方面的修养。他说，叶圣陶后来能“如实地写”，是因为他“后来经历渐渐多了，思想渐渐结实了，手法也渐渐老练了”（《叶圣陶的短篇小说》）。

人生是可以互相感悟的，反映社会现实生活的文学作品，当然可以陶冶性灵，培育情操。朱自清是主张注重文章的社会作用的，他认为，“人生毕竟是可以相通的”（《〈忆〉跋》），书可以充实人生。1948年，当他的思想进入了更高层次的时候，他提出，文学应该做到“雅俗共赏”，“也可以说是偏重俗人或常人的立场，也可以说是近于人民的立场”（《〈论雅俗共赏〉序》）。

朱自清在理论上，在创作实践上，都是注重文章的艺术性的。他认为，散文之笔触，要“圆转自如，举重若轻”，要有新鲜的趣味，“教人不会倦”；文章是宣传，但文章又不同于一般的宣传，“一般的宣传有时不免夸张，有时不免刻厉；这就教人不敢轻易相信，而且时有戒心，不容易跟宣传者打成一片”，而文章呢，应是“不装门面，不摆架子，而能引人入胜”（钟明《呕心苦唇录》序）。他认为，宣传和写作都不能缺少至诚的态度。朱自清在给朱光潜的《谈美》书作序时说：“孟实先生引读者由艺术走入人生，又将人生纳入艺术之中。这种‘宏远的眼界和豁达的胸襟’，值得学者深思。文艺理论当有以观其会通；局于一方一隅，是不会有真知灼见的。”

朱自清写过许多游记。他认为，写游记，要仔细观察、体验，最好要有朋友导游，有充裕的时间，此外还要借助于旅游指南和地图等。倘是在国外，懂外语更好。写游记，还应立即写，否则，时过境迁，“记忆已经不够新鲜，兴趣也已经不够活泼的”，就难于打动人心了。在这方面，他也有过一些教训，他说，他的一些游记，只是凭“目游”印象，而且过了很久才写成的，不尽人意。

朱自清的游记，一般很少说到自己。他说，这是有意避免的：一则自己外行，何必放言高论；二则这个时代，身边琐事说来到底无谓。而且这样写容易显得干枯板滞。这里确有恰当与否的问题。有的游记夹杂个人琐事极多，大有表现自己之嫌，读者是会腻烦的。

游记的语言，朱自清是讲究的。他在《〈欧游杂记〉序》中写道：

记述时可也费了一些心在文字上：觉得“是”字句，“有”

字句，“在”字句安排最难。显示景物间的关系，短不了这三样句法；可是老用这一套，谁耐烦！再说这三种句子都显示静态，也够沉闷的。于是想方法省略那三个讨厌的字，例如“楼上正中一间大会议厅”，可以说“楼上正中是——”，“楼上有——”，“——在楼的正中”，但我用第一句，盼望给读者整个的印象，或者说更具体的印象。再有，不从景物自身而从游人说，例如“天尽头处偶尔看见一架半架风车”。若能将静的变为动的，那当然更乐意，例如“他的左胳膊底下钻出一个孩子”（《画中人物》）。

语言并非雕虫小技，游记和其他散文，都须讲究。朱自清锤炼语言的功夫，确实值得我们学习。

郁达夫的散文理论

郁达夫是文学创作、文学理论两方面都有一定建树的人。他关于散文的理论，散见于他写的序、跋和书评中，而《“中国新文学大系·散文二集”导言》则更为集中地体现了他的观点。对我们来说，郁达夫散文理论，至今仍有借鉴的意义。

20世纪30年代中期，上海良友图书公司想把五四运动以来的中国新文学，凡自1917年起至1927年止的十年间的论文、小说、诗歌、戏剧、散文等分类结集出版。当时，良友图书公司分头请了一些文化人来编选这些图书，郁达夫、周作人受委托编选散文，《“中国新文学大系·散文二集”导言》便是这个时候写的，时间是在1935年4月。郁达夫的这篇长文，是在研究了中国五四运动前后时期现代散文实绩之后，并经过深思熟虑慎重地写成的。此文有着相当的价值。

散文始于古代的记事，到了春秋战国时期则添了文采；至于散文内容，则不外乎是“妙发性灵，独拔怀抱”（《梁书文学传》）和“载道”而已。郁达夫关于散文渊源问题，说得是很明白的。他说：“中国古来的文章，一向就以散文为主要的文体，韵文是情感满溢时之偶一发挥，不可多得，不能强求的东西。”（《“中国新文学大系·散文二集”导言》。后面引文均出于此文）谈到现代散文，郁达夫认为，连散文这一名称和内涵，怕都是西方文化东渐后的产物，“或者简直是翻译也说不定”。中国现代散文的发展受到外国的影响，这点郁达夫是看得很重的。

关于散文体式，除了没有声韵的约束，郁达夫认为，在散文里，王渔洋说的神韵，还是有的。他说：“因为四季的来复，阴阳的配合，昼夜的循环，甚至于走路时两脚的一进一出，无一不合于自然的韵律的；散文于音韵之外，暗暗把这意味透露于文字之间，也是当然可以有的事情……”不过，郁达夫是说“情韵”“情调”，这样说，比说“神韵”浅近些。他说，这种要素，尤其是写抒情或写景的散文时，包含得特别的多。

散文分类辨体方面，近代有的把它分成描写、叙事、说明、论理等四大部类，有的则分成写实、抒情、说理三部分。郁达夫认为，这些分类方法都是“合理而简明”的。但是，他又认为，要把精力专注于文章内容和形式的革新上面。“至于要想以一语来道破内容，或以一个名字来说尽特点，却是万万办不到的事情。”

郁达夫说，一篇散文，最重要的，第一是寻这“散文的心”，第二才是表现问题、文字的新旧等工具问题。所谓“散文的心”，就是一篇的作意，在国外修辞学里，或称作主题，或叫它要旨。这是关键。从秦汉以来，我国“散文的心”，充满了封建教条的东西，什么“尊君”、“卫道”、“孝亲”，还有古圣昔贤的明训，像一根根粗大的绳索，束缚着人们，叫人们不敢动作。这中间，虽然也出现过异端、叛逆，但大都遭受摧残。郁达夫说：“从前的散文的心是如此，从前的散文的体也是一样。行文必崇尚古雅，模范须取诸六经；不是前人用过的字，用过的句，绝对不能任意造作，甚至于‘之乎也者’第一个虚字，也要用得确有出典，‘呜呼嗟夫’等一声浩叹，也须古人叹过才能启口。此外的起承转合，伏句提句结句等种种法规，更加可以不必说了，一行违反，就不成文。”——这“都是先我们之生而存在的一层固定的硬壳”，只有打烂这一“硬壳”，散文才有生路。郁达夫认为，现代散文正是砸烂了这“硬壳”，才生气勃勃地发展起来的。

郁达夫认为，现代散文第一个特点，是泼辣地表现了“个性”。五四运动，其最大成功，是“个人”的发见。“从前的人，是为君而存在，为道而存在，为父母而存在的，现代的人才晓得为‘我’而存在了。”以这种觉醒的思想为中心，更以打破了桎梏之后的文字为体用，现代的散文，就滋长起来了。“现代的散文是因个性的解放而滋长了。”郁达夫的这个分析，是合于客观事实的。

什么是“个性”呢？郁达夫说：“我的所谓个性，原是指individuality（个人性）与personality（人格）两者合性而言。就是说，这“个性”不是一般的“个人性”，而是“人格”化了的，具有某种美学意义的“个性”了。鲁迅、李大钊等人的散文表现的“个性”，即勇猛地抨击纲常名教的“个性”，对旧制度持反叛态度的“个性”，便是这种观点的注释。一句话，它们是合乎时代发展的潮流的“个性”。郁达夫当时能持这种观点，是非常可贵的。

现代散文的第二个特点，是在它的内容范围的扩大。郁达夫认为，这是近代散文超越古代散文的一个长足的进步。

讲堂上的高议宏论，原可以做散文的材料，但同时“引车卖浆之流的语气，和村妇骂街的口吻”也一样的可以上散文的宝座。若说散文只许板起道学面孔，满口大学之道，泰山崩于前而色不变地没有感情的人去做的话，那中国的散文，岂不也将和宗教改革之前的圣经一样，变成几个特权阶级的私产了么？

这实际是在为人民大众争言论的地盘，当然，也是在为散文争生存和发展的权利。

现代散文的第三个特点，郁达夫认为是人性、社会性与大自然的调和。

现代的散文就不同了，作者处处不忘自我，也处处不忘自然与社会。就是最纯粹的诗人的抒情散文里，写到了风花雪月，也总要点出人与人的关系，或人与社会的关系来，以抒怀抱，一粒沙里见世界，半瓣花上说人情，就是现代散文的特征之一。从哲理的说来，这原是智与情的合致，但时代的潮流与社会的影响，却是使现代散文不得不趋向到此的两重客观的条件。

人不能遗世而独立，繁杂的人事纠缠，阶级斗争和民族斗争的血的流洗，必定要渗人每个人的五脏六腑，发而为文，则必定要关涉社会，这是客观规律所决定的。鲁迅说过，作为人，一求生存，二求温饱，三求发展。散文言社会言自然，是不可避免的。郁达夫还认为：

艺术家是善感的动物，凡世上将到而未到的变动，或已发而未至极顶的趋势，总会先在艺术家的心灵里投下一个淡淡的影子；五卅的惨案，早就在五四时代的艺术品里暗示过了，将来的大难，也不难于今日的作品里去求得线索的。这一种预言者的使命，在小说里原负得独多，但散文的作者，却要比小说家更普遍更容易来挑起这一肩重担。

人性、社会性与大自然的调和，是必然的，也是必需的。这里的“调和”，换句话说，就是取一定的关系，而不彼此游离的。

现代散文的第四个特点，是它的幽默。

幽默是根于人的天性的一种趣味。文章中有幽默、有情趣，读者喜欢幽默，喜欢有情趣，原是一致的，原都是出于人的天性。我国古籍中，不乏幽默诙谐的文字。郁达夫认为，“中国的国民生活的枯燥，是在世界的无论哪一国都没有它的比类的”。因此，现代散文的求幽默、写幽默，便有着十分积极的意义，“是中国上下层民众一致欢迎的事情”。

郁达夫在分析中国现代散文产生幽默的原因时，讲得异常透彻。一是因为政治上高压的结果，中华民族要想苦中作一点乐，只能在幽默上找一条出路；二是腐败政府钳制言论，许多事情不允许你“正说”，于是只好“反说”了。这原是别人的意见，郁达夫引来表示赞同，以示理解。另外，郁达夫还找寻了它的“远因”，他说：“恐怕还在历来中国国民生活的枯燥，与夫中国散文的受了英国Essay的影响。”

幽默，在散文中有重要意义，但亦不可滥用，不可乱来。

幽默要使它同时含有破坏而兼建设的意味，要使它有左右社会的力量，才有将来的希望。

这种见解的确是中肯的，高瞻远瞩的。

郁达夫站得较高，看得较宽，而又独立思考，确是知文知世，因此，他的散文理论得体而又深沉，确实值得今人再思。

冰心和“冰心体”

冰心1919年开始写作，1932年便出全集。出全集时，人还未到中年。冰心为什么这么早就出全集呢？原来，她是出于对社会、对读者的负责，是被逼出来的。这在中国现代文坛上，是一件有趣的事。

冰心19岁发表作品，不久便在社会上发生了极大影响。阿英说：“青年的读者，有不受鲁迅影响的，可是，不受冰心文字影响的，那是很少，虽然从创作的伟大性及其成功方面看，鲁迅远越过冰心。”“谢冰心这个名字，和中国新文学运动初期的历史，是很密切的联结着。”（阿英《〈谢冰心小品〉序》）人世间的事很难得说定，好事有时也会麻烦。冰心的这种情况，被一些非法的出版商看见了，于是他们便私自印刷冰心作品以牟利。一时间，《冰心女士全集续编》等样的书，便随处在书摊出售，这类书，“选集之芜杂，序言之颠倒，题目之变换，封面之丑俗”且不说，更有冒名的文章。冰心通过北新书局递上请求禁止的呈文，也不顶用，“而禁者自禁，出者自出”，于是冰心无奈，只得“出一部真的全集”，作为“唯一的纠正办法”（《冰心全集》自序）。

这便是冰心全集早早问世的根由。

冰心是以什么建筑了自己在读者间的根基呢？阿英在《谢冰心小品》序中说：

这里可以分作两点说的。其一，当然是由于思想上的原因。反映在作品中的冰心的思想，显然是一种反封建的，但同时也多少带一些封建性；这就是说，她的倾向是反封建的，但在她的观念形态中，依然有封建意识的残余。这情形，正是在新文化运动初期，青年中普遍的情形。在旧的理解完全被否定，新的认识又还未能确立的过渡期中，青年对于许多问题是彷徨无定的，是烦闷着的。冰心作品所表现的，正是这种情形。她抓住了读者的心。无疑的，在她的作品中，也还有基督教思想的血液存在，这些血液，是流贯在她的爱的哲学之中。

由于冰心思想的决定，她在作品中所采用的形式，也必然是新的，也包含了若干旧的成分。冰心的文字，是语体的，但她的语体文，是建筑在旧文字的基石上，不在口语上。对于旧文学没有素养的人，写不出“冰心体”的文章。具体点讲，就是到了“冰心体”的文学产生，是表示了中国新文学的一种新倾向的存在——以旧文字作为根基的语体文派。这在形式上，一样的是一个过渡期的，适合于从封建思想中刚刚地挣脱出来的青年读者的形式。从思想一直到文字技术，她要无往而不表示了她的独特的倾向，她这样的获得了存在。

结合社会情状研究作品的内容和形式，研究读者的心理，这是唯物主义的方法。阿英的评论是准确独到的。冰心早期作品受欢迎这事实有力地表明，在变革的时代，既需要锋利如剑的文艺作品，去激励前驱，也需要比较委婉柔和同众生一同感受、一同前行的文艺作品，去帮助群集的人们前进。在非礼勿动的封建时代，冰心敢于大胆表现“自我”，只此一点也就是宝贵的，何况还有别的许多方面呢。冰心在中国新文学史上，一开始就有了显著的地位，这是很合乎情理的。

在同一篇序文中，阿英还写道：

相应着上面所论的，我想发展地说一点，就是冰心小品文在当时所以能激起那样大的影响，第一，是由于广大的青年读者对于她的“爱的哲学”的共鸣，特殊的母爱、儿童爱、自然爱，这是蕴藏在每个人心胸里的，谁都具有着的爱的心情。第二，是由于他们对于冰心所选用的题材上的共鸣，冰心的题材，主要的当然是母亲、儿童和自然，青年读者在记忆里所有的，大概也很少的出于这三者之外，即使出于三者之外，也必然的包含着三者于内，他们对于这样的作家，怎能不作为自己的表白者看呢？第三，是冰心的文字富于情感，虽然不是奔迸的，热烈的，但那“乙乙欲抽”的情怀，在什么地方都在表露着，都在袭击着读者。第四，我想说的，就是前面引用了的所谓冰心文字上的“清新隽丽”了。有此四种特点，遂建立了冰心当时的创作界的权威。

阿英的这段评论也是比较中肯的，只是因为这是一篇简短的序言，没有充分将问题展开而已。下面结合冰心本人对散文小品所持的理论，谈谈“冰心体”的几个主要特点。

第一个特点是文章富有个性，文中有“我”。

冰心一踏入文坛便大声疾呼：文学要“发挥个性，表现自己”。这观点，在五四运动时期是有一定的积极意义的，它有力地打破了封建礼教的桎梏，有利于集结革命的力量。冰心早期作品，如《寄小读者》《往事》《山中杂记》等，都极为细腻，极为柔和地显示了自己的心迹，并以此反映了社会生活中的一点一点地萌发着的变动。这种风格，正是被压在封建社会最底层的妇女求解放的最初的声音的体现。冰心认为：

无论是长篇，是短篇，数千言或几十字。从头至尾，读了一遍，可以使未曾相识的作者，全身涌现于读者之前。他的才情、性质、人生观，都可以历历的推知。而且同是使人脑中起幻象，这作者和那作者又绝对不同的。这种的作品，才可以称为文学，这样的作者，才可以称为文学家！能表现自己的文学，是创造的，个性的，自然的，未经人道的，是充满了特别的感情和趣味的，是心灵里的笑语和泪珠。这其中有作者他自己的遗传和环境，自己的地位和经验，自己对于事物的感情和态度，丝毫不可挪移，不容假借的，总而言之，这其中只有一个字“真”，所以

能表现自己的文学，是“真”的文学。（冰心《文艺丛谈》）

第二个特点便是慈爱。记得，徐迟在概括冰心散文的特点时，用了“慈爱”两个字。关于这一点，冰心是少有所作，老有所言，发挥得比较完善的。她说：

有人开玩笑地问我：“你这么大年纪了，为什么还有一颗童心？”有人还称我是“母爱专家”。就此，我还联想到有人把“童心”、“母爱”、“人性”当作儿童文学的禁区。什么叫“童心”，什么叫“母爱”、“人性”，我也说不清。但我认为，搞儿童文艺的人必须要有一颗热爱儿童的心，慈母的心，要有人的感情，要写出人的性格。这根本不应该是禁区。“母爱”，写你自己的母亲对你的爱，当然可以写，现在写这样文章的人不多了，很可惜。我们不要回避“母爱”，不过不要像我以前那样拿它当作人生哲学。我过去错误地认为天下的母亲都会爱天下的孩子，其实不然，爱是有阶级性的。有一次，我曾经看见过爱自己的孩子的母亲，毒打一个小Y环，我才明白，爱是有阶级性的。（《儿童文学工作者的任务与儿童文学的特点》）

冰心怀着真挚的爱，给读者写过许多作品。就《寄小读者》而言，1923年写过《寄小读者》，1958年写过《再寄小读者》，1978年写过《三寄小读者》。这些作品中，作者根据不同时代的特点，针对青少年儿童所处的实际环境，将自己的思想和深沉的爱给了他们。可以说，冰心用自己的温热和爱影响了培育了几代人。

冰心在《诗的女神》这首诗中曾经表露过她的艺术思想，她说，她所追求的艺术境界是，“满蕴着温柔，微带着忧愁”。她在《寄小读者·通讯二十七》中也说过这样的意思，她说她的散文也是这样的。母亲对儿女的柔情和哀愁是无尽的，人与人之间的关系，将为这种爱所笼罩，爱得深切，忧愁也就不会断。冰心的许多散文的确洋溢着这样的情调。

自然、亲切是“冰心体”的第三个特点。

冰心的散文，叙叙议议，挥挥洒洒，将其经历、见闻和心绪自然而然地流露于笔端，没有说教的架子，然而，不知不觉之中，你却被感染了。例如，《寄小读者·通讯四》写道：

小朋友：

好容易到了临城站，我走出车外。只看见一大队兵，打着红旗，上面写着“……第二营……”又放炮仗，又吹喇叭；此外站外只是远山田垄，更没有什么。我很失望，我竟不曾看见一个穿夜行衣服，带镖背剑，来去如飞的人。

自此以南，浮云蔽日。轨道旁时有小湫。也有小孩子，在水里洗澡游戏。更有小女儿，戴着大红花，坐在水边树底作活计，那低头穿线的情景，煞是温柔可爱。

过南宿州至蚌埠，轨道两旁，雨水成湖。湖上时有小舟来往。无际的微波，映着落日，那景物美到不可描画。——自此人民的口音，渐渐地改了，我也渐渐地觉得心怯，也不知道为什么。

过金陵正是夜间，上下车之顷，只见隔江灯火灿然。我只想象着城内的秦淮莫愁，而我所能看见的，只是长桥下微击船舷的黄波浪。

五日绝早过苏州。雨夜失眠，烦困已极，而窗外风景，浸入我倦乏的心中，使我悠然如醉。江水伸入田垄，远远几架水车，一簇一簇的茅亭农舍，树围水绕，自成一村。水漾轻波，树枝低压。当村儿农妇挑着担儿，荷着锄儿，从那边走过之时，真不知是诗是画！

有时远见大江，江帆点点，在晚日之下，清极秀极。我素喜北方风物，至此也不得不倾倒于江南之雅淡温柔。

晨七时半到了上海，又有小孩子来接，一声“姑姑”，予我以无限的欢喜。——到此已经四五天了，休息之后，俗事又忙个不了。今夜夜凉如水，灯下只有我自己。在此静夜极难得，许多姊妹兄弟，知道我来，多在夜间来和我乘凉闲话。我三次拿起笔来，都因门环响中止。凭栏下视，又是哥哥姊姊来看望我的。我慰悦而又惆怅，因为三次延搁了我所乐意写的通讯。

这只是沿途的经历，感想还多，不愿在忙中写过，以后再说。夜深了，容我说晚安罢！

冰心

一九二三年八月九日，上海

看呵，这篇文章里面，那阴柔的画面，淡淡的哀愁，抑郁的情怀，不是隐隐地在你不知不觉之中透露出来了吗？我们今天的散文刚健得多了，因为时代不同了，但在表现的技巧上，在追求文章个性方面，我们是不是可以从“冰心体”中学习点什么呢？那种写实的笔触，不是也透出了社会的大背景和人情世态吗？

冰心到了晚年，十分强调社会生活对于创作的意义，这是走过曲折途路的老人的经验。我们今天的散文，是不是也可以在这一方面作一些思考呢？冰心对她所描写的生活是熟悉的呵。

孙犁论散文

孙犁是从社会苦难中和战争生活中走过来的人。对创作，他尝尽个中甘苦，深谙其中三昧；对创作的社会意义，他看得异常透辟；他1949年之后所写的评论，可说是他的实践和思想的结晶。人们称孙犁是一位“独具风格的文论家”，这的确是至诚之言。

本文着重谈谈他的散文理论。

孙犁是在极端艰苦的岁月里开始散文和小说创作的。他说，他是在鲁迅精神鼓舞下写作散文和小说的，那是抗日战争年代，“有所见于山头，遂构思于涧底；笔录于行军休息之时，成稿于路旁大石之上；文思伴泉水而淙淙，主题拟高岩而挺立”（《关于散文》）。一个有着这样经历而又学识渊博的作家，其论自然有着特殊的重量。

孙犁说：“文艺虽是小道，一旦出版发行，也就是接受天视民视，天听民听的对象，应该严肃地从事这一工作，绝不能掉以轻心，或取快一时，以游戏的态度出之。”（《〈孙犁文集〉自序》）

无论是战争年代还是和平时期，孙犁的写作目的都是明确的，创作态度是极其严肃的。他十分尊重人民群众心里边的那杆秤，他与人民大众总是保持着最密切的关系。这是一个作家和文论家十分宝贵的地方。

一

孙犁的有着38万字之巨的论文集《孙犁文论集》，开篇是《论战时的英雄文学》，这是着重阐述文艺作品“写什么”的问题；第二篇、第三篇呢，分别叫《怎样体验生活》《怎样认识生活》，这是郑重阐述“怎么写”的问题。这真叫开宗明义。

孙犁认为，散文也是生活的赐予，没有深刻真切的生活体验，就没有散文。

什么叫生活？怎样把生活写成文学作品呢？

生活，“就一般意义讲，是人生的意思。……所谓生活，就不只是衣食住行的问题，而必须有创作的、战斗的意志做一般生活的基础”。这是孙犁对“生活”所作的准确简明的解释。

孙犁认为，所谓体验生活，这是带有心理的和生理的实践的意义。对人民的事业，参与其中、身体力行，深味其甘苦和严酷，这样于作家才有益。体验，无疑是包括思想的、行动的、感情的等内容，它是人们感性认识和理性认识高度融汇的一种结果。弄清楚什么叫“体验”，这是十分关键的。只有这样，才能把握住时代的脉搏，看清楚时代发展的总趋势。孙犁说：

“我们必须体验到时代的总的精神、生活的总的动向，这对于一个作家是顶顶要紧的。”“因为体验到这总的精神、总的动向才能产生作品的生命，才能加深作家的思想和感情，才能使读者看到新社会的人情风习和它的演变历史。”

的确，体验生活，不是机械的，它是多向的、分析的，又是综合的。人们的生活仓库，不能是杂乱无章的，它恰恰是一个经营有方的、丰富的建筑材料门市部。孙犁关于生活和生活体验的中肯论述，给人们的启发是极为深刻的。

对事物、人物和社会生活的各方面，孙犁主张要多看、多采访、多思考，让这些璞玉般的材料，在脑子里沉浮几次，沉淀沉淀，然后再动笔写，较为有益。作家倘若急于求成，贪多务得，则会坏事的。此外，作家还须有各种知识，如历史、地理方面的，风土人情方面的，文物古迹方面的。有了这些，作家写起来才不会感到局促。孙犁强调：“凡是为广大群众承认的作家，都是因为他们真实地反映了群众的生活，与群众思想感情之间，建立了牢固的、宽广而通畅的桥梁。作家的任务是经常地、毫无懈怠地通向群众的心灵深处，长期地无条件地生活在群众中间。”

孙犁还强调说："对于创作，我是坚信生活是主宰，作家的品质决定作品的风格的。"（《给丁玲同志的复信》）

近几年来，有些文艺作品质量下降了。散文创作打不开局面，关键在于深入生活、体验生活不够。考察文学事业的成败得失，必须从这里着手。一切不怀成见的人，恐怕都会承认。

二

从事散文创作活动，必须勤于读书，研究些古籍，善于借鉴。孙犁在打仗行军中除了武器，便是米袋和书袋，一有机会就摊开书学习。他说，他非常喜欢鲁迅的作品。从孙犁的文艺思想、艺术观点来看，他受鲁迅思想艺术的影响是非常之深的。可以说，这是他取得成就的基石。

"我认为中国的新文学，应该一直沿着五四时期鲁迅和他的同志们开辟和指明的现实主义的道路前进。"（《孙犁文集》自序）

孙犁对我国古典文学有着精深的研究。从他的论文集看，涉及中外典籍之多，难于列数。他对《史记》《红楼梦》《聊斋志异》，以及柳宗元的散文、欧阳修的散文，都有研究，而且都有论著。古文的立意、布局，简洁、朴素风格，对他影响殊深。他的文章和文论，从表现手法看，与我国古典文化有着很深的联系。孙犁说，古代散文，很少是悬空设想、随意出之的。中国古代散文，其取胜之处，从不在于诗，而在于理。中国散文的特点，是组织要求严密，形体要求短小，思想要求集中。谈到柳宗元的散文，他说：“我很少见到像他这样把哲理和现实生活，真正形成血肉一体的艺术功力。他还能把自然界、人们的日常生活中的现象，和政治思想、社会组织联系起来。就是说，他能用自然规律、生活规律，表达他对政治、对社会的见解和理想。使天人互通，把天道和人道统一起来。他用以表达这样奥秘的道理的手段，却是活生生的、人人习见的现实生活的精细描绘。”（《谈柳宗元》）

对于我国古典散文的内容和形式，孙犁都作了有力的探讨。而这种探讨往往又与当代散文创作实际联系起来，以收实效。

孙犁对外国文学也有浓厚的兴趣。“取精用宏，多方借鉴”是他的信条。对果戈里、契诃夫、托尔斯泰、马雅可夫斯基都写了论著。凡是他对这些作家的肯定之点，也都是孙犁自己作品的突出之点。例如，他说：“契诃夫作品的主要特色，就是朴素和真实。”又说：“做人的朴实和文字的朴实有密切的关联。”朴实、真实、正直地做人，不就是孙犁的信条吗？是影响？是巧合？我们不必去推究。但有一点是可以肯定的，那就是孙犁通过对中外文学的研究，更加坚定了自己的方向，在文学事业上于是有了自己独特的发现和创造。

三

写作散文，必须讲实话，讲真话，为人民立言。古代有许多文章，说的都是假话，是替圣人、替帝王立言；是在格子里填文章，没有丝毫作者自己的真情实感。这些都是不足为法的，是文坛的教训。

孙犁认为，如果在一篇短小的散文里，没有一点真实的东西，只是在那里硬编，甚至为了个人私利，不惜造谣惑众，那么，“它的寿命就必然短促地限在当天的报纸上”。

艺术创作上的真、善、美，如果这样解释：这三个字要求，作家站在无产阶级的和人民大众的立场，抱着对广大人民的善良愿望，抒发真实的感情，反映工农兵真实的情况；在语言艺术上严肃认真，达到完美的境界；作家的思想，代表新生的进步的力量和思潮，又和革命的具体实践相结合。我们按照这些要求认真做去，那么，我们的作品虽然不能传世，也可以使当时当地的读者，得到有益的参考。（《关于散文》）

只有对现实、对人民有用的东西，才能对将来，对人类有用。事物的更替，时空的发展变化，是有其深刻的内在规律性的。就文学作品而言，只有深刻反映了现实的作品，后代人才会对它加以注意。孙犁是十分坚信这一点的。

四

散文要写得自然朴素一些，含蓄一些，就是说，要讲究一定的艺术。这是孙犁一向的主张。有的长篇散文，没有新鲜意思，语言是陈词滥调，或者是现成词藻，流行语言，甚至像电影的解说词或导游解说词。这是不好的。对这种散文，孙犁是持批评态度的。孙犁说：

文章的真正功力，在于写实；写实的独到之处，在于层次明晰，合理展开；在于情景交融，人地相当；在于处处自然，不伤造作。（《欧阳修的散文》）

孙犁认为，就是文章题目，也不能大意，应有一定的色彩，不能过于直露，过于粗浅。他针对当前文坛的一些现象说：

今日文章题目，多如农村酒招，华丽而破旧，一语道破整篇内容。（《欧阳修的散文》）

关于文章体式，孙犁认为，也应丰富多彩，要有变化，要有利于反映社会生活的各个方面。他说：

学写散文，也不能专学散文一体，对于韵文，也要研究。散文既然也叫杂文，参考的文章体式，就不厌其杂，越多越好。（《关于散文》）

五

短小精悍，辞约旨丰，这是中国古代散文传统。简洁朴素，这是中国古代散文艺术表现上的一个特点。外国也有讲究精练的，19世纪俄国作家契诃夫就说过，写得简洁精练，是有才能的表现。这确是文学创作之至论。孙犁说：“有人认为中国古代文学之所以篇幅短小，是因为古代书写困难，其实这只是一种推论；古代文学之所以短小，主要是作家对艺术工作的严肃认真、精益求精所致。”孙犁的话是中肯的。我们考察古代文学发现，古文不仅字少，还在于它的“精”。就是说它并不因字数少，而影响“达意”，所以，它并不是一般的短，它短得有道理。

孙犁认为，散文更应写得精粹些。他说，《古文观止》里的文章都是传世之作，然而，每篇文字亦不过千字上下，好像有一定规格似的。针对当代散文的创作实际，对散文的“长风”孙犁有过多次批评。